中公文庫

新装版

桃花源奇譚 2

風雲江南行

井上祐美子

中央公論新社

目次

主な登場人物

白戴星《はくたいせい》　宋《そう》の皇子。本名は趙受益《ちょうじゅえき》。十七年前に生き別れた母を探している。

陶宝春《とうほうしゅん》　桃花源の民の末裔《まつえい》とされる少女。自身の正体を知るため桃花源を目指す。

包希仁《ほうきじん》　希代の秀才。戴星のお目付役として旅に同行する。

狄漢臣《てきかんしん》　怪力の少年僧。ある事情により、幼少期から蛾眉山《がびさん》に預けられていた。

崔秋先《さいしゅうせん》　仙人。桃花源の在処《ありか》を求め、一行の前に現れる。

何史鳳《かしほう》　開封《かいほう》一の花魁《おいらん》。崔秋先に呪いを掛けられてしまう。

殷玉堂《いんぎょくどう》　俠客《きょうかく》。戴星と宝春を狙い、一行を追う。

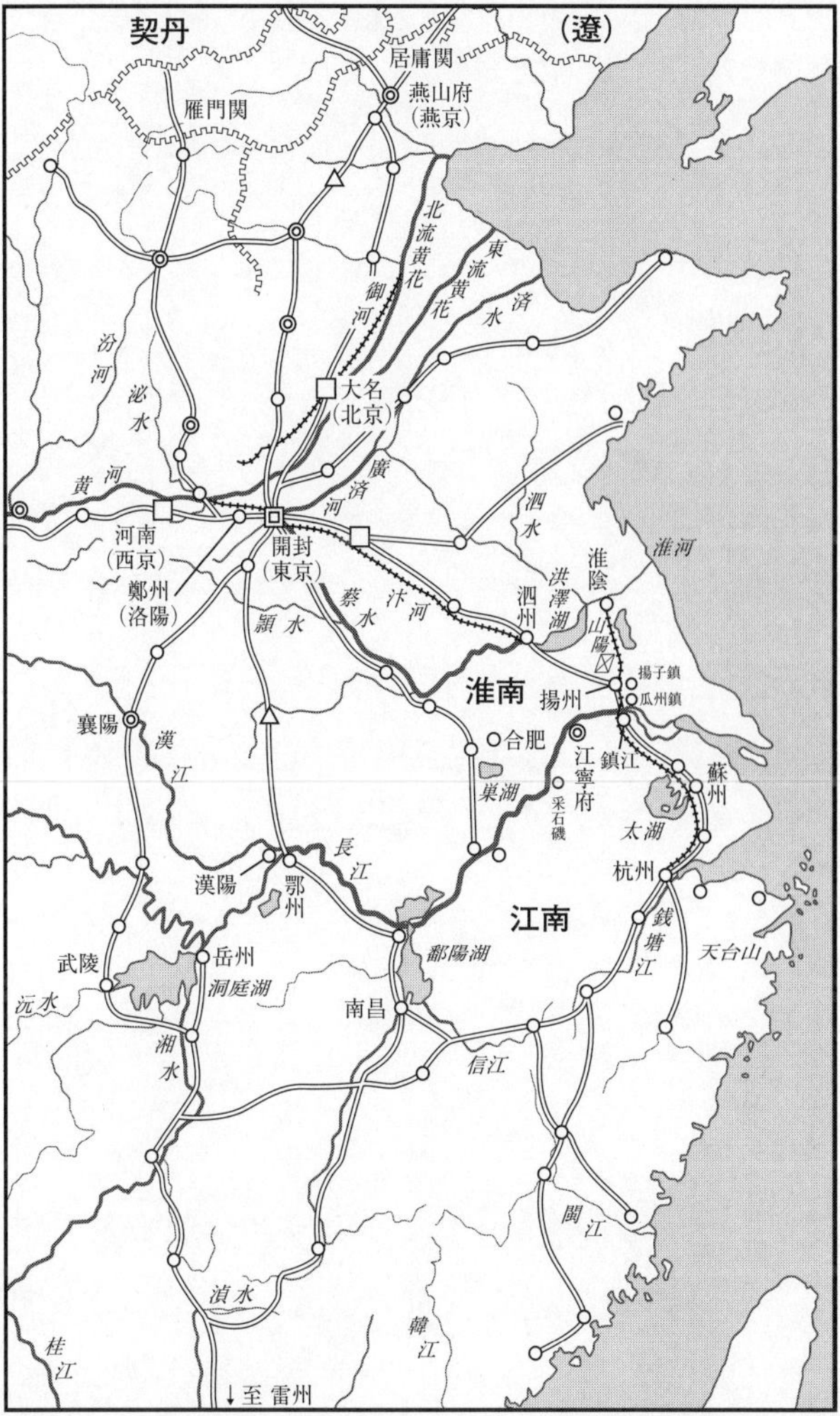
契丹
（遼）
居庸関
燕山府
（燕京）
雁門関
北流黄花
東流黄花
御河
済水
汾河
沁水
大名
（北京）
黄河
廣済河
泗水
淮河
河南
（西京）
鄭州
（洛陽）
開封
（東京）
蔡水
汴河
潁水
泗州
洪澤湖
淮陰
山陽
揚子鎮
瓜州鎮
揚州
淮南
襄陽
漢江
合肥
江寧府
鎮江
蘇州
巣湖
采石磯
太湖
長江
漢陽
鄂州
杭州
江南
銭塘江
天台山
武陵
岳州
洞庭湖
鄱陽湖
沅水
南昌
湘水
信江
閩江
湞水
韓江
桂江
↓至 雷州

地図　安達裕章

桃花源奇譚　風雲江南行

第一章　江南春《こうなんしゅん》

江南の春は、色彩の季節である。

濃淡、さまざまな紅や赤、白、木々の緑に加えて、ことに北方からの旅人の目にきわだつのは、蕓薹《うんたい》（アブラナ）の黄色だろう。黄河《こうが》流域のくすんだ大地の色とは異なる、あざやかな黄色と黒ずんだ土の色、そしてとろりと流れる緑色の水の豊かさは、長江《ちょうこう》流域――江南とよばれる地方特有の景観だった。

そういえば、おなじ季節でも気温はずいぶんとちがう。だいいち、空中にただよう湿気がちがう。

陽光すら、やわらかなまるみを帯びているように思えるのは、樹木にも黒い大地にもたっぷりとふくまれる水分のせいだろう。

とにかく、江南は春の陽炎《かげろう》のまっただ中だった。

その、陽ざしの中である。

「ひだるいなあ……」

力の抜けた声があがったのだ。

やはり江南特有の、白い漆喰《しっくい》で塗られた高い塀の中からである。正確にいえば、広い邸内の裏庭の隅に建てられた一棟の建物の、内部から声はあがっていた。

廃屋寸前のその建物は、ふだんは物置かなにかに使われていたらしいが、今は扉に太い閂《かんぬき》が外からおろされているうえに、ものものしく大きな錠がかけられている。

あきらかに、内の人間は閉じこめられているわけだが、それにしては、聞こえてきた声音からは緊迫感がきれいに欠《か》けおちていた。

若い声だった。

もっと正しくいえば、少年の声と口調だった。どちらかといえば、投げやりで伝法《でんぽう》なことばづかいをなぞってはいるが、それでも、どことなく育ちのよさがうかがわれる、北方の整った発音である。

天井ちかくにあけられた、あかりとりの小窓からさしこんでくる陽ざしを全身に浴びて、声の主は大の字になってねそべっていた。

年齢《とし》のころは、十七、八歳。

粗末な旅装束に身をつつみ、顔も手足も塵埃《じんあい》にまみれているところからみて、かなり遠いところからの旅の途中なのだろう。黒くよごれてはいるが、いかにものびやかな表情のまま、少年はまたつぶやいた。

「腹がへったなあ」

とたんに、

「同じことを、何度いったら気がすむのよ」

いささかとがった声が、ぴたりととじられた扉のすぐそばからあがったのだ。

こちらは、少女の声である。杏仁《きょうにん》形の眼を見はって少年の方をにらみつけてきた彼女は、黒々とした髪を両耳の上で結いあげていた。安物だがあざやかな色の衣装をまとっているのが、ひんやりとしたうすくらがりの中でもはっきりとわかる。姿かたちからして、こちらは旅芸人の娘といったところだろうか。

衣装はまずしくとも、十分に人目にたつほどの美少女である。

「さっきから、うるさいったらないんだから。静かにしてちょうだい」

蛾眉《がび》をつりあげ、鋭いことばを投げつけてくる少女に、しかし、少年は動じた風もみせない。

「腹がへったのは、事実だ」

「だからって、さわげばよけいに減るばっかりでしょう」

「だれが、さわいだ」

「文句をいってるのは、公子《こうし》ひとりじゃないの。昨日から食べてないのは、あなただけじゃないのよ」

「食べるものがないのは、おれのせいじゃないぞ。人をとじこめておいて、なにも持ってこない、ここの屋敷の奴らが悪い」

「公子の間のぬけた声を聞いてると、よけいにひもじくなるから、黙っててといってるのよ」

「間がぬけただと」

「そうじゃないとでもいうの。自分で聞いていて、なさけなくならない？」

「逆に訊きたい。おまえ、今、わめきたてている分には、腹はへらないのか」

「わめくですって——」

「ふたりとも」

口論が最高潮にたっした、一瞬の間隙《かんげき》だった。絶妙の間合いで、水がはいった——つまり、この場の第三者の仲裁がはいったのである。

「けんかは、そのぐらいにしておいてくれませんか」

怒鳴りあっていたふたりよりは、ぐっと年長だが、この声も若い。声につづいて物陰からあらわれた顔も、せいぜいが二十二、三歳ほどの、青年のものだった。

すらりとした長身だが、腕の方は今ひとつだろうと想像のつく痩身《そうしん》である。きちんと衣服を整えていれば、白面郎《はくめんろう》という言葉がぴたりとあてはまる容貌なのだが、あいにくとたった今日が醒《さ》めたばかりといった腫《は》れぼったい瞼《まぶた》をしているのが、すべてをだいなしにしていた。

「ようやく、お目ざめか。大兄《たいけい》」

藁《わら》たばの上にやっと上半身を起こし、ふりむきながら少年はそう訊いた。つんとあらぬ方をむいてしまった少女とは対照的な、しらりと悪びれない態度である。ついでに、髪に藁くずがついているのにも、頓着するふりすらしない。

もっとも、藁くずだらけになっているのは、青年の方も同様である。ただしこちらは、ねぼけまなこでも衣服は比較的ととのっているし、文人らしく巾《きん》もきちんと頭に載せていた。

「よくもまあ、そんなに眠れるものだな。色男がだいなしだぞ。どうだ、宰相になった夢でも見ていたか」

少年は、年長の青年にむかってぞんざいな口をきいた。青年の方は慣れているのか、こちらもいっこうに気にした風もない。悠然と衣服からごみをはたき落としながら、

「黍粥《きびがゆ》は、用意されてないようですがね。で、今、何刻ごろですか」

少年のせりふは、有名な故事をふまえている。それを青年は、おなじ故事できりかえして、さらりと話題を変えてしまった。

「もう、午《ひる》ちかい」

「そんな時刻ですか。——ほんとうだ」

陽のさしこんでくる方向と高さを見て、丸半日以上眠りこけていた青年は、生あくびをかみころした。

「なにしろ、開封《かいほう》を出て以来このかた、いろいろとあって、疲れがたまりきっていましたからね」

言外に、旅の疲れだけではないぞといいたげな、もったいぶったいい方をした。

「だからって、この状況で熟睡できる神経は、理解できんぞ」

「おや、郎君《きみ》だって、夜中に大いびきをかいていましたが」

「…………」

すかさずいいかえされて、少年はとっさに反論できない。かわって、扉のそばの少女がふっと噴《ふ》きだした。

「なんだ」

「だって、白《はく》公子」

もともと、朗らかな性質なのだろう。少女の花のような笑い声は、少年ににらみつけられてもいっこうにとまる気配もない。息もつけないほど笑いころげながら、

「まだ、気が、つかないの？」

切れぎれに、そう訊いた。

「だから、なにがだ」

「希仁《きじん》さんは、ぐっすり眠っていたのよ。一度も目をさまさなかったのに、いびきをかいていたかどうかなんて、わかるわけないじゃないの。ひっかけられたのよ」

「………」

ふたたび憮然《ぶぜん》となる少年に、希仁とよばれた青年が唇《くち》もとだけの微笑で、少女のことばを肯定してみせた。

「しかし、宝春《ほうしゅん》。私がずっと眠っていたと、どうしてわかるんです」

「あたしは、眠らなかったもの」

さらりと一本とって、少女は笑う。

「あ、だからって、あなた方を信用してないってわけじゃないから、気にしないでね」

「あたりまえだ」

少年が嚙《か》みつくように口をはさんだ。

開封の都をでてから十日あまり、ずっと三人で旅をしてきたのだ。いまさら何事か起きるような間柄ではないし、だいいち、卑劣な真似のできる連中ではない。少年の憤慨はもっともなのだが、宝春はそちらの抗議ははなから無視してかかった。

「だいたい、開封からこっち何度もあぶない目にあってきたうえに、こんなところにぶちこまれておいて不寝番《ふしんばん》も立てないなんて、不用心すぎるわよ。知恵者の希仁さんらしくない」

この少女の口も、遠慮がなかった。さすがに青年も苦笑しながら、それでも抗弁をここころみる。

「だから、疲れていたんですよ。気がつかなくて、悪かったですね。われわれが見張っていますから、今からでも仮眠をとってください」

「いいわよ。あたしたちみたいな庶民は、一晩や二晩、不眠不休で仕事しなきゃならないことだってあるんだから、平気よ。ついでに、二、三日食べないぐらいで不平をいってたら、生きちゃいけないわね」

当然、後半のせりふは、横目で少年をにらみながらである。あてつけられた方はといえば、多少はうしろめたさをおぼえたらしく、

「なにも、王楼《おうろう》の梅花包子《ばいかぱおず》だの、薛家《せっけ》の羊料理だのを食いたいといってるわけじゃない」

自信なげに、いいかえした。

もっとも、開封の有名酒楼の名を列挙したところをみると、年齢に似ず、相当、遊びあるいていたことを白状しているようなものだ。どの店も一流というばかりではない、地方にまで名のひびいている名店であり、当然のことながら金のかかるところである。

宝春が、またしても眉をつりあげた。

「ここは、揚州《ようしゅう》よ。そんなもの、食べられるわけ、ないじゃないの」

手きびしく決めつけたが、それ以上、とやかくいうのは思いとどまったようだ。今、そんな無駄口をいいあっているような、ゆとりのある状況ではないと思いだしたのだろう。思いなおしたようにいずまいを正して、青年へむきなおった。

「希仁さんがいつ目をさますかと、待ってたのよ。いったい、これからどうするの」

「どうするといって――ここを出る算段をするしかないでしょう」

「だから、どうやって出るの」

希仁は顔だけを頭上へふりむけて、むきだしになった太い梁《はり》を見、あかり窓を見、漆喰の剝げ落ちかけた壁をながめてから、すたすたと宝春のかたわらまで歩みよった。

両開きの木の扉に手をかけて、なにやらがたがたとやっていたが、

「開きませんね」

「そんなこたあ、ゆうべからわかっている」

実をいえば、昨夜、ここにほうりこまれた直後、少年は扉を殴る蹴るの大騒ぎを演じている。力まかせに破ろうとこころみたわけだが、古い小屋にもかかわらず蝶番《ちょうつがい》も閂の金具も錠も頑丈で、びくともしなかったのだ。ついでだが、その大音響に少年が口ぎたなくののしる声もくわわっての騒音の中で平然と眠っていたのが、この青年なのである。

「ゆうべは、もう暗かったですからね。なにか、見落としたことがあるかもしれないではありませんか」

と、希仁はあくまでおだやかな口調をくずさない。

「そんなものがあったら、とっくの昔におまえを置いて逃げだしている」

希仁のあまりの落ちつきように、少年の機嫌が、目に見えて悪くなっていった。それでも、青年ののんびりとした顔つきには変化の色もない。

「それは、無理でしょう」

「自信があるようだな、置いてきぼりをくわないと」

「逃げ出せるかもしれませんが、取りあげられた荷はどうします。銭もないのに、旅はつづけられませんよ」

「そうよ、あたしの双剣もとられたままよ。あれがなきゃ、往来で芸をやって稼ぐことだってできないわ」

双剣を持っての剣舞の名手の少女は、ぷんとふくれつらを見せた。

さいわい、路銀はぜいたくさえいわなければ十分足りるだけ持っていたから、少女の大道芸にたよって露命《ろめい》をつなぐような羽目には、まだおちいっていない。だが、商売道具ともいえる双剣がなければ、近い将来、宝春が困るのはたしかである。

「老陶《ろうとう》の形見でもありますしね」

うんうんとうなずいて、希仁は少女の肩をもつ。

「だったら、どうする」

「話しあいで、なんとかするしかないでしょう。われわれがあやしい者ではないこと、悪事など働いていないことを納得してもらえれば、ここを出られるし荷も返してくれると思います。いざとなれば、公の場に出たっていいんですから」

「それでうまくいくなら、なんで最初からその口先でまるめこまなかった、落第挙人《らくだいきょじん》」

「そんなひまは、なかったではありませんか。だいたい、こうなったのはだれのせいだと思っているんです」

「──あんなことをいわれて」

とたんに、少年の視線が昏《くら》く翳《かげ》った。おおらかな表情が、まるで人でも殺した後のような陰鬱《いんうつ》さへと一変した。

「姿かたちだけで、盗賊だなんぞと一方的にきめつけられて、だまってられるか」

「公子」

あらぬ方へ顔をそむけてしまった少年を見て、だまって眉をひそめたのは希仁、堅い声をかけたのは宝春である。

「うたがわれたのは、あたしなのよ。あんなことをいわれたのはなにもこれが初めてじゃないし、荷物を調べてもらえば、すぐに疑いは晴れたはずだったのよ。公子が手を出したのは──」

「よけいなお世話だったってわけか」

「……そうとはいわないけれど」

「おれは、まちがっていたとは思わない。大兄は、ちがうといいたそうだがな」

「ちがうとは、いいませんよ」

少年ににらまれて、希仁も真顔になった。

「ただ、穏便にすます方法はあったと思います。郎君《きみ》がここの家人を殴ったりしなければ、今ごろ、われわれは長江の流れを渡っていたでしょうね」

「だからって」

「急ぐ旅ではありませんが、そうのんびりもしていられないのも事実です。そうではありませんか、戴星《たいせい》どの」

青年の口調があきらかに変わってきたのを感じて、少年は警戒の色をうかべた。

「おまえ――」

「今さら、とやかくはいいませんよ。安心してください。ですが、郎君が――れっきとした皇族のおひとりが」

「包《ほう》希仁！」

一瞬。

それでなくともひやりと暗い室内の大気が、さらに冷たくなった。少年の低い、それでいて極限まで張りつめられた絹糸のような声には、殺意すらこもっていた。

それを敏感に察知して、旅芸人の少女は開かない扉にぴたりと背を寄せる。その場の空気を避けようとしたのと同時に、外に余人の気配がないか、反射的にさぐろうとしたらしい。どちらにしても、彼女の頰もまた、厳しい緊張にこわばった。

変化がなかったのは、包希仁、ただひとり。屋外に吹いているはずの江南の春風、そのままのおっとりとした笑顔で、さえぎられたことばをごていねいにもくりかえして、

「――皇族のおひとりが、開封を離れていること自体が、非常に危険な状態であることはしっかり自覚してください。世間は、郎君の身分におそれいる者ばかりではないし、郎君の存在を不都合だと思うお方が東京《とうけい》（開封）においでになることは、十分に知っているはずでしょう。ましてここは、四十五年前までは他国だった土地です。いまだに旧主を慕い、故国を滅ぼした者に恨みをいだいている者がいないという保証は、どこにもないんですからね」

これだけの長いせりふを息もつかずにいいきってから、少年の表情をうかがった。きかん気を示す眉根のあたりが、さすがに神妙そうになるのは、青年のせりふがすべて正論だからだ。

この長江流域には昔――といっても四十五年前まで、南唐《なんとう》という国があった。大唐帝国が瓦解したあと、地方に建った政権、俗にいう十国のひとつである。

かつて大唐の経済を一手に支えたという生産力、経済力を背景に、金陵《きんりょう》（現在の南京）

に拠《よ》って李《り》氏三代が贅《ぜい》のかぎりを尽くしたが、北方で勢力をのばした後周《こうしゅう》に圧倒される。やがて、後周にとってかわった宋の太祖《たいそ》・趙匡胤《ちょうきょういん》に攻められて降伏。後主《こうしゅ》・李煜《りいく》は開封に連れ去られ幽閉され、二年後に死亡する。

ちなみに、南唐が宋に攻撃されたとき、趙匡胤と結び、さらに南からはさみ討ちにした呉越《ごえつ》という国がある。国主・銭俶《せんしゅく》も、南唐が滅んで三年後にすすんで国をさしだした。それがよかったのか宋のあつかいも寛大で、銭俶の子、銭惟演《いえん》は現在、爵位を与えられ帝の外戚と姻戚《いんせき》になり、安逸な生活をおくっている。

さらに、余談——というには、いささか重い話だが、実はここにいる陶《とう》宝春は、その鄭《てい》王《おう》・銭惟演にねらわれて開封を出ることになったという、いささかいわく付きの身なのである。

それはともかくとして——。

「わかっていただけましたか、少爺《しょうや》（若君）」

希仁は、念のおいうちを忘れない。

「わかっている」

少年は、返答をためらわなかった。おおいにむくれ気味の声だったにせよ、おのれの立場はどんな時にも忘れたことはない。そういう育てられ方をしてきたのだ。

「悪かった」

とも、彼はいった。いやいやながらではあっても、自分の非をみとめるだけの度量も、この若さで身につけているのは、それだけでたいしたものかもしれない。

希仁も、それを認めたのだろう。

「わかったのなら、以後、身をつつしんで、私のいうことにしたがってくれることですね、賢弟《けんてい》」

がらりと、くだけた口調——弟に話しかけるような、ぞんざいなせりふで話をしめくくってくれた。

それに安心したのか、まず、宝春がほっと息をついた。さらに、自分の息づかいに誘発されたのだろう、ふっと噴くように笑いだす。ふくみ笑いだったそれがころころと鈴を鳴らすような、かろやかな笑い声に変わったころには、希仁もつられたのか、肩を揺らして笑いだしていた。

そして——。

最初こそ、きつい表情でそっぽをむいていた少年——戴星とよばれた彼もまた、腹の底から自然にこみあげてくる笑いの発作には、意地をはっていられなくなったらしい。希仁よりも先に煤《すす》けた天井へむかい、よくとおる大声で笑いだしていたのだった。

屋外で聞いていた人間があれば、ひとつの息にあわさった三人の声は奇妙に思われただろうが、内部の人間にしてみれば、聞かれてこまるようなことでもない。

笑えるだけわらい、笑いつかれてようやくそれぞれの場所で真顔にもどる。

「ああ、こんなに笑ったのって、ひさしぶりだわ。東京を出た夜以来かしら」

「いろいろ、ありましたからね。ここまでのあいだにも」

青年が、おだやかに肯首《こうしゅ》したとたん、

「笑ったら、また、腹が減った」

「白公子――！」

宝春が眉をつりあげ、またしても話題が元へもどりかけた。さすがにうんざりした表情で、希仁が割ってはいろうとした時だ。

室内が、ふいに翳ったかと思うと、

「おい――」

明かりとりの小窓から、文字どおり、声がふってきたのだった。

「おい、ここから逃がしてやろうか――」

包希仁――名を拯《じょう》という青年が、この白戴星と名のる少年と知りあったのは、つい半月ほど前、宋の都、開封でのことである。

相国寺《しょうこくじ》の境内の、旅の大道芸の一座をかこんでの人ごみの中で、不意に少年の方から声をかけたのが最初だった。当時、包希仁は科挙の最終段階である殿試《でんし》に落ちて、故郷へ帰ろうというところ、戴星は家を抜けだしてきたばかりだった。そして、ふたりの目の前で酔漢にからまれていた旅芸人が、陶宝春というこの少女だったのである。

三人が、一時に意気投合したわけではない。

それぞれに事情や秘密をかかえていた彼らが、ことの全容を知り、開封を離れるまでにはおおよそ一昼夜という時間が必要だった。

——まず、もっとも秘密がすくない包拯だが、殿試で失敗《しく》じったとは表むき、実はわざと落ちたのだというからたいした度胸である。

この中国で、まず男子と生まれて出世を願うなら、科挙に合格して官吏になるのがもっとも確実な方法である。むろん、容易にくぐりぬけられる関門ではないし、勉学に集中できるだけの家財の余裕がなければ受験することもおぼつかない。だが、身分、門閥《もんばつ》に拠らず才能のある者が登用されるという点においては、まず公平な制度だといえるだろう。

当然のことながら、志願する人間は少なくない。それをふるい落とす試験も、何段階もある。第一段階である郷試《きょうし》を突破するだけでも一苦労で、何年も何十年もかかって一度も郷試にもうからなかった例もある。それを、たった一度で、しかもこの若さで最後の殿試までいったのが、包希仁だった。

さては、二十歳そこその進士《しんし》の誕生かと、皆が期待をかけたのはいたしかたないし、結果としてそれがみごとに裏切られたのもまた、よくある話だとだれもが思う。だが、それがこちらから今の朝廷を見限っての落第だと知れたら、大騒動になっていただろう。下手をすれば、上《かみ》をたばかった罪で処罰をうける可能性もなかったわけではない。が、それほどだいそれたことをしてのけた理由については、

「思うところがありまして——」

青年はのちに、事情を知って理解を示してくれた、范仲淹《はんちゅうえん》という官吏に語っている。悪びれることなく笑ってそういった彼だが、その、思うところ——とやらと密接な関係を持つ者が、すぐ身近なところに立っていたとはさすがに予想していなかったらしい。ひょんなことから知りあった白戴星、陶宝春のふたりと、いったんは別れてしまったのがその証拠である。

——陶宝春は、芸名を花娘《かじょう》といった。

祖父とともに加わっていた遊芸の一座で、双剣の剣舞を演じる花形だった。

父の名にも母の顔にも記憶がなく、ものごころついた時から、祖父と名のる老人とともにあちらこちら、芸を習いおぼえながら旅をつづける明け暮れだったという。今になってみれば、はたして祖父が実の肉親であったかも判然としない。

むろん、恨んでいるわけではない。食べるものもないような貧しい生活の中で、懸命に育て、彼女をかくし守ってくれた祖父のことを思うと、宝春は今でも涙をこぼしそうにな

る。

だが、老陶がずっと得体のしれない影におびえ、宝春をつれて逃げまわっていたことも事実だった。そして、その祖父が不可解な最期を遂《と》げたあととなっては、もうすこしなにか、語っておいてくれればという悔いも、たしかにのこるのだ。

老陶は、深夜、暴漢の手から孫娘を守ろうとして、殺された。それだけならば、これも世間でときどき耳にする話だと思ったかもしれない。

ところが――である。

老人の遺骸は、宝春やその場に居合わせた戴星、ほか数人の目の前で、あとかたもなく消え去ってしまったのだ。

夢を見ているようだったと、宝春は今になっても思っている。一瞬のことだったような気もするし、長い時間かけて、ゆっくりと徐々に姿が若がえっていったあげくにかききえたような記憶もある。かと思えば、記憶そのものが自分の妄想にすぎなかったのではないかと、ゆらぐこともある。

消えた瞬間、ふわりと花の香がしたと思ったのが、宝春の自信をさらに失わせていた。血のにおいならばともかく、花の季節にはまだ早い開封で、そんな香りを感じるはずがないからだ。

もっとも、白戴星もおなじような香りを嗅《か》いだといっているから、宝春だけが錯乱していたわけではないらしい。

ともかく、我にかえったあと、だれがどこをさがしても、老陶とよばれた老人の姿はみつからなかったのだ。

あの夜、祖父を失った悲しみにひたるひまもなく、宝春は安全を求めて戴星とともに開封の街を逃げまわり、包希仁と再会を果たすこととなる。

希仁に謎解きをもちかけた――というよりおしつけたのは、白戴星だった。

のこされた手がかりは、陶老人のいまわのきわの、「陶」ということば。それに、老人があつらえてきたという、花娘の双剣。そのふたつのみだったにもかかわらず、希仁はその剣の皮鞘《かわざや》の中にかくされていた一葉の紙片をいともたやすく見いだしてみせた。

紙に記されていたのは、東晋《とうしん》の詩人、陶淵明《とうえんめい》の書いた『桃花源記』。桃の花につつまれた仙境の物語である。そして、一連の事件から希仁が読みといたのは、宝春がその桃花源とかかわりあいを持つ人間である――もしくは、そういう人間だと思いこまれたために、ねらわれたのではないかということ。

仙境の在処《ありか》をもとめ、その端緒《たんしょ》となると思われる宝春の身柄を、喉から手が出るほど欲しがる者が開封には、どうやら複数いるらしいというのが、希仁の結論である。ただし、

「――もっとも」

と、微笑をふくみながらも、慎重につけくわえたのが、いかにも彼らしい。

「いったい、なにがそこにあると思ってのことかまでは、わかりませんが」

不老不死の秘法ともいわれているし、富や名誉、栄達の道だと思いこんでいる者もいるようだ。そのあたりを、鼻先で笑いとばして、

「だいいち、そんな仙境があること自体、あやしいものだと私は思っていますが」

「信じてないというのか」

戴星がむきになったのには、理由がある。

理由どころか、実は事情も秘密も、そのきかん気の外見からは信じられないほどに重大なものを、彼は背後にかかえていたのだった。

彼には、二組の父母がいるという。闇から闇にほうむられるところだった彼をひそかにひきとって、ここまで育ててくれた養父母と、彼の生死どころか存在すら知らない実の父と母。側室であった母は、夫の寵愛をあらそったもうひとりの側室の策謀で罪におとしいれられ、戴星を産んだ直後に姿を消した。長じて、養父母から真相を聞かされた少年は、母をさがすために家を飛び出し、消息をたどって旅芸人のあいだを歩くうちに宝春の難儀に行きあった——。

ここまでだけなら、これまた、世間には掃《は》いてすてるほどありそうな、家庭内のもめ事である。ただ、そうあっさりと掃きすてるわけにいかなかったのが、少年の本名と、彼の出自だったのである。

白戴星とは、口からでまかせにつけた仮の名で、本来の名は受益《じゅえき》という。姓は趙《ちょう》、養父の名は趙元份《げんふん》、養母は狄《てき》氏、名を千花《せんか》——つまり、現在の皇帝の兄で、八大王《はちだいおう》とも尊称される商王《しょうおう》の長子ということになっている身なのである。とすれば、彼の存在すら知らない実父とは、まさしく今上帝《きんじょうてい》のことではないか。

しかも、現在、子のない——とされている今上帝の養子候補の筆頭にあがっているのが、表むきは甥《おい》である彼、趙受益なのだというから、話はややこしい。

さらにいえば、彼を養子にすることをきらいぬいているのが、戴星にとっては母の仇《かたき》ともいうべき皇后・劉妃《りゅうひ》。かつて、戴星の生母、李妃《りひ》を追い落とす陰謀にくわわった劉妃の兄や宦官《かんがん》の一派、そして先に述べた銭惟演のような大貴族といった連中が手を結び、また牽制《けんせい》しあいながら、追いもとめているのが宝春の身柄とその秘密——。

そうと知った時に、戴星は彼女を連れて江南へむかうことを決心する。

ひとつには、宝春の、おのれの本当の素姓を知りたいという希望に、共感するところがあったにちがいない。そして、宝春の縁で、母・李妃の行方を知る女が杭州《こうしゅう》へむかったという情報を、ようやくに手にしたためでもある。

それにまきこまれる形で、故郷、廬州《ろしゅう》・合肥《がっぴ》に帰る包希仁が年少のふたりに同行し、三人で桃花源の謎をさがし求める旅に出たのが三月のはじめのこと。

最初は、理解者である范仲淹が融通してくれた船に乗っての、運河の旅だった。

黄河流域の開封から江南へ至る道は、陸路もあるが、なんといっても楽なのは船で汴河《べんが》をくだる方法である。その昔、隋《ずい》の時代に煬帝《ようだい》が開鑿《かいさく》した大運河・通済渠《つうさいきょ》を基礎とする水路は、時代によっては流域を変えたり、時としてはまったく閉鎖されたりもしたが、現在は淮河《わいが》流域の泗州《ししゅう》まで達している。

ただ、この時代——宋の天禧《てんき》四年（西暦一〇二〇）ごろの汴河はこの泗州までで、ここから洪澤湖《こうたくこ》という細長い湖をほぼ北上し、淮陰《わいいん》で山陽瀆《さんようとく》という運河にはいる。そして、長江に面する瓜州鎮《かしゅうちん》までは、ふたたび船の旅となり——それより南はさらに、船でなければ移動も困難な土地となるのである。

江南とは、厳密にいえば長江より南の土地をさす。淮河より南、長江より北は淮南という呼び方があるのだ。だが、陸路より水上の交通の方がはるかに発達しているという意味では、淮南も江南のうちにふくめてよいだろう。

古来より南船北馬《なんせんほくば》というとおり、江南とは水の地方だった。

その、はるかに楽な船の旅をうちきって、戴星たちが泗州から陸路をとったのは、ひとつにはわずかな距離とはいえ洪澤湖を北上するのが、ひどく遠回りに思われたからだ。

もっとも、先をいそぐ旅ではない。

宝春には、これといって身をよせるあても予定もない。いつ、どこへ行かなければならないという強制もない。

戴星だとて、母の行方の手がかりをにぎる女が杭州へむかったとまでは聞いたが——李《り》絳《こう》花《か》と教えられた旅芸人の女が、今もその街にいるかどうかは知れたものではない。なにしろ、十七年も前の話である。問題の女の名を旅芸人の一座の親方が思いだすまで、相当の時間がかかったし、だいたい、今、生きているかどうかさえわからないあやふやな話である。いまさら、数日おくれたぐらいで大勢に影響が出るようなこともないだろう。

もっとも行程を急ぐのは最年長の包希仁であるはずだったが、これも科挙に合格しての話ならともかく、期待させたあげくの落第では足もにぶろうというものである。

「大兄には、自業自得だがな」

と、口の悪い戴星は面とむかっていったものだ。

わざと落ちたのだなどと、いいわけできる立場ではないし、いったところで信じてはもらえないだろう。だが、少年の戴星にからかわれても悪口をいわれても、希仁はまさしく春風駘蕩《しゅんぷうたいとう》、

「この機会により道をして、見聞をひろめておくのも悪くありませんからね」

うけながして、にこりと笑った。

いったい、この青年が激怒ということばを知っているのかどうか、戴星はうたがったことがある。それほど、おだやかな彼が眉をひそめて船を降りようといいだしたのは、泗州に到着する直前だった。むろん、日程が問題だったのではない。

「船では、居場所も行程も限定されてしまいます。こちらが乗っているとわかっているこの船で、このまま旅を続けるのは危険だ。陸を行く方が、追っ手の目はくらましやすいと思いますし、逃げる方法も多いはずです」

実は、開封を出てからそれまでのあいだに二度、夜、停泊中の船上に不審な人物が侵入してきているのだ。

手配してくれた范仲淹の配慮で、船は運河を行くものとしては小型でなるべく古い、目だたない外観をしていた。人を専門にはこぶ客船ですらない。あまりたいした物も積んでいない、荷船に便乗しているのだ。あまり立派だったり金目のものを積んでいそうに見えたりすると、江賊などという連中に襲われる可能性がある。そうなっては、いろいろと不都合なことが起きる——というわけで、戴星たちの素姓を考えて、危険を避けるよう気づかってくれたわけだ。

にもかかわらず、二度も——という点に、包希仁は神経をとがらせたらしい。船や水夫《かこ》たち自体には不審な点はないが、

「郎君《きみ》か、宝春か、どちらに対しての追っ手かまではわかりません。ですが、どちらにしても追いつかれては都合が悪い」

船を降りることについては、戴星も賛成だった。

船旅の最初のうちこそ、すべるようにうつりかわる景色を見てよろこんでいたが、二日

もするとすっかり飽きて、狭い船の中で元気をもてあましてしまったのだ。

八大王という、皇族の中でももっとも皇帝に近い大貴族の屋敷で育ったわりに、この少年は闊達《かったつ》すぎた。文武ともに一流の教師について学んでいるはずだから、体術にすぐれているのは当然だろう。だが、狭い船の上でいっときもじっとしていないのには、希仁もさすがに気がおちつくひまがなかったという。

河に落ちることも心配したが、船頭や水夫に声をかけては、長いあいだ話しこんでいる姿にもはらはらした。

庶民の生活に興味を持つのも、好奇心が旺盛なのもけっこうだが、戴星の素姓がばれた日にはどんなさわぎになるか、希仁には手にとるようにわかる。

なにしろ、そこらの良家の公子ではない。

本人は、皇帝になぞなる気はないと公言していたらしいが、ともかく皇太子候補の筆頭である。それが、都を出奔《しゅっぽん》してこんなところをうろついていると知れた日には、すぐに土地の役人がとんでくる。

まず、最初は騙《かた》りかなにかとうたがわれて、罪人あつかい。真実だと知れた段階で、即座に開封へと丁重《ていちょう》に送りかえされる。勝手に都をはなれたことや騒ぎを起こした件を事由に、皇帝の養子にという話は当然、とりやめになるだろう。下手をすれば、幽閉ということさえありうるかもしれない。なにしろ、この趙受益という少年をきらいぬいている女性が、現在、病《やまい》がちの天子をさしおいて皇城内の実権をにぎっているのだ。

彼自身は、太子候補をはずされてもかえって本望だとうそぶきかねないが、戴星の身柄に責任をもつべき養父母――八大王夫妻にまで累《るい》がおよばないという保証は、なにひとつないのだ。

それを承知の上で、わが子として慈《いつく》しんだ少年をあてのない旅に出した八大王夫妻の心情を、希仁だけは知っていた。陸路には陸路の危険ももめ事もあるだろうが、その思いやりと信頼に応《こた》えるために、希仁は、さしせまった危険を感じる船旅を避ける判断をしたのだった。

もっとも――彼の思惑としては、退屈しきったあげくにはじまる、戴星と宝春のたあいもない口げんかが、これですこしはおさまるかと期待したふしもあったらしい。

仲が悪ければ口もきかないだろうから、互いに悪感情をもっているわけでは、けっしてない。戴星は、何度もくりかえすように、その生い立ちからすれば奇跡的なほどに、身分や生まれといったものに無頓着である。それはそれで善《よ》いものと希仁は見ているが、だからといって年下の少女を相手に、本気になってけんかをしているのはあまり見よいものではないだろう。

宝春も宝春で、この歳ですでに江湖《こうこ》の荒波にもまれてきているだけあって、なかなかに気が強い。愛らしい外見だけを信じて甘く見ていると、とんでもないことになる。その上、口もまわるときては、戴星もうかうかとはしていられない道理である。

さすがに戴星の正体を知った時には、不信と畏怖《いふ》とで態度をぎこちなく硬化させていたが、それも二、三日だけのこと。三日目の夕刻にはもう、なにやら食事のことで戴星が文句をいった、いやいわないの押し問答を再開していた。

以来、船の上では一日に最低、三回、そして包希仁の期待もむなしく、陸路をとっても一日に二回はかならず、ささいなことで年少のふたりは口論をはじめた。それを、青年がひきわけるということを繰りかえしてやっとのことでたどりついたのが、この揚州周辺だったのだ——。

短いあいだではあるが、陸路もけっして安全というわけではない。戴星が、それでおとなしくなったということもない。

船の上からならば、運河の沿岸の田畑だの、そこに水を汲《く》みあげるための揚水機だのといったものをものめずらし気に見ていても、おいそれと降りて近寄るわけにはいかない。ところが、陸路では一歩わき道に逸《そ》れればよいだけなのだ。

さすがに、無断で離れていくようなことはないが、

「ちょっと、見てくる」

ひとこといい置いただけで、するりといなくなりかける。

もちろん、路銀ももっていない戴星だから、どこかへ行ったとしても必ずもどってくる

はずなのだが、だからといって目をはなしたらなにをするかわからない。希仁は、開封で出あった初日、一日でたっぷりと思い知っていたから、けっして少年には単独行動はとらせなかった。

懇々《こんこん》とい聞かせて止めるか、とっさの場合などは袖や襟首をつかんでひきもどすか、でなければいっそのこと希仁があとをついていくか、である。

温厚が表看板の包希仁だからこそ、なんとか子守り役がつとまっているのだ。ふつうの者なら、とっくの昔に逃げだしているところだろう。案外、八大王もそのあたりを考慮の上で、恰好《かっこう》の人物の彼に息子をまかせたのかもしれない。そう考えていくと、だまされたような気分にならないでもない希仁ではあった。

とにかく——。

泗州から揚州までは、大きな事故も事件も、刺客《しかく》や追っ手らしい不審な影を見かけることもなく、無事にすぎた。

事の起こりは、揚州を出てすぐのことだった。

本来なら、街なかで杭州へむかう船の手配をしてもよかったのだが、希仁はまだ陸路にこだわった。

「とりあえず、長江に着くまでは歩くことにしましょう。たいした距離ではないし、追っ手の裏をかく意味でも」

揚州から瓜州鎮までは、四十里（約二十二キロ）もない。人が一刻（約二時間）に行く距離が、十八里（約九・九キロ）かそこらといわれているから、健康な大人の男なら、それこそ一日で行って帰れるだろう。足弱の女連れとはいっても、宝春が一行の中では一番、徒歩の旅に慣れている。

「郎君《きみ》が、より道をして時を無駄にしなければ、ゆっくり歩いても今日中に瓜州鎮に到着できます。そこで便をさがして、とりあえず河向こうの鎮江《ちんこう》へ渡りましょう」

出発したまではよかった。

その日にかぎって戴星も宝春もおとなしく、口げんかも朝のうちに一度きり。戴星の興味をひくようなものといえば、途中、揚子鎮《ようすちん》というちいさな村落をとおりすぎるときに、とある屋敷がなにやらざわついていたことぐらいだった。

「なんだ？　葬礼かなにかか？」

といったのは、こんなみすぼらしい鎮には不似合いなほど立派な門構えの外に、多勢の人間がむらがって内部をのぞきこんでいたからだ。外の人間たちはみな、村に見あった、いかにも貧しい身装《みなり》である。

屋敷の中になにがあったにせよ、彼らが手伝いにおしかけているわけではないのは、ひと目見ただけでわかった。

わかったのだから、遠くからながめるだけにしておけばよいものを、

「おい」

戴星は、手近なところに立っていた老農夫に気軽に声をかけたのである。

「なにごとだ」

「法要だがな」

農夫は、聞きとりにくい発音で答えた。

中国は土地が広いだけに、地方によってことばがちがう。おなじ文字を異なる発音で読む程度の場合もあるが、ほとんど別言語といってよい方言もある。

主要な官吏は中央から派遣されるから、役所では都のあたりのことばが通用する。科挙も省試、殿試ともなれば当然都でおこなわれるから、まず知識階級に属する人間ならば会話に不自由することはない。だが、科挙とも役所とも無縁の庶民は、必要がないこともあって、いろいろと困ることもあったようだ。

ただ、さすがに江南のこのあたりは、都との行き来もさかんで、かろうじて話がわからないほどではないらしい。老農夫は、すくなくとも戴星のことばは、すぐに理解したようだ。

「おまえさまがたぁ、都からかね」

老人がなまりのきついことばで訊ねかえしてきたのも、戴星のなめらかなことばを聞きとがめてのことだろう。

「そんなところだ。法要だって？　そういやあ、泣き声が聞こえない」

葬式なら、哭礼《こくれい》といって、泣きさわぐ声が聞こえるはずだ。

「えらく盛大みたいだが、親かなにかのか」

「ここの老爺《ろうや》がな、昔、お仕えした方の、供養だそうだがや」

「そりゃ、まあ、奇特なことだがやな」

老人の口ぶりを真似て、少年はすぐかたわらの希仁をふりかえった。

「――だそうだ」

「それで、ご老人は、ここでなにをしておいでです」

「みな、供物のお下がりを待っているだよ。わしら、ここのお屋敷の佃戸《でんこ》（小作人）どもには、銭もいくらか出るって話だでな」

「ここにいる、みんなですか？」

希仁が問いかえしたのは、そこにいるのが十人や二十人ではなかったからだ。

「そうさね。みんなに、だよ。ありがたいことでないかね。そういやぁ、あんたがた――」

「ええ、そうですが、それがなにか？」

兄弟かなにかかね」

「あの娘っ子もかね」

と、老人が白いひげもまばらなあごでしゃくって示したのは、むろん、宝春である。彼女は、戴星とは正反対にこの人だかりを避け、道を少し先へ行ってあとのふたりが追いついてくるのを待っていた。

あきらかに旅芸人の装《なり》をした彼女と、どうしても裕福な家の子弟にしか見えない希仁たちとが同行しているのは、たしかに傍目《はため》には奇妙なものだろう。それは、希仁もはなから承知で、

「いえ、途中でいっしょになった小娘子《おじょうさん》ですよ。行き先がおなじな上に、聞けば、気の毒な身の上で——」

実はこれは、開封で最初に三人が顔をあわせた時に、酒楼の給仕にとりつくろった嘘である。その場かぎりのことのつもりだったから、口からでまかせで、ありきたりすぎて疑われなかったのが不思議なほどだ。

ために、開封を出た直後にもうすこしましな身のやつし方はないかと、希仁も一応は考えてみたのだが——。

まず、戴星のあの気性、闊達さは生来のもので、なにに化けさせたところで、良家の公子であることはすぐにばれる。希仁を大兄大兄と呼び慣れてきたところからしても、やはり旅の書生の彼自身の弟としておくのが一番無難なところだろう。

また、宝春のあつかいだが、そもそも親族でもない女を連れて旅をすることが不自然なために、なんともいいわけがきかない。妹かなにかに仕立てられれば都合がよかったのだ

が、少女には気の毒だが、読書人の家の者にふさわしい立ち居ふるまいが身についていないのだ。これも、見る者が見れば、偽者だと簡単にわかってしまう。

無理をしても仕方がないとあきらめて、ここまでの道中ずっと、書生の兄弟が、偶然知りあったひとり旅の少女を途中まで送りとどけてやるところ——という格好でとおしてきた。

さいわい、宝春は遊芸の一座の花形をつとめていただけあって、人に好かれる顔だちをしている。口さえ開かなければ、他人が同情して力を貸してやるのも無理はないと、十分に思わせられた。

あとは、事情を説明する語尾をわざとぼかし、さも複雑な子細《しさい》があるようにみせかければ、たいがいの者は信じこむ。

この老人も、例外ではなかったようで、

「そりゃあ、あんたがたも奇特なことだで。きっと、いいことがあるよ。今夜は瓜州泊まりだなぁ。気をつけて行きなされよ」

人のよさそうな、日焼けした顔で手をふった。

それに手をふりかえして、

「こんな片田舎《かたいなか》だっていうのに、たいした威勢だな」

「形勢戸《けいせいこ》、というやつですね」

もっと簡単にいえば、大地主である。それも世の中が落ちつくにともない、農業や経済の発達とともに興《おこ》ってきた、いってみれば新興勢力である。こういった富裕な家の子弟から、科挙をうけて官僚になる者が出てきていることもあり、田舎の成金といってもなかなかあなどれない力を持つ者が多くなっているという。

官僚を出した家――官戸《かんこ》とも形勢官戸ともいう家には、下手をすると土地の役人も手が出せない場合があり、弊害も起きているという話も希仁は聞いていた。

ただ、今の自分たちとは関係がないことだと、たかをくくって三人はその門の前を通りすぎたのだった。

ところが、である。

それから一刻も行かないうちに、

「おい――」

背後からおいかけてきた声にふりむいたときにはもう、三人はぐるりと周囲を屈強な男たちにとりかこまれていた。みな、そろって壮年の、どこかの家の下男風である。それも、主家の権勢をいからせた肩のあたりにちらつかせ、のっけから居丈高《いたけだか》に、

「そこの、小娘」

宝春にむかって、決めつけたのである。

「荷物を見せろ」

「なによ——」

と、反射的に宝春は、自分の荷を両手にかばう。荷といっても、ちいさな布包みがひとつきりで、その他にめだつ物といえば商売道具ともいうべき双剣だけだ。

「ちょっと、待ってください」

当然、希仁があいだに割ってはいる。片手で、すでに顔色を変えている戴星を制止しながら、

「なにごとですか」

「関わりあいたくなきゃ、すっこんでろ」

「そうはいきませんよ。理由くらい、聞かせてください」

「周《しゅう》老爺のお屋敷で、大事なものがなくなったんだよ。あやしい奴が門の前を通りかかったっていう者がいてな。格好からみて、その小娘があやしい」

「周——?」

「ひょっとして、さっきの田舎大尽《だいじん》——」

戴星がそう思いあたったのは、男たちの肩のあいだから、さっきの老農夫のしわだらけの顔がちらりとのぞいたからだ。

「大事なものとは、なんですか」

「てめえらに、関係あるまい。それとも、てめえらもぐるか」

装《なり》は雇人《やといにん》でも、口ぶりは無頼者のそれとなんら変わるところがない。さすがに、希仁もむっとしたほどだから、戴星がだまっていられなくなったのも無理はない。

「てめえらが知りもしねえものを、おれたちが持っている道理がなかろうが」

口調もそっくりに、やりかえしたものだ。この少年が、育ちからは想像がつかないほど下情に通じ、ことに悪いことばをよく知っていることは希仁も先刻承知している。だが、低い声ですごまれると、将来に一抹《いちまつ》の不安を覚えないでもない。

希仁のひそかな心配をよそに、

「答えられねえのか。それとも、はなからいいがかりをつける気か。荷を開けさせて、なんでもいいから金目のものを取り上げようって魂胆《こんたん》だろう。白昼堂々、天下の往来で斬り取り強盗たあ、いい度胸だな、え？　なんとかいったらどうだ」

一気にまくしたてた迫力に気圧《けお》されて、

「こ、香炉《こうろ》だ」

一団の長らしい男が、答えた。

「——香炉？　なんだ、そりゃ」

一瞬、戴星がきょとんとなったのも当然で、たとえば金銀や銭、玉といった値うち物がなくなったなら話はわかる。だが、あの屋敷にほかにもっと金目のものがないとは信じられないし、よりによって、そんなものを盗《と》っていく者がいるとも思えなかったのだ。

だが、男たちはそうはとらなかった。

とにかく、少年が虚を衝かれて年齢《とし》相応の顔になったのを隙と見たのだろう。別の男が前おきもなしに、宝春の腕をわしづかみにしたのだ。

「やだったら。離してよ、はなせってば！」

しっかりと胸を抱く細い腕を、男は力まかせにふりほどこうとする。そのとたんだった。

男の頰が、音高く鳴った。

いつ、戴星が両者のあいだに割りこんだのか、いつのまに男が逆に腕をとられ突き離されたか、見ていた者はなかっただろう。とにかく気がついたときには、男は片頰を真っ赤に腫れあがらせて、土埃《つちぼこり》の中にころがっていた。

「野郎——！」
四、五人の口から、いっせいに呪詛《じゅそ》にも似たうなり声があがった。そのまま、彼らの腕が伸びて、少年の胸といわず腕といわずつかみかかったのだ。
多勢に無勢だったが、そのままにしておいても、もしかしたら戴星の方が勝ったかもしれない。腕力では劣るかもしれないが、敏捷《びんしょう》さでは少年の方がはるかに優っていた。自信があるからだろう、押さえこまれてもあわてることなく、腕を差しかえ巻きかえ、たくみに手首をひねりあげては、一本ずつひきはがしにかかった。と、同時に、脚は男たちのむこう脛《ずね》を蹴りつけ、はらいをかけて、またたく間にふたりをはいつくばらせた。

が、そこまでだった。

「止めなさい！」

希仁の声が飛んだのだ。

日頃が温厚なだけに、こう凜然《りんぜん》と命令をくだすと、有無をいわせぬ迫力がある。ふだんの希仁を見なれた戴星たちばかりでなく、男たちの暴力を制止するのには、それで十分だった。

「怪我をするのも、させるのも御免です。話があるなら、ひきかえしましょう。疑われた以上、冤罪《えんざい》は晴らしておきたいですからね」

「おう、そうと決まったら、とっとと歩け」

「その手を離しなさい。われわれが盗ったと決まったわけではありませんよ。この土地にも役人はいるでしょう。出るところへ出れば、はっきりすることです」

「無駄だと思うがよ。ここいらの役人は、周老爺のいいなりだからな」

男たちはせせら笑ったが、それでも戴星からも希仁からも手を離した。そのまま、男たちにぐるりととり囲まれて、三人は周とかいう例の屋敷の内に連れもどされ、裏庭の物置と思われる一棟にほうりこまれて一夜が明けた——。

ここまでのいきさつは、ざっとこんなものである。

希仁は、役所で、役人立ち会いのもとに荷をあらためさせるつもりだったらしい。が、屋敷内に引きこまれたところで、さすがにまずいと思ったようだ。たいしてあるわけではない荷物をとりあげられて、条件はさらに不利になった。

だが、それでなにか手をうつわけでなく、出る方策を考えるわけでなく、ぐっすりと眠れるところが、この文弱そのもののはずの青年の、奇妙なところだったかもしれない。

とにかく——。

理不尽に捕らえられていた三人の前に、助けの舟がふってあらわれたのが、翌日の午《ひる》というわけだった。

「ここから、出してほしいかい」

声だけが、屋根に近い明かりとりの窓から降ってきた。

「決まっている」

谺《こだま》のようにこたえて、一歩踏みだしたのは戴星。宝春が、その背によりそうようにして、やはり屋根の裏を仰ぐ。

「出たいけど、荷物が……」

「そりゃあ、おいらが取ってきてやるよ。ちょいと、待っていてくれたら——」

「待ちなさい」

せっかちな声が遠ざかりかけるのを、ひきとめたのは希仁である。その口調の意外なきびしさに、外の人の気配も従わざるをえなかった。

「なんだよ、出たいのか出たくないのかよ」

「今、逃げたら、私たちは罪を認めたことになります。万一、ふたたび捕らえられたら、申しひらきができない。私たちはなにもしていないんですから、訴えられても困ることはありませんよ。この国には、法というものがあるんだし、潔白を証明して堂々と出ていけばいいことです」

「おい、大兄」

胸をはったとたん、戴星がひそひそと耳うちしてきた。

「役所へ突きだされたら、おれの正体がばれるからおとなしくしろって、道中、口うるさくいってきたのと話がちがうじゃないか」

「あれは、郎君《きみ》がけんかで人に傷を負わせでもした場合のことです。罪人として取り調べられでもしたら、隠しおおせないでしょう。今回は、こちらが無実なんですから、私がなんとでもきりぬけてみせますよ――」

「いまさら、なにを相談してるんだよ」

頭上の声が、すこしいらつく。

「――それに、逃げても逃げなくったって、申しひらきはたたないと思うけどなあ。この連中は、あんたたちを役人につき出す気なんか、ないんだからさ」

「どういうことです」

「おいら、聞いちまったんだよ。どっちにしても面倒だから、このまま、こっそり殺しちまうかって相談してるのをね」

とんでもないことを、降ってくる声はおもしろそうにいってのけた。調子の高さからして、あきらかに少年の声だ。それも、戴星よりもさらに年少——下手をすると、宝春よりも歳下かもしれない。その、孩子《こども》相手に、だが、希仁は真剣な態度をくずさなかった。

「たしか、ですか」

「おいら、耳が悪くなるまでには、まだ間があるぜ」

「理由は、話してましたか」

「よくはわからなかった。だけど、香炉のことを知られたこと自体がまずいとか、いってたぜ」

「ふ……む」

聞いたとたんに、希仁の態度が変わった。

細いあごに指をあてて、なにを考えこむのか、深い眼の色をした。

「ほんとは、おいらには関係ないことだけどね。むざむざ目の前で人に死なれるって、寝覚めが悪いじゃないか。王師父《おうしふ》にも、そういいつけられてきたことだしさ。とにかく、さっさと決めておくれ。せっかくの機会が、むだになるよ」

「どうする、知恵者」

「逃げることにしますか」

あっさりと意見をひるがえされて、あとのふたりはあきれて、とっさに口がきけない。

上の声だけが、けらけらと笑って、

「そうと決まったら、今、荷物をとってきてやるから」

「こんな白昼、逃げるんですか。夜になるまで待った方が――」

「屋敷の連中はひとり残らず、本堂――じゃないや、正庁《せいちょう》に集まってるんだよ。見はりもいないし、今ほどの好機はないんだよ。じゃ、待ってな」

そのまま、ひらりと身をひるがえしたらしい。よほど身が軽いらしく、ぽんとやわらかな着地の音がしたが、それ以後は足音ひとつ聞こえなかった。

やがて――。

がたがたと扉が鳴ったかと思うと、まぶしい陽の光がさっと流れこんできた。

「さ、逃げようぜ」

立っていたのは、せいぜいが十四、五歳にしか見えない孩子だった。髪や姿は、戴星とあまりかわりない。窄袖《さくしゅう》の小衫《しょうさん》に短靴といった、旅の武芸者あたりが着ていそうなものである。ところが、胸もとからのぞいているのは、長命鎖《ちょうめいさ》（子どものためのお守り。錠の形）。おまけに、その襟の上からなぜか数珠《じゅず》が掛かっているという、奇妙な装《なり》なのである。

眉が太く、眼もとのはっきりとしたところは、気のせいか、戴星にすこし似かよったとところがある。もっとも都会育ちの戴星には、どう悪ぶっても、その挙措《きょそ》には洗練されたものがあるが、この少年は、すこし泥くさく粗野な印象もしないではない。

また、頬が赤くふっくらと丸みをもっていて、いかにも童顔。身体つきはしっかりしているが、実は、見た目よりも歳は稚《おさな》いのかもしれない。

いったい——と、戴星たちが相手の正体をはかりかねたのも、無理はあるまい。

もっとも、むこうにしてみれば、戴星たちのとまどいなど知ったことではない。

数珠のかかった胸をはって、

「おいらについてきな。悪いようにはしない、きっと助けてやるからさ」

かるく、請けあったのだった。

第二章　異床異夢《いしょういむ》

春は、開封《かいほう》にも訪れていた。

江南《こうなん》ほどの陽気ではないにせよ、風も陽ざしも目に見えてやわらかくなる。黄河《こうが》上流の黄塵《こうじん》をはこんだ風が、柳の新芽をおだやかに揺らしはじめると、人々はあらそうように郊外へと遊びに出る。

花をたずね名所をおとずれて、都の外も内も、老若男女、それぞれに可能な範囲ではなやかに装った人の波で埋まるのである。

春だけは、貧富の差にかかわりなく訪れる、天の恵みだともいえた。

むろん、九重《ここのえ》の城壁にかこまれた禁中《きんちゅう》——つまり皇帝の住居たる皇城の中にも、季節は等分にめぐっている。

「……まだ、始末がつかぬのですか」

ひそやかな声がこぼれ出てきたのは、春の微風にかすかな動きをみせる御簾《みす》の内である。

外に控える者たちの目にも、内部の人の影は、ぼうとおぼろにかすんで見えた。

「いったい、そなたたち、なにをやっておいでです。あれから、もう半月も経《た》っているのですよ。半月のあいだ、ろくに顔も見せず、参ったらまいったで泣き言しか申さぬとは」

「おそれながら、娘子《じょうし》(女性に対する尊称。皇后)──」

おずおずと頭を上げたのは、でっぷりと太った黒衣の人物。見るまでもなく、そのかん高い声を聞いただけで、宦官《かんがん》とすぐにわかる。その、耳障《ざわ》りな声で、

「われらも、できるかぎりの手は尽くしております。汴河《べんが》を行く船は常に監視下に置き、ずっと足どりは追ってまいりました。さりながら──」

「おだまりなさい」

いいわけの機先を制して、御簾の奥からは鋭い女声が飛んだ。

叱責《しっせき》されれば、黒衣は一も二もなく平伏するしかない。相手は、婦人ながらこの国でもっとも身分が高く、同時に気性も激しい。その上に、現在は国家を動かす権力すら、その白い手に掌握するところなのである。ここでむやみにさからって、今まで積み上げてきた彼自身のささやかな権力を失うわけにはいかない。

禁裏《きんり》の中でも、おもに後宮の維持にあたる元・男性たちは、基本的にはあくまで天子の私的な使用人──もっと正確にいえば家奴《かど》の身分にすぎない。本来ならば、朝政にかかわることなど許されるはずもない階級である。

だが、その職務上、政治の機密にかかわることが多く、また、天子の家庭の問題——たとえば立太子の問題などにも、裏から口を出すことが可能だった。ひとりひとりならば、腕力もなく一人前ですらない者たちだが、天子の権力をたくみに自分たちの上にすりかえ、徒党をくんで勢力をたのめば、一国の命運ですら狂わせることができる——。栄華をほこった漢も唐も、その末期は、暴威をふるう宦官によって弱体化させられ滅ぼされたといっても過言ではなかろう。

宋は、建国以来六十年、三代を経たばかりである。いってみれば若い国であり、宦官の弊害はまださほどではない。

とはいえ、決して楽観はできない状況ではあるのだ。現在の天子は病弱であり、しかも後嗣《こうし》がない。実質的な権限は、皇后たる劉妃《りゅうひ》の手に移りかけている。

まだ、正式に決定したわけではないし、廷臣の中にも反対は多い。だが、皇后・劉妃を皇帝の摂政に、という動きは、彼女自身の周囲から静かにわきおこっているのだ。

皇帝の正妃とはいえ女にはちがいない彼女が、後宮ではなく皇城——つまり公《おおやけ》の朝政の場の一殿に、なしくずしに居を定めてしまったのも、その声に支えられてのこと。

そして、その運動の中心のひとりが、この太監《たいかん》——雷允恭《らいいんきょう》という彼であり、もうひとりが、ならんで頭を下げている紫衣《しえ》の高官なのだった。

「おことばながら、娘子」

「なんですか、丁公《ていこう》」

「雷太監を責められるのは、酷というもの。泗州《ししゅう》まででも確実に足取りが追えたのは、皇城司《こうじょうし》、走馬承受《そうばしょうじゅ》といった機関を手中にできる太監の力があってのことでござるぞ」

ちなみに、皇城司、走馬承受ともに、皇帝直属の監察機関の名である。官吏や地方軍人の不正を調べるために、密偵を全国に配置し、天子の耳に直接、情報が届くようになっていた。

その秘密性からか、この職に充《あ》てられるのは宦官が多い。当然、おなじ宦官である雷允恭が、その機関を思うように動かすこともたやすいことだった。皇帝の権力を流用しているわけだが、彼自身には不正を働いているという意識はないのだ。いくら厳重に官吏たちを監視したところで、その奏上を聞くものがいなければ意味がない。今のところ、今上《きんじょう》は政治を執る意欲にとぼしく、手腕にもめぐまれているとはいいがたい。

いろいろと問題はあるにせよ、皇后・劉妃の方が積極的な分だけ、ましではないかという見方もできる。皇帝のもとに届けるべき情報を、皇后の耳にいれるのはたいした背信行為とは思えなかったし、劉妃のために耳目を働かせるのも帝に仕えるのも、大差ないはずだった。

「なるほど、そのとおりではありますね」

と、劉妃も、雷允恭の働きは認めたようだ。だが、それで彼女の勘気がおさまったわけではない。

「雷太監は、よくやっているといたしましょう。それで？」

「は？」

「丁公は、そのあいだになにをなされたわけですか」

「そ、それは──」

丁公、つまり丁謂《ていい》、字《あざな》を公言《こうげん》という彼は、現在、枢密使《すうみつし》の地位にある。いってみれば、軍事の最高長官にあたる、その第一級の高官が顔を赤くしたきり、ことばに詰まってしまったのだ。

たちまち、御簾の内から怒気の波動が噴きだしてきて、まるで実体があるもののように男たちの顔面をひっぱたいたのだ。すくなくとも、錦で縁取りした御簾がかすかに揺れたのは、春風のせいではない。

「情けない！　そなたたち、たったひとりの孩子《こども》の始末もできないで、よくも国家の政《まつりごと》のと大口をたたけたもの」

それはちがう──、
と、丁謂も雷允恭もそれぞれの腹の底でつぶやいた。なにも、劉妃にとって目障りな孩子の始末をするために、高位を与えられているわけではない。年下の、しかも女の劉妃にこうして頭を下げるのも、おのれの権力を強化するための方便だと、割り切っているからこそできるのだ。

それに、もうひとつ、彼らには目的があった。

「始末、とおおせられますが、娘子。これはなかなかの難事でございます。手の者が二度までも仕掛けまして失敗《しく》じったのも、そのためで……」

「失敗じりはしくじりです。ほかに、なんの理由がありますか」

「おことばながら、同行の者らもまとめて処分してよろしいのでしたら、雑作もないことでございます。ですが——例の御子と、例の娘とが行をともにしておるのでございます。娘を殺してしまっては」

「そ、そのとおりでございますぞ。娘は、ようやく見いだした、桃花源への生きた手がかり。邪魔者のまきぞえにして失ってしまうには、いかにも惜しい」

「——いかさま。ここは、小娘を無事にわれらの手にいれてから、ゆっくりと始末を考えてもよろしいことかと」

「娘子には、どうか大事をわきまえていただきとうござる」

男たちに口をそろえて説かれて、いかにも不承不承ではあるが、彼女も一応、納得はした。

「あの孩子《こども》——。どこまで妾《わらわ》の邪魔をすれば気がすむのであろう」

きりきりと歯が鳴る音が聞こえたのは、気のせいだろうか。

「いっそのこと、大家《たいか》（皇帝をさす宮廷ことば）にお知らせしてみようか。大家が皇太子にたてたがっておいでの御子は、今、勝手に都を出奔《しゅっぽん》して遊蕩《ゆうとう》にふけっている。兄君、八大王は、わが子は病気などと称しておられるが、すべて嘘じゃと」

「娘子――！」

丁謂はその場で両手をふりまわし、雷允恭は思わず膝と手で二、三歩、前へ進み出る。

「そ、それを申しあげるわけにいかぬことは、重々、ご承知のはず」

「われらが、それを明かした場合――」

いったきり、ふたりは重い視線をみかわして、はたと口をつぐんでしまう。その頭上へ、

「明かした場合、なんです？」

冷笑が、ふってきた。

「十七年前の妾たちの悪事が、大家に知られてしまう？　よいではありませんか」

「な、なにが、よろしいので」

「あの孩子が――あの女が産んだ子が至尊の位にのぼるのを見るくらいなら、いっそ相討ちになって死んだ方がましというもの」

（冗談ではない――！）

劉妃が自滅を企《はか》るのは勝手というものだが、そうなれば、自分たちも罪に問われるのは必至なのである。

十七年前、李妃《りひ》が産んだ皇子と、その子をかばった宮女とを、闇から闇へと葬ったのは、劉妃と雷允恭。それに、外部から劉妃の兄が手を貸している。

なにしろ、帝の最初の皇子、世継ぎともなるべき嬰児《あかご》に手をかけようとしたのである。事が発覚すれば、反逆の罪にも問われかねない。

だが、当時の事情をくわしく知る者は、他にはいないはずだった。死んだ宮女の父親は寇準《こうじゅん》といって、現在、宰相の位にある老人だが、娘の死に疑惑の目はむけていても、確たる証拠がないためになにもいいだせないでいた。いや、いいだせないものだと、劉妃たちはたかをくくっていたふしがある。

それが、突然、生きた証拠がふってあらわれたのだ。

死んだはずの嬰児が、生きていた。それも皇帝の兄、八大王の子として育てられていた。劉妃の産んだもうひとりの皇子が生きていたなら、それでも問題はなかった。もしくは李妃の子が庶民として市井《しせい》に埋もれていたなら、生きていたとしても見逃してやったかもしれない。それとも、まったくの凡庸《ぼんよう》であったなら——。

だが、皇太子候補として恥ずかしくない才気にめぐまれ、武術にもすぐれ、群臣にも支持するものが多くいるようでは放置しておくわけにはいかない。

しかも、これも死んだと思っていた李妃までが、どこかで生きているという。

母をさがしてもどってくると、少年は宣言して去った。あの公子《こうし》ならほんとうにやり遂《と》げるかもしれないと、ふるえあがったのは、劉妃ばかりではなかったのだ。

丁謂はといえば、十七年前の件には、直接関わってはいない。が、今となってはまるきり知らないわけではないし、寇準とは長年の政敵の間柄である。もしも、劉妃や雷允恭たちが失脚すれば、それと連座するかたちで左遷されることは火を見るよりも明らかだ。だれがゆるしても、寇準が彼を赦しておくまい——。

なにがどうなったとしても、他人と共倒れになるのだけは、丁謂は避けたかった。

「娘子、お気をたいらかに。冷静にお考えください。われらは今、だれよりも桃花源に近いところにおるのですぞ。彼の地に、なにがあるか、思うてもみていただきたい。桃花源に至り、力を手にすることができれば、八大王の御子のひとりやふたり、なにがおそろしいことがありましょうや」

丁謂は、内心の焦りをたくみに隠して説得したつもりだった。だが、女の勘とでもいうのだろうか、

「そなたら、桃花源のことを持ち出せば、妾がいいくるめられると思うているのではありますまいね」

図星をつかれて、

「な、なんということを——」

ふたたび両手をふりまわして否定にかかったのは、いささか芸がないでもない。

「これは心外なことを。桃花源に関しては、娘子の兄君もおなじことをおおせでしたぞ。彼の地には、途方もない力が眠っておると」

「桃花源の真偽を疑うているわけではありませぬ。そもそも、あの存在に気づいたのは、妾が最初です。兄上は、その真偽を確かめてきてくれたまでのこと。妾がいっているのは、そういうことではない。あの孩子《こども》をさっさと始末すれば、あとは小娘ひとり、どうにでもなることではありませんか」

ひどく冷酷な思考だが、実のところ、どこまで実感としてわかっているのか、判然としない。本来、深窓の貴婦人というわけではない。一介の銀職人の妹からの、いってみれば成り上がりであるから、世の中の汚れた面も知らないわけでもない。だが、彼女の命によって人生を左右される者の痛みを、肌で感じとったことはあるまい。

「さがしなさいと命じたはずですよ。あの公子を仕留められる者が、この開封にひとりもいない道理はありますまい」

「ですが、さしむけましたところが、ことごとく――」

「今、すこし、ご猶予を。ひとり、目星をつけている者がおります」

雷允恭のくどくどしい言いわけをさえぎって、口をはさんだのは丁謂。思わず、じろりと眼の隅で見たのは雷允恭。

邪魔をされたという悔しさを、あきらかににじませて、

「なれば、なぜにその者をさっさと向かわせられませんでしたな、丁公」

「なかなかに居場所をあきらかにせぬ男でしてな。それだけ、用心深く、また腕もよいということ。いま、人を遣《や》って、話をさせているところだが――なにしろ、手練《てだ》れになるほどに、簡単にはその腕を売ってはくれぬものでしてな」

おまえは、腕の悪い安物を傭《やと》ったのだといわんばかりのせりふに、雷允恭の顔色はさらに悪くなる。が、劉妃は両者の争いには、口を出さないことに決めたようだ。

「丁公」

「は」

「金銭で解決できることならば、必要なだけ申すように。妾の手元金で足りなければ、兄上に頼めばよい」

「では――」

「うわさをすれば、その兄君のおでましですぞ」

進みでようとした丁謂を牽制《けんせい》するように、黒衣の宦官が告げた。なるほど、壮年の男がすでにこの房の扉のところまできていた。美貌をもって帝の寵《ちょう》を得た劉妃の兄だけあって、なかなかの美丈夫である。勝手を知った皇城内を、親族という特権をかざして案内も乞わずにここまで来るあたり、かなりの傍若無人といってよい。が、それを下手にとがめられない空気に、宮中は染まりかけていた。

「こちらにおわしたか、娘子」

劉美《りゅうび》は、先客の両人には拝礼もそこそこにして、妹にむきなおった。

「大家は本日、城外へお遊びとうかがっていた。娘子もお供しているものと思っていたのに、禁中におとどまりと聞いたもので、ご機嫌うかがいにまいった」

実はその行楽に、最近入内《じゅだい》したばかりの若い寵姫《ちょうき》がふたり、同行している。むろん、劉妃も承知しているはずだが、彼女の嫉妬をおそれて、先のふたりは口をつぐんでいた。それを、劉美がずばりといってのけたのだ。

どんな不機嫌の嵐が吹き荒れるかとの予想を、しかし、御簾の内部はあっさりと裏切った。

「妾は、大家より大切な事を任されておりまする故、おともいたしませんでした。妾がご助言申しあげねば、政はとどこおってしまいますものね」

むしろ、心地よさそうな笑い声すらもれてきたのだ。

皇后摂政の件とは別に、帝自身が、犀利《さいり》で辣腕家《らつわんか》の劉妃を、何事につけても頼りにしはじめているのは事実である。そして、どうやら劉妃も、あらたに手にいれた権力に夢中になりかけている。

そのあたりをいち早く見抜いて、さらりと彼女の自負心をくすぐってみせるところは、さすがに実兄だけのことはある。しかも、この男、耳の早いことでも、禁中ばかりにとどまっている雷允恭あたりとは比較にならない。

「実は、本日はおもしろい話を、聞きおよんだのでな。内密にお知らせしようとまかりこした」

「なにごとですの？」

「銭思公《せんしこう》のことだ」

「鄭王《ていおう》どのならば、先日から病《やまい》と称してひきこもっておられるとうかがいましたが」

「それとは、別の話だ。——なにやら、あの屋敷から物を盗みだした者がおるそうな」

ちなみに、劉美の妻は銭惟演《いえん》の妹である。ただし、劉美がのぞんでもらいうけた妻ではない。銭惟演の方からもちこんだ縁である。

何度もいうように、劉美はもともと一庶民にすぎない。銀細工の職人であったから、まず、その日の暮らしにこまるようなことはなかったにせよ、門閥《もんばつ》などという世界とはほど遠い。一方、銭惟演はといえば、中国の南端、辺境ともいうべき土地の地方政権とはいえ、仮にも呉越《ごえつ》という一国を建てた者の子である。どうみてもこれは、銭惟演が権勢の匂いにひかれて結んだ姻戚《いんせき》関係といえた。

自然、劉美の銭惟演に対する態度もいささか冷ややかなものになる。妻の実家の不審な動きを、こうして皇后の元へ告げにきたこと自体、彼の好意が奈辺《なへん》にあるかを如実にあらわしていた。

めずらしくもないといった口調で、それでも劉妃は身をのりだしたようだ。

「盗賊――ですか？」

「なにが盗まれたと申すのです？」

「さて、それがわからぬのだ。あの屋敷の物ならば、なにを盗っていっても金目にはなろうが。とにかく、自身は屋敷の内に深くこもっているくせに、人を多勢傭っては、瓦市《がし》（市場）をさがしまわらせている。内密に、人を追ってもいるようだという」

「よほどの、値うち物のようですわね。あの銭思公が、それほどに執着なさるとは」

「さ、そこなのだ」

もったいをつけて、劉美はちらりとあとのふたりをふりかえる。

「これは、たしかな話ではないのだがな。あの御仁《ごじん》も、例の一件に関して、なにやら知っておるらしい」

「まさか――」

男ふたりと、御簾の内の人影の視線が、瞬時に交錯する。男ふたりが否定的な眼をするのに対して、すぐに気をとりなおしたのは御簾の内部である。

「いいえ――。たしかに、何事か知っていても不思議はない。妾が例の件を知り得たのは、南朝、江南の君主の筋からです。あの御仁――呉越国王の子ならば、江南国の秘密についてなにごとか感づいていても不思議はない」

ちなみに、江南国とは、南唐《なんとう》のことをさす。正式には李氏の故をもって、国号は「唐」と称した。南唐とは後日の呼称である。しかも、末期には北の宋に圧迫されて、皇帝の自称を去って国主《こくしゅ》とあらため、国の名も江南に変えた。そうやって低姿勢を通しながらも、結局は国は滅び、後主《こうしゅ》・李煜《りいく》は開封に幽閉されたまま歿《ぼっ》したのである。

それが、ざっと四十年ほど前のこと——といえば、劉妃の声がこころもちひそめられた理由も納得できようか。

「これも、ちらと聞いた話だが」

さらに、劉美が肯定の追いうちをかけた。

「わが義兄どのの屋敷には、江南国が滅んだときに、どさくさにまぎれて呉越の手にはいった宝物がいくつか、秘蔵されているそうな。家人どもにも、それがなにであるか、その在処《ありか》も知らされておらぬそうでな。それとなく周囲の者に尋ねてまわったのだが、いっこうに埒《らち》があかぬのだ」

「——では、兄上。もしや、盗まれた物というのが、なにか桃花源にかかわりがあると……」

「かもしれぬ」

「そ、それでは、すぐさま鄭王を呼びよせて——」

兄妹の会話においていかれた雷允恭が、横から口をはさんで、劉美に眼の隅からにらまれた。

「そんなことをしては、われらの思惑が銭惟演に知れてしまうではないか。訊いて素直に答えたり、協力するようなら、最初から江南の宝など隠し持ちなどするまい」

実は――。

さっきから話題にのぼっている小娘――つまり、陶宝春《とうほうしゅん》を、ここ開封の芝居小屋で襲ったのは、銭惟演が傭った男たちだったのだ。それがきっかけで、彼女は八大王の公子である白戴星《はくたいせい》とともに、江南へむけて逃れることになったわけだが、それを、この場の者たちが知るよしもない。

いや、宝春が狙われ、彼女の祖父が殺されたことまでは知っているが、だれの仕業かまではわかっていない。それまでは、もしやこの内のひとりが抜け駆けをしたのではないかと、疑心暗鬼におちいっていたふしがあるのだが――。

「しかし、では、いかがなさるおつもりでございまするか」

「――鄭王を見張りなさい」

なめらかな女の声が、きっぱりと命じた。

ここにきて、ようやくもっとも聡《さと》い劉妃が、銭惟演にも疑いの目をむけたのだった。

「雷太監、そなたならばたやすいはず。宮中はむろんのこと、屋敷も、屋敷に仕える者も出入りする者も、のこらず調べあげなさい。そこから、糸口がつかめてくるでしょう」

「なるほど。さすがは」

と、すかさず誉めたのは丁謂である。よけいな仕事が雷允恭にまわったので、安堵したためだったが、それがいけなかった。

「丁公。そなたは、その手練れとやらを一日も早くとりこんで、江南へ向かわせるよう命じます」

「は」

正面きって命じられては、肯首するしかない。

人、ひとりを始末するのであるから、むろん、依頼主がわからないように、間には何人もの人をたててある。が、相手がだれであれ、気持ちのよいものではないと、さすがの丁謂も思う。

しかも、彼の場合、政敵である寇準の目が、常に身辺に光っている。すくなくとも、彼はそう意識している。丁謂自身が、なんとかして相手を陥れようと汲々《きゅうきゅう》としているのだから、相手も絶対に同じ思いをしていると、固く信じているのだ。

「承知いたしました。一両日中には、よいご報告をもって参上いたしましょうほどに――」

深々と頭を下げる、そのせりふにはいつわりはない。だが、丁謂の頭の半分には、早急に邪魔な寇準を取り除くための企みが、ここへきて黒い雲のようにふくれあがってきたのだった。

むろん、その雲は、外からはだれの目にも見えるものではない。そして、丁謂の頭の内が見えないのと同様に、実は、この場の他の三人の胸の内にもそれぞれの黒雲が湧きあがっていたのだった。

そして、人、それぞれの思惑とはうらはらに、殿の外の春は、いよいよたけなわであった。


夜にはいっても、開封の街は眠らない。

ふだんでも、不夜をうたわれる国一番の都である。うららかな春の宵《よい》ともなれば、どの季節よりも、また昼間よりも、街路は花の盛りを惜しむ人でにぎわいを見せるのだ。

ことに人の行き交いがはげしいのは、いわずとしれた歓楽街――色街と酒楼周辺である。妓館が軒《のき》をならべているところは、都のうちでも三処ほどにかぎられるが、他で遊べないわけではない。酒楼に妓女《おんな》を何人も呼びよせ、大騒ぎがくりひろげられるのも、なにもめずらしいことではない。

なにごとも、金次第、なのである。

　さて、開封で有名な酒楼といえば、仁和店《にんわてん》、宜城楼《ぎじょうろう》、班楼《はんろう》、蛮王家《ばんおうけ》、長慶楼《ちょうけいろう》等々、正店（本店）だけでも八十以上もある。が、その中で一番の店をあげよといわれたら、だれもが皇城の東華門外の白礬楼《はくばんろう》の名を口にするだろう。

出す料理もさることながら、とにかく、その規模がまず、都一である。広大な敷地に二階建ての棟がいくつも、飛橋《ひきょう》でつらなり、小部屋にわかれた酒席では、一度に千人の客をもてなすことができるという。

　その、酒席にもちいられる食器はすべて、銀無垢《むく》。銚子《ちょうし》に椀や皿、ひとり分の器、一組の重さを全部あわせれば、ざっと百両（約三・七キロ）にもなるという。それが、最初に出す最低の膳部であって、あとは注文に応じてさまざまな料理が出てくる。

欲しいといえば、外の店からでも料理を取りよせてくれるし、持ちこみも可能である。

それどころか、下酒《さかな》の荷をかついで外から酒楼内へ売りこみに来る者もいる。酒楼の方でも、出入りを認めているもので、客も気楽に席へ呼びいれて買いいれる。

「その榲桲《まるめろ》の皿と、乳糖獅子《にゅうとうしし》（獅子の形をした飴《あめ》菓子）と栗子と、それから……、そっちの皿はなんだい」

「膠棗《こうそう》（棗《なつめ》の菓子）です」

「よし、そいつももらおう」

　どうやらこの男、いい歳をして相当な甘党らしい。せかせかと眼をうごかし、指であちらこちらさしては皿選びに余念がない。

あまり熱中していたためだろう、最後の小皿をうけとったところで、部屋の奥から不機嫌な声が飛んだ。

「――いいかげんにしないか」

「へへ、旦那がおかんむりだ。もう、行っていいぜ」

小菜《しょうさい》の売手を手で追いはらって、男は部屋の戸口をおおう珠簾《しゅれん》をくぐった。

卓の上には、すでに銚子が何本か横だおしになっており、羹《あつもの》だの焙《あぶ》った肉だの魚の煮込みだの、また包子《ぱおず》や餅《ぴん》といった皿や鉢がところせましとならんでいる。

そして、そのぜいたくな卓のむこう側には、もうひとり、漢《おとこ》がゆったりと座を占めていたのである。

「婦子《おんな》どもじゃあるまいし、なんだ、そいつは」

いささか、げっそりとした口ぶりである。うちとけた身内に、多少おどけてわざと顔をしかめてみせた、といった風なのだが、しかし、声の底にひそんでいる冷酷さまではおおいかくせない。いわれた方も、照れてうす笑いをうかべながら眼だけは決して笑わない。何事かあれば、すぐにでも逃げだす構えなのは、なにも相手の漢ほどの眼力がなくとも見てとれた。

「いいじゃありませんかい、これっぽちの贅沢《ぜいたく》ぐらい。なにも大哥《あにき》に払いを頼むってんじゃねえ。今夜は、おいらの奢《おご》りですぜ」

「俺に、そんなものを食わせようというのか」

「とんでもねえ。これは、ただ、おいらの大好物ってだけでさ。それで、名字が甘《かん》っての も、妙な話ですけどね。好きなだけ食えるってこんな機会は、めったにないんですから、大目に見てくださいや」

そのくせ、この男、骨と皮ばかりに痩《や》せている。ふだん、よほどなにも食べていないのか、病気持ちかである。そういえば、顔色もよくない。歳はおそらく、もうひとりとたいして変わらないはずだが、はるかに老けて見えるのだ。

その、一見年長に見える甘に向けて、

「食うのなら、そっちの隅で食え。目の前で食われると、酒がまずくなる」

冷たく命令が飛んだ。

「そりゃあ、ないぜ、殷《いん》の大哥――」

抗議の声をあげかけた男だが、冷たい視線にぶつかって口をつぐむ。相手が本気だと、わかったのだ。そして、この漢を怒らせるとなにが起きるか、予想がつかないことも彼はよく知っていた。

「わかった、わかりましたよ。まったく、大哥はこわいや。酒をもう少したのみますから、それで堪忍してくださいや」

相手は、承知したとはいわなかった。

そのかわり、ついとたちあがり、自分で戸口の珠簾をはねあげる。その動作が流れるようになめらかで、一分《いちぶ》の隙もなかったのである。見る者が見れば、よほど、武術の修練を積んだものと看破するだろう。だが、これがけっして陽のあたるところで積まれ、役だてられている技ではないと、見抜く者がどれほどにいるだろうか。

年齢《とし》のころならば、二十歳代の後半ぐらいか。長身で、すっきりとした容貌の中でも両眼のあたりが特にすずしげな、まずはいなせな好男子であった。こうして衣服をととのえていれば、裕福な商家の若旦那ぐらいには十分に見える。だが、容姿全体にひどく陰影の濃い印象があるのは、蠟燭《ろうそく》の光で照らされているせいばかりでもないようだ。細いあごのあたりがどこか酷薄そうにも見えることもあって、全身から発される気魄《きはく》には相当なものがあった。彼がたちあがっただけで、甘党の男は腰がひけていたぐらいである。

彼は、回廊へ半身をのりだすと、

「おい」

ちょうど通りかかった大伯《たいはく》（小僧）を呼びとめた。

「な、なんでしょう」

十三、四歳のにきび面の少年が、びっくりしたおももちで応じた。その顔へむけて、銅

銭を数枚、無造作にほうって、

「酒だ」

「はい」

「持ってきたら、そのあと、そこに立っていろ。いいというまで、ここに人を入れるな」

「は、はい」

店の用事もないわけではないが、客の要求をなにより優先させるよう、給仕たちの教育が徹底しているのも一流の酒楼の条件である。また、こうしておかないと、酒席にどんどんと他人がはいりこんでくるのも、一流ならではのことなのである。

さっきの、小菜の売手のような者もいれば、酌《しゃく》をしたり酒席のとりもちをする厮波《しは》という手合いもいる。三流どころの妓女がやってきては歌を唄っていく、食事の世話をしていく女はいる……。とにかく、呼ばれもしないのに酒席をまわっては、接待の押し売りをしていく輩《やから》が多いのだ。

大伯は、いわれたとおり、銀の銚子を数本ならべて、そそくさと出ていった。

「人ばらいですかい、大哥」

「おまえが酔いつぶれてしまう前に、聞いておいた方がよさそうだ。どうせ、まっとうな話ではないだろう」

「なんのことですかね」

砂糖漬けの果物を口にほおばったまま、甘はしらばっくれようとしたが、無駄だった。

「おい――」

「へ、へい」

「さっさと話した方が、身のためだぞ。この殿玉堂《いんぎょくどう》が、てめえなんぞの話を聞いてやる気になっている間にな」

声がぐっと低くなると同時に、口調がひどく伝法《でんぽう》になった。ただそれだけで、甘の顔は紙のように白くなる。

「そ、それじゃあ、そろそろ申しあげることにしますがね」

せいいっぱい虚勢をはって尊大ぶったものの、声のふるえはかくせなかった。

「人をひとり――いや、ふたり、さがしてもらいたいってんで」

「くだらん」

即座に、返答がたたきつけられた。

「そんなけちな仕事を、おまえ、よくも俺のところへもって来たな」

「あ、大哥《あにき》、最後まで聞いてくれ。こりゃあ、大哥でなけりゃだめなんだ。今までに何人か傭われたんだが、みんな失敗して、すごすごもどってきてるんだよ」

「――話してみろ」

思わず、彼の衣服の裾にとりすがった甘の形相に、なにかただならぬものを感じたのだろう。いったんは浮かした腰を、もとの椅《いす》へ沈めて、玉堂は鷹揚《おうよう》に命じた。

「さがしてほしいってのは、ひとりはどこぞの公子、ひとりは、旅芸人の小娘だってんで」

「娘?」

と、つぶやいたのは玉堂。ただし、甘に聞こえるほどの声ではない。かすかに鋭い眉を
ひそめてみせたが、これにも甘は気づかなかった。

「くわしいことは、おいらも知らねえ。どうせ、そこらのご大家《たいけ》の莫迦《ばか》息子が、小娘と合意の上かひっさらったかわからねえが、とにかく逃げたってところが相場でしょうがね。

——それにしちゃあ、娘には手をだすな、男の方だけ命をいただけってのも、妙ですけどね……。まあ、それはおいらたちの知ったことじゃねえや」

「逃げたというからには、東京《とうけい》にはいないんだな」

「なんでも、江南へむかって逃げたってことですぜ。足どりを追ってたんだが、途中でそれもまかれたって話で」

玉堂が気のないふりをしながらも、要を得た質問をしてくる。それに乗せられた形で、甘はぺらぺらとしゃべりつづけていた。もっともこの男、話しだしたら止まらない。孔《あな》があいているようなものだという意味で、外号《がいごう》を召伯子《しょうはくし》——つまり、蓮根《れんこん》という。ほうっておいてもいいようなものだが、それでは話があちらこちらさまよって時間がかかりすぎるので、時々、口をはさむ必要があるのだった。

「名まえと、姿かたちは」

「男の方は、わからねえ。十七、八の孩子《がき》だが、見かけのわりに腕がたつって話でさ。まあ、体面もあって、名まえを表に出さずに始末してほしいってことだろうね。娘の名は、花娘《かじょう》といったか。こっちは十五、六」

「ふたりだけか」

「そう、聞いてますがね」

「えらく頭のいい奴がひとり、いっしょについていったって話は、なかったか」

「知りませんねえ。……大哥《あにき》？　ひょっとして、こいつら、知ってるんですかい」

「いや、知らん」

玉堂の無表情から、内心をさぐりだすのは、甘のような小者には無理な話である。

「そうでしょうな。で、どうです？　先方は、金ならいくらでも出すといってるんですがね。実は前金でいくらか、あずかってきてるんですが」

「いったい、どこへむかって逃げているのか、わかってるのか」

「ひきうけてもらえるんで？」

答えは、冷たい視線だけである。

「……たぶん、杭州《こうしゅう》じゃねえかって。小娘の一座の親方から、聞きだしたか探りだしたかしたらしいんですがね。くわしいことは――。ただ、行ってもらえるなら、駅馬を使えるよう便宜をはかってもいいって話もありますぜ」

「――なに者だ。依頼主は」

と、さすがの玉堂が、興味の色をするどい両眼の中にうかべたのも道理である。

国内には、汴河のような水路の他に、各地方の中心と開封とをむすぶ幹線路が数本、整備されている。その街道沿いに、六十里（約三三キロ）ごとに館がもうけられていて、馬や食料、宿泊の世話をしたりと、旅の便宜をはかるようにさだめられている。ただし、これは公の施設であり、利用は官吏など公務を帯びた者が旅行する場合にかぎられるのである。

むろん、情実と金銭次第では多少の融通がきくのも、この国の役所の長所であり欠点でもある。だが、最初から公の機関の利用を前提にもちかけてくるとなると、よほど権力の上方にいる者だと推察がなりたつのだ。

玉堂の脳裏には、半月ほど前のある一夜のことがよみがえっていた。

（たしか、白戴星といった、あの豎児《こぞう》――）

だが、玉堂の眼の異様な底光りにもかかわらず、甘は首を横にふった。

「大哥。この商売、依頼人の名は知っていてもいえないのが、常識ってもんだぜ」

「商売が、聞いてあきれる。どっちがおまえの商売だ。邏卒《らそつ》か、周旋屋《しゅうせんや》か」

ちなみに邏卒とは、都城内の街ごとに配置された夜警のこと。町内の世話などもするが、下っ端とはいえれっきとした役人である。もちろん、たいした身入りにはならないので、こうやって非番のあいだに副業をいとなむ者もいるわけだ。

「それは、いいっこなしでさ。それに、話そうにも、おいらも知らねえんでさ。だから、そんな眼をしてにらんだって、しゃべりようもないってわけでね。──だから」

玉堂の無言の圧力には抗しきれなかっただろう、甘は懸命にいい逃れようとして、逃げきれず、ついに白状におよんだ。

「だれにもいわねえでくださいよ。おいらにこの話をもちこんだのは、いつもの、繭《まゆ》の牙《が》郎《ろう》(仲買人)の黄《こう》旦那だ。でも、旦那もだれかに頼まれたらしくって、おいらはただ、殷の大哥《あにき》をさがせって命令されただけなんで。詳しいことを知りたかったら、黄旦那に、じかに訊いてくださいよ。もっとも、旦那もどこまで知ってるかあやしいもんだし、だいたい、そうなったら、おいらにゃ口銭《こうせん》がぜんぜんはいらねえってことになりますがね」

哀れっぽい声で、同情を買おうとしたらしいが、無駄なことは甘も最初から覚悟はしていたようだ。

不意に、それまでとはがらりと口調を変えてきて、

「……なあ、大哥。こりゃあ、おいらのさしで口だってことは、よくわかってるんだがね」

さっきから、手酌《てじゃく》でぐいぐいと酒をあおっている玉堂の手もとを見て、すこしためらった。これだけ飲んでも、漢の白面《はくめん》には毛ほどの変化もない。ほとんど飲めない甘にとっては、これは不気味以外のなにものでもないのだろう。

「その……。ここらで、ちょっとの間、東京を離れた方が大哥のためにもよくはねえかと思うんだが」

「なんだと――」

「だから、そう、いちいちにらまねえでくださいよ。例の――」

いいながら、ふところからごそごそととりだしたのは、一見、襤褸《ぼろ》布のかたまりである。ただし、そのかたまりの隙間からちらりと見える色と光沢は、玉特有のものである。とろりとした淡い碧色《みどりいろ》は、この季節の江南の水の色にも似て、眠気をさそう不思議な奥行きすら持っているようだった。

「売りさばけっていわれたんで、おあずかりしましたがね。こりゃあ、お返ししたいんで」

「何故だ」

とは、玉堂はいわない。そのかわり、銀の杯でぐいと酒をあおった。仕草で、彼の機嫌がわかる程度のつきあいではある。甘の広い額にはじっとり冷たい汗がにじんだ。さっき、ふたくちばかり舐めた酒が、みんな汗になって噴きだしてきたが、彼はそれをぬぐおうともせず、また布の包みをひっこめようともしなかった。

「どうしても、勘弁ねがいたいんで。何人かの故買に見せたんですがね。どいつもこいつも、ひと目見るなりうなったきり、どうでも金が出せないというんで。つまり、それほどの値うちものだってんで、しりごみしちまって話にならねえ」

どうせ、まっとうな手段で手にいれたものではない。金銭が必要なわけでもない。ただ、邪魔になっただけのことで、買いたたかれてもかまわないつもりだったのだが、こう聞いては、さすがの玉堂の眉のあたりにも表情の変化があらわれる。

「そのうえ、なんだか知らねえが、かぎまわってる奴がいるってんだ。これを売っぱらったとたんに、おいらはつかまっちまう……。い、いや、大哥《あにき》を売るつもりはねえよ。それが証拠に、この品物の出処はいっさい訊かねえ。知らなけりゃ、訊かれたって答えられねえ道理ですからね。だけど、万が一ってこともある。やっかい事を避けるためにも、大哥には東京を離れていてもらいてえんで」

布包みを卓の皿のあいだに置き、伏し拝まんばかりに頭をさげる。その脳天のあたりへむけて、

「失せろ」

とりたててはりあげた声ではないが、甘にしてみれば全身の血が凍りついたかと思っただろう。

「へ」

「そのきたない面を、二度と見せるな」

「へ、へい、へい」

二度、三度、せわしなく頭を上下させる。おそろしくて、玉堂の顔色をうかがうどころ

ではなく、そそくさと出ていこうとするところへ、ふたたび声が飛ぶ。

「待て」

「へ」

「前金を置いていけ」

「じゃあ……、ひきうけてくださるんで？」

「考えておく」

「そりゃあ、ないぜ――」

反射的にあがった顔が、玉堂の視線と真正面からぶつかった。

「いや、あの――大哥の好きなようにしてくれればいいんで。これからの江南は気候もいいし、ゆっくり物見遊山でもしてきてくだせえ。そ、それじゃあ――」

二度目の追いたてをくわないうちに、ふところからもうひとつ、布包みを卓の上へ放りだして、あとも見ずに逃げだした。

のこったのは、玉堂のうす笑いひとつ。

「ふん……」

片手の上で、後の布包みの重さをはかる。中身は銀であるはずだ。一般に通用しているのは銅銭だが、銀も銅も、銭一個いくらというのではなく重量で値が決まる。まとまった金を支払う場合は、銀錠《ぎんじょう》でと相場は決まっていた。

もっとも、手の中の重みは、思ったほどにはなかった。前金ということで少ないのか、それとも甘がいくらかくすねたのかは、どちらでもいいことだった。

仕事をひきうける気なら、こんなはした金は役にたたない。黄という男の居場所はわかっているから、いざとなれば直談判、ことによれば実力をつかうまでだ。

だが——。

（ひきうけるか）

めずらしく、彼は迷っていた。

彼の本業は、むろん人殺しではないし、盗賊だけを専門にやっているわけでもない。では何かと問われたら、これと挙げることはできないが、やっかい事を引きうけて解決してやるのが商売——といっていえないことはない。むろん、ほとんどが腕ずく、力ずくの解決である。そしてまた、その大半が、表沙汰《おもてざた》にできない依頼ばかりなのである。

また、ひきうける場合も金銭ずくではけっして、ない。もめ事をかかえているのはたいてい分限者《ぶげんしゃ》と決まっているから、自然、金を積まれての仕事が多くなるが、気さえむけば無料でもひきうける。

その日暮らしの老人からでは、取りたてようにも仕様があるまい。

ちなみに、これは老人の娘を無理やり妾《めかけ》にうばっていったあげく、いびり殺した男に思い知らせてやってほしいというものだった。

　数日後、薬種屋をいとなむ件《くだん》の男が、いつまでたっても起きてこない。不審に思った家人が扉をぶちやぶったところ、主人は喉をかき切られて血の海にしずんでいたという。物音を聞いた者もなく、下手人もついにわからずじまいだった。玉堂のしわざだと知っていたのは、依頼主の老人と仲介をした者のみで、そのふたりも口をつぐんでいたのは当然のことである。

　ただし、仲介といっても、これと決まって専業にしている者はいない。ただ、牙郎や土地の顔役のところへは、もめ事の相談がもちこまれることが多い。蛇の道はへびというわけで、その連中と顔をつないでおけば、こうして仕事が持ちこまれるという寸法である。そして、開封のような大都会ともなると、玉堂の腕を必要とするいざこざも、けっこう多いのだった。

　もっとも、玉堂にたのむと、むごい結果になりがちだといって、嫌う者もいないではない。黄旦那という男も、玉堂の仕事ぶりには難色を示していたくちだが、今回はえりごのみなどしていられなくなったとみえる。

（それにしても――）

　二度も、おなじ人間をひっさらえとたのまれたのは、はじめてである。

　花娘――といえば、あの双剣舞の陶宝春にほぼまちがいない。彼女をねらって、誤って祖父の方を殺してしまった苦い記憶が、玉堂にはある。最初からその気なら、もとより殺人を気に病むような性質でもないが、失敗《しく》じった結果だというのが、玉堂の自負心にひっかかっていたのだ。

そして——あの時、花娘をかばって果敢にたちむかってきた少年が、白戴星だった。

(あの豎児《こぞう》、妙に技量《うで》がたしかだと思ったら)

とんでもない玉だと知ったのは、偶然、包希仁《ほうきじん》と夜道で行きあって、あとをつけたからだ。とりたてて、目的があったわけではない。ただ、宝春たちにからんで見憶えがあったもので、興味をひかれただけだった。そういう意味では、少年のような好奇心を持っている漢でもあるのだ。

落第挙人《らくだいきょじん》と職を辞したばかりの官人との会話を盗み聞きして、少年の正体を知りはした。皇族の子弟なら、武術ひとつをとっても一流の教師がついているはずだと、得心もした。が、その直後、戴星たちの危急を助けてやる気になったのは、けっしてその身分に目がくらんだからではない。

同業の者でもひるむ玉堂の腕と気魄に、敢然とたちむかってきた——いってみればむこうみずで率直な元気さが、気にいっただけのこと。しかも、玉堂本人は、それと意識していない。仮にも皇太子候補などという別世界の存在に、肩入れしたなどといわれたら、彼は鼻先で笑って否定するだろう。

ともあれ、花娘こと陶宝春と同行しているのが、あの白戴星だとしたら、今夜の依頼の出処はこれまた九重の壁の内ということになる。

（やっかい事にまきこまれるのは、ごめんだ。まして）

帝の後嗣《あとつ》ぎだか宮中の権力争いだか知らないが、どうせ彼には一生縁のない世界の話ではないか。あの少年を殺しても生かしても、結果、このくだらない世の中が激変するわけでもあるまい。

せいぜい、元気で生きのいい少年がひとり、この世から消えるだけだ。それにしたところで、玉堂自身になんの関わりあいがある。

とはいえ――。

甘が最後にいいのこしていった件も、気にかからないわけではない。もうひとつの包みをとりあげて、襤褸をはらい落とすと、中から玉製の香炉《こうろ》があらわれた。

さして大きなものではない。せいぜい、にぎりこぶしほどの大きさで、ありがちなこまかな彫刻もほとんどない。装飾といえば、鼎《かなえ》の形に似せて彫りだした三本の脚が、それぞれ獣の顔になっていることぐらいか。たしかに、玉の質自体はかなりよいものらしい。その方面では素人の玉堂の眼をもひいたからこそ、もののついでにひっさらってきたのだ。

ただし、実のところをいえば、大きさがふところへほうりこむのに手ごろだったというほうが、理由としては大きい。むかっ腹をたてた相手に、吠《ほ》え面《づら》をかかせてやれという、子どもっぽい感情もあった。そして、その腹をたてた相手というのが、最初に宝春をさらってこいと命じた男――鄭王・銭惟演だった。

この香炉を血眼になってさがしている者といえば、銭惟演しか考えられない。彼の宝春への執着が、桃花源という夢物語に起因していることも、玉堂は直接、聞きだしている。聞いた時は莫迦な話だと一笑に付したが、彼女を追う別口があらわれたとなると、まるきりでたらめでもないのかもしれない。少なくとも、銭惟演なみの莫迦が――それも相当な身分の持ち主たちがもう一組いることになる。そして――。

銭惟演の執着ぶりからみて、この香炉もなにか、一件にからんでいると見てもいいかもしれない。

これは、思わぬひろいものをしたのか、それともとんだ厄神を背負いこんだのか。

香炉をためつすがめつながめながら、玉堂の思考がそこまで及んだときだった。手がすべった――というより、袖がひっかかったのだろう。銀の皿が動き、それに押されるかたちで銀錠の包みが床へ落ちた。そのまま、ころころところがって珠簾のあたりで止まる。

最初、玉堂は、ひろいにいく気はさらさらなかった。あの程度のはした金に、目くじらをたてるほどふところは寒くない。どちらにしても、ここへはいってくる者もひろう者も他にはいないのだから、帰りぎわに収めていけばよいことだと――。

なにげなく見やった彼の視線の端で、簾の裾が揺れた。他の者なら、微風のせいだろうと思うだろう。が、玉堂の研ぎすまされた神経には、人の気配がひっかかった。

そのまま、さりげない顔と態度でさらりと立ちあがる。珠簾の外の小暗がりで、その人影が身じろぎもならず息を詰めているのも承知の上で、そ知らぬ顔で銀の小塊をひろいあげ、それを懐へほうりこむ。

その右手が、ふところの外へ出るところを、簾外の人間は見ることができなかった。悲鳴をあげるひまもなかった。

簾が下からはねあげられたのと同時に、彼女の口は玉堂の左手でふさがれ、喉もとには刀子《とうす》の白刃《はくじん》がぴたりと押しあてられていたからだ。

女——だった。

髪かたち、衣装を見るまでもなく、妓女である。顔だちは、このうす暗がりでも十分にわかるほどにととのっているのだが、その表情に恐怖とは別の、奇妙な違和感があるのを玉堂はすぐに見てとった。

「女。ここで、なにをしている」

と、問われても、口をふさがれていては答えようもない。大きく見はった黒目がちの美しい双眸だけが、否定の形に揺れた。

玉堂の唇《くち》の端が、嗤《わら》いのかたちにかすかにゆがんだ。もっとも、女の眼からすれば、それは獣の舌なめずりにしか見えなかっただろうが。

玉堂がつい、と、体を入れかえた。痩身《そうしん》で、たいした膂力《りょりょく》のもち主とも見えない彼が肩を軽く突いただけで、妓女の身は室内の、窓ちかくまでふき飛んでいた。しかも、そこでふみこたえられず、窓枠につかまって、ようやく倒れかけた身体を支えた。

もっとも、相手の身体の軽さに、突いた玉堂の方が一瞬、めんくらったふしはある。身体の不安定さは、纏足《てんそく》をほどこしたらしい、異様に小さな脚が裾からちらりと見えたことで、納得がいった。

「名は」

「史鳳《しほう》」

打てば響くように、答えがかえってきた。きりりとした容顔《かお》の中でも、すこし険《けん》のあるはっきりとした眼もとで、まっすぐににらみかえしてくる気の強さが、玉堂の気にいった。とはいえ、このまま無事に帰す気がないことには、変わりはない。

「なにをしていた」

「酔いをさましていましたわ」

おびえてはいるが、ことばは意外にしっかりとしている。もっとも、それで相手の追及をかわせるとは、彼女も思っていなかったにちがいない。

「どこまで聞いた」

玉堂は、まわりくどい方法はきらいだった。これで白状しなければ、刀子で顔に疵《きず》でもつけてやるまでだ。容貌が命の妓女なら、つきつけただけでぺらぺらしゃべりはじめるだろう。

　そう思ってつくづく見たところで、史鳳と名のった妓女の顔の異常に、ようやく気づいた。

　蠟燭のあかりに正面から照らされて、わかったことだ。いくら妓女にしても、化粧が濃すぎると感じていたのだが、なるほど、濃くするはずだ。顔の半面、右眉から頰にかけてのあたりがぼうと黒ずんでいるのだ。ごく薄いものらしく、厚化粧をして灯影をまともに受けなければ、客の目をごま化しおおせるかもしれない。顔かたち自体は、さしもの玉堂がしばし見惚《みほ》れるほどなのだ。そういえば――。

「史鳳といったな。……あの、何《か》史鳳か」

　妓女は無言だったが、なにより雄弁な眼が肯定をしていた。

「こいつはおどろいた。東京一の美女が、むこうから舞いこんできてくれるとは」

　これは、皮肉でもなんでもない。めずらしく、玉堂の本音である。

「花魁《おいらん》が、席を勝手に離れて、こんなところで立ち聞きか。あまり、いい趣味とはいえんな」

「あたしはもう、花魁じゃありませんよ」

　急に、史鳳の口調が変わった。なげやりな口調に荒廃の色が見えたのは、気のせいではない。そういえば、ふつう筋目のよい妓女は宴席では酒など吞まないはずだ。もしもこの場に、包希仁か白戴星がいれば、その変わりようにことばを失ったかもしれなかった。

「なんだと？」

「見れば、おわかりでしょうに。こんな顔の花魁なんて、だれも認めやしませんよ」

いいながら、いなおったらしく、顔をわざと光の方向へふりむけてみせる。

「なにが原因だ」

「わかりませんよ、そんなもの」

実は、わかっている。

ある日、妓楼に来た老人の客が、彼女の額に指をあてたのだ。看相《かんそう》（人相見。運勢占い）をするというその老人に逢う気になったのは、包希仁と別れたあとくじけた気持ちが、すこしでもましになればと思ったからだ。

たった半夜、それも戴星たちのさわぎにまぎれて、話をしただけだ。にもかかわらず、別れたあとも希仁の面影は、史鳳の眼の裏から去らなかったのだ。こんなことは、はじめてだった。自分の気持ちに史鳳はうろたえ、占いにすがってみたのだった。

その、蟾蜍《ひき》を思わせる老人は、史鳳の顔を見るや、

「可惜《おしいかな》、可惜」

つぶやき、指を額の中央へ近づけたのだ。

史鳳のあいまいな記憶のかぎりでは、老人の手にはなにも付いていなかった。にもかか

わらず、そこが黒く、墨を塗ったような染みになったのだ。

数日経つうちに、染みの色はうすくなったが、かわりにどんどん広がってこのありさまだ。いくら拭っても、とれる気配はいっこうにない。元凶の老人はといえば、飄然《ひょうぜん》と出ていったきり、姿を見た者もなく、汚れを消す方法もみつからなかった。

染みの広がりは二、三日で止まって、これ以上は大きくならないのが、唯一の救いだった。

だが、事実を話したところで、だれが信用してくれるだろう。少なくとも、酒楼で遊んでいるような薄情子《はくじょうし》に、なにをいってもむだなことは彼女が一番よく知っている。

うわさの広まるのは早い。

開封一の妓女とうたわれた何史鳳が、顔をだいなしにされたという話が、都中の妓院や酒楼に知れわたるには、半月もあれば十分だった。

本来、史鳳の価値は容色だけではない。楽器を弾かせても唄をうたわせても、詞を作らせても一流の才を持つ。書画にも堪能ならば、どんな宴席に出ても当意即妙の受けこたえをしてのける。その上、気位が高く、野暮な客なら歯牙《しが》にもかけない驕慢《きょうまん》さが、かえって開封の遊客にもてはやされて、一番の売れっ妓《こ》となったのだ。

顔がそこなわれたぐらいで、彼女の才気が失われるはずもない。だが、いったんけちがつくと、それに乗じる者がいるのも世の中である。しかも相手は、水性《みずしょう》の妓女たちより薄情な紈綺《がんき》の子弟たちなのである。おもしろ半分に史鳳を宴席によんで、顔を見ようといいだす者がここ数日、続いているのだ。

それでも、史鳳ほどの気位と才気があれば、きっぱり断ることもできただろうし、逆に彼らに恥をかかせて追いかえすこともできただろう。

ところが、である。

染みがついたその日を境に、史鳳の態度ががらりと変わってしまったのだ。以前なら、なにをどう頼まれようとおどされようと、絶対に相手にしなかったような手あいの席に応じる。行ったからといって、酒席をとりもつでもなく、物陰にひきこもって物思いにしずんでいる。客が呼んでもうわの空で、魂がぬけたようなありさまだった。

そういえば、それまでは一分の隙もないほど見事にととのえていた身仕舞いも、どこかしら破綻《はたん》が見えてきた。髪が崩れていたり、衣装のどこかしらが汚れたままだったりと、一流の妓女らしくない荒《すさ》みが目だってくる。

どこか、気ががっくりとくじけてしまった――そんな印象だった。

そんな状態だから、なぶり者にするつもりで史鳳をよんだ客も、からかうより先に怒りだしてしまう。史鳳も、もともとから我慢などする性分ではないから、とっとと席を立ってしまう。

今夜も、そうやってこの白礬楼で数人の客とけんかしたあげくに、部屋を飛びだしてきたところだった。

周囲の人間は、彼女の急激な変化を、顔の染みのせいだと思っている。妓女でなくとも、女が顔に生まれもつかぬ疵をつけられれば、衝撃をうけるのに決まっている。自棄《やけ》になるのも道理だろう、と――。

たしかに、それも一因だっただろう。

だが、もうひとつ、大きなきっかけがあったことを、史鳳本人ですら気づいていなかったのだが――。

玉堂の冷たい、それでいて好奇心に満ちた眼ににらみすくめられているうちに、彼女の胸の裡《うち》にもちまえの勝ち気さがもどってきたのかもしれない。

ふいに、いずまいを正すと、まとわりつくようなねばっこい玉堂の視線をはらうように、白い手を振って、

「江南へ行くんですって？」

いきなり、たずねたものだ。

これには、玉堂もわずかではあるが、たじろぎの色をみせた。

「聞いたんだな」

「あたしが聞いたのは、そこだけですわ。たのみがあるんです。あたしも、連れていってくださいな」

「ずうずうしい女だ。初対面の俺に、おまえを落籍《らくせき》させる気か」

「自分を身請《みう》けするぐらいのたくわえなら、ありますわ」

憤然と胸をはって、史鳳はいいかえす。一流の彼女の客は、やはり開封でも一流の名士ばかりだったし、彼らからの贈り物や心づけだけでも相当な額に至っていたことは、容易に推察できる。

「今日明日にだって、こんな稼業、やめられるんです。でも、そうなったら東京にはいられない」

「で、金陵《きんりょう》あたりにでも、くらがえするつもりか」

「杭州は――」

地名を口にしたとき、彼女の胸には、そこへ向かったはずの青年の面影がうかびあがっていた。本人ですら、あまりに唐突だったためか、うろたえて思わず口をつぐむ。

「杭州？」

「あたしの生まれ故郷です。でも、女がひとりで、江南まで旅をするのはとても無理。だから――」

「見ず知らずの男に、送らせるわけか。それで無事でいられると思うとは、俺もなめられたものだな」

剃刀《かみそり》のような薄い嗤いを、細いあごのあたりにきざむと、それだけでぞっとするような迫力となった。いわれて史鳳も、一度に目が醒《さ》めた。

たしかに一時の感情にくらんで、人選を誤ったかもしれない。だいたい、男の名すら聞いていないことを、ここに至ってはじめて思いだしたくらいだ。

ただ、「江南」の二字を耳にして、やもたてもたまらなくなったのだ。杭州へ帰りたいというのも、とっさの思いつき、口からでまかせで、いってしまってから、おのれが本気でそう願っていたのに気づいておどろいた。

だが、目の前の男は、女の色香にだまされて、なんでもわがままをきいてくれるような、お人好しではない。一歩まちがえれば、命にもかかわる。いや、死んだ方がましだと思えるような奈落《ならく》を見る羽目になるかもしれない。

――が。

今、この機会をのがしたら、二度と勇気がでるまいとも、史鳳は思った。どれほど零落《れいらく》しても、長年住みなれ知人も多い開封でなら、ほそぼそと暮らしていける。生まれた土地だとはいっても、杭州は記憶もないほど幼いころに出たきりで、身よりの生死もはっきりとはしないのだ。

このまま、開封で埋もれるか。それとも、一度、死んだ気になって杭州で生まれかわってみるか。

史鳳の選択は、早かった。

「どうせ、ここにいても死んだようなものですわ。これ以上、東京にいて、あれが花魁のなれの果てだとうしろ指さされて生きていくぐらいなら、だれも知らない土地でのたれ死んだ方がましというもの」

あの青年――包希仁に、会えるとはかぎらない。こんな顔の自分を見られるぐらいなら、二度と会わない方がいい。それでも――。

「女――」

玉堂は、片ほほだけでにやりと笑った。

「惚れた男がいるな」

ずばりといった。

「な――んのことですの？」

かろうじて動揺はおさえたが、果たして相手をごま化しきれたかは、史鳳にも自信がなかった。すくなくとも男の表情には、変化はない。

「あなたには、関係ありませんでしょう。仮に、あたしにいいかわした殿方がいたとして、それであなたが手加減してくださるの？　あたしが訊きたいのは、あたしを杭州までいっしょに連れていってくださるか否かってことだけですわ」

「ふむ――」

と、玉堂が思案したときだった。

「だ、旦那」

小走りに駆けこんできたのは、先ほど、この部屋の見張りを命じた大伯の孩子《こども》である。史鳳が珠簾までしのびよっていたことからして、この大伯が銭をもらっただけの仕事をしなかったことは明白だった。が、その怠慢を責める余裕はなかった。彼の血相が変わっていたからだ。

「どうした」

「お役人です」

卓にかじりつくようにして、声をひそめながら告げる。

「他の旦那のところで、こちらの部屋のお客のことを、根掘り葉掘りたずねてるのを聞いちまったんです」

おそらく、銭をもらっておきながらいいつけを守らなかった、そのつぐないのつもりでご注進におよんでくれたわけだろう。

大伯の声に小さな音がまじったのは、玉堂が舌打ちしたためだ。

「野郎、売りやがったか。いや――」

とっさに、さっき出ていった甘を疑った玉堂だが、すぐに思いなおした。あの男に、それほどの度胸はあるまい。たとえあったところで、玉堂相手に裏切りをはたらいて無事に生きていられると思うほど、あの男も無知無謀ではないはずだ。

と、すると。

「豎児《こぞう》、相手はどれほどだ」

「綵楼《さいろう》の前に、十人ぐらいです」

酒楼の正面に、人寄せのために色絹でかざりたてた門を立てる。その陰にひそんでいる影まで数えてきたのは、なかなかの機転といえた。だが、捕吏《ほり》をさしむけてきたのが彼の推察どおりの相手だとすると、たった十人で殷玉堂を捕らえられるとは思っていないはずだ。

(その倍、いや、三倍はいるな)

いても、いっこうにかまわない——と、いいたいところだが、さすがにそれだけの人数が相手となると、手傷のひとつもなしというわけにはいくまい。だいいち、手元にはさっきの刀子の他には、ろくな武器もない。途中で捕吏の得物を奪うにしても、面倒だ。

と——、ここまで、考えるのに数瞬、かかったかかからぬか。

まず、卓の上にころがっていた玉の香炉が、さっと消えた。つづいて、ついと伸ばされた腕が、史鳳の身体を掻《か》いこんでいた。

史鳳にしてみれば、抵抗する余裕すらない。

「連れて行けといったな」

男に、不敵な嗤いを浮かべながら念をおされて、反射的にうなずいてからようやく、江南行きの件に思いあたる始末である。あっと思った時には、細くとがった爪先が、宙に浮いている。そのまま、紗《しゃ》を張った窓が大きく明けはなたれた。

「豎児、謝礼だ」

空いている片手で、銭をひとつかみ、大伯にむかって投げつける。床にちらばったその銅銭を、孩子《こども》があわててひろう間に、玉堂は欄《てすり》を越えて身を躍らせた。

ここは二階である。だが、この窓の下には、隣の棟への飛廊《ひろう》がもうけられていた。その、甍《いらか》屋根の上を、玉堂はかるい足どりで走りぬけたのだ。

左腕は、史鳳の細腰をかかえたままである。さすがに、ちいさな足先こそ屋根についているが、こんな足場の悪いところでは史鳳の方がひとりでは立っていられない。自然、妓女の方からすがりつくかたちになった。

右手には、乱闘にそなえてか、刀子の白刃が抜きはなたれているのが、夜目にもわかった。

抜き身をかまえるのも、道理である。

ふたりが窓から出たとたんだった。背後で、大きな物音がしたのを史鳳は聞いた。卓や椅子《いす》を蹴りたおす音、食器が散乱する金属音、人の悲鳴が聞こえたのは、あの大伯が殴られた音だったようだ。思わず瞑目《めいもく》する史鳳の耳に、さらに、罵声と怒号とがとどいた。

「待ちやがれ、この——！」

もちろん、玉堂が待つはずはない。

それは、追っ手の方も承知の上で、早くも知らせがとんだのだろう。ふたりの行く手から、人の頭がいくつか上がってくるのが見えた。

「殷玉堂だな」

「ちがうといったら、信用するか」

「逃げられんぞ、観念しろ」

「寝言は、目を閉じている時にいってもらおうか」

すかさず応酬した玉堂の右手が、胸の前へともちあげられる。きっ先が、妓女の喉もとへ擬されているのは、見なくてもわかるだろう。

「道をあけろ」

妓女が、あの何史鳳だとまでは区別がつかなくとも、簡単に人ひとりの命を無視するわけにはいかない。いざとなれば、人質ごと——という手もないでもないが、それは最後の手段だろう。

玉堂の前で、人が分かれる。代わって、窓からぬけだしてきた連中が、背後から迫ってくる。それを知ってか知らずか、玉堂は悠然と歩を運ぶ。

その前で、軒が途切れていた。

下は、細い院子《にわ》。そして、そのむこうにもうひとつの歩廊の甍屋根がつづいている。

追いつめた――と、思ったのだろう。それとも、玉堂の背に隙をみたのか、片腕に女をかかえていては動きもままならぬはずとたかをくくったのか。ともかく、背後の捕吏が、まず動いた。

捕吏などという小役人風情にしては、身のこなしはすばやかったし、ふりかざした棒のねらいも正確だった。ただ、甍を踏みこむ際の音までは消せなかった。まして、玉堂が、この足場の利点を計算にいれて、背をがらあきにしていたとは思ってもいるまい。

風鳴りをおこしてふりおろされた棒を、玉堂は軽々とよけた。

「わ――」

空を切った棒先の金具があたって、甍がくだけて跳ねる。それより先に、絶叫があがった。目標をうしなってたたらを踏んだ男の、うなじのあたりを、玉堂の刀子が斬り裂いていったからだ。

さすがに、女の眼にはふれないよう、たくみに自分の身体でかくす。ただ、これも親切心からではなく、血を見て、女の足がすくむことを心配しただけだ。本当に足手まといになれば置きすてていくが、まだ盾として使える間は、利用するつもりだった。

「玉堂――！」

仲間をやられて、逆上したのだろう。左から打ちかかってきた影に、史鳳の身体をふりむけさせて正対させる。と同時に、右からの声めがけて、刀子を投げつけると、さっきよりも大きな悲鳴があがった。軒から足を踏みはずしてころげ落ちた男が、両手で顔面をおおっているのが、史鳳にも一瞬見えた。その手のあいだを、血飛沫《しぶき》が真紅に染めあげる。喉の奥が、恐怖で締めあげられた。つかえていたものがふっつりと取れて、かん高い悲鳴になった。

それでなくとも、院子《にわ》の上へつきだした軒の端である。玉堂にとってはたいした高さではなくとも、史鳳は見ただけで目がくらんだ。

「さわぐな」

頭ごなしに怒鳴られていたとしたら、もっと悲鳴をあげただろう。だが、玉堂の口調はそれまでとまったく変わらず、平坦で冷淡だった。

「見たくないなら、目をつぶっていろ」

低く、冷ややかにそういわれると、背のあたりに悪寒が走った。ふたたび、喉のあたりにつかえるものを感じて、史鳳は口と目を閉じる。そのまま、玉堂の肩に顔を埋めたのは、ほかにすがりつくものがなかったから。支えがなければ、とてもではないが立っていられなかったからだ。

女の口を封じるあいだに、玉堂はもうひとり捕吏をたたき落としている。前の男が屋根の上へほうりだした棒を、片足の先でかるくあつかい、手元へと蹴りあげたのだ。棒を腰だめにかまえ、女の身をさらに掻きよせる。

さらに、ひとり、ふたり——。

三人までをたたきふせたところで、もうよい頃おいだと思ったのだろう、いきなり、棒をからりと投げすてた。

「お？」

と、捕吏たちがとまどったのは、相手が抵抗をあきらめたのではないかと、甘い期待をいだいたからだ。

玉堂の、怜悧《れいり》な顔がにやりと笑ったのを、彼らは見たはずだ。よくととのってはいるが、あきらかに人を見くだした嘲笑《ちょうしょう》だった。それとさとって、捕吏たちの頭に血がのぼる寸前——。

いきなり、史鳳の身体が浮きあがった。玉堂が両腕にかかえあげたのだ。と、同時に、玉堂の脚が軒の甍を蹴る。それとまったく機を同じくして、ぶん、と弓弦が鳴った。

二階の屋根の上から、ばらばらと雨のような音をたてて矢が降ってくる中、女をかかえた玉堂の身体は暗い宙空を跳ぶ。

実際には、相当な修練と鍛錬の結果なのだが、はた目にはいとも軽々と飛んだように見えた。まるで飛空の術でもこころえているような、あぶなげのなさに、捕吏たちはあっけにとられるばかり。二階からの矢の雨も、第一陣のあとはぱたりと止んだ。

その間に、玉堂の身は院子を越して、向う側の飛廊の上へと悠々と着地していた。腕の中の史鳳は、悲鳴もあげられない。ただ、身体をかたくこわばらせて、漢に懸命にすがりついているばかり。

が、むやみにおびえてあばれたり抵抗したりしなかったのが、かえってよかった。玉堂は、底意地の悪い顔つきでまたうすく笑う。その嗤笑《ししょう》を、捕吏たちもまた、見た。

が、彼らには、玉堂の真似は不可能だった。屋根づたいにまわりこむこともできるが、そのあいだに、目指す相手が夜陰に姿を消してしまうことはひと目でわかる。

人を小莫迦にしたその笑いを見ながら、彼らはなす術もなく、歯ぎしりをするばかり。

そして史鳳も、なかば成り行き、なかばはみずから望んで、玉堂と行をともにするよりほかなかった。

耳に風を切る音を聞きながら、自分の運命もまた、動きはじめたことを彼女は自覚しはじめていた。

「──申しわけ、ございません」

堂の前の舗地《ほじ》に額をすりつけてあやまる漢にむかって、罵声が飛んだ。

「なにをしておる。なんのために、そちらにすくなからぬ金をはらったと思っているか。捕らえてひきずってくると、公言したのはそちであろうが」

「それは――。で、ですが、あやつがあのように身が軽いとは。腕がたつとは聞いておりましたが――」

「たかが三十人やそこいらで、あの玉堂がとらえられると思うてか。百人もくりだして、酒楼を十重二十重《とえはたえ》にとりまいてから襲っていれば、万にひとつも取り逃がすことはなかったであろうに。逃したのは、そちらの怠慢であるぞ！」

「おことばながら――」

さすがに、捕吏の頭もこれには憤然となって顔をあげる。たかが小役人風情で、貴顕《きけん》の家の当主の顔を真正面から見ることはかなわないが、上目づかいでねめつけることはできる。

戸口まで出てきてわめく男は、綾錦《あやにしき》の衣服を身につけながら、頭だけは隠者のような頭巾《ずきん》をかぶっていた。その下の髪が、髻《もとどり》のところから斬られているのを、捕吏頭は知っていた。

男――この屋敷のあるじ、銭惟演、字は希聖《きせい》が、自分から髪を切るわけがない。古来、髪には生命が宿ると信じられ、髪を切るのは刑罰の一種でもあるのだ。また、恥でしかないから、だれかに切られたとしても、自分から話してまわるはずもない。にもかかわらず、屋敷の使用人たちから捕吏たちまで、おおよそのところは事情を察し、腹の底では嘲笑していたのだった。

名家の当主であり、また文人としても高い名声を得ているというが、庶民の目から見ればただ権柄《けんぺい》ずくでことを運ぶしか能のない、軽薄な人物としか思えない。

「われわれは本来、開封府に属する者。役所の命令でなければ、はたらけませぬ。それを、こちらさまの是非にというご依頼で、法を枉《ま》げて人を出したわけで――」

実は、大金を目の前に積みあげられたのだが、それは口をぬぐっている。

「これ以上の員数を出せとおおせならば、こちらさまが開封尹《かいほういん》になられて、じかに采配《さいはい》をふるっていただくよりほか、ございますまい」

開封尹といえば、都のなかばの行政・司法権をにぎる長官だから、けっして微官だとはいえない。が、かつては王族であり、現在の帝の縁につらなる者が今さら任じられるとなれば、降等処分にほかならない。

「なにを申すか――！」

と、瞬間、激怒に顔面を紅潮させた銭惟演だが、それ以上はことばが声にならない。怒りのためもあるが、さすがに恥の意識もそろそろよみがえってきたのだろう。

「と、ともあれ、あやつを捕らえてもらえれば、よいのだ。逃げたなら、それでもよい。つづけて、行方をさがしてくれているのだろうな」

「さあ――。そこまでの仕事は、おひきうけしておりませぬし」

「なにをしておる！　い、いや、たのむ。金ならば、いくらでも払おうほどに」

「はあ、まあ、それならば」

　捕吏頭がしぶしぶ承知した、その背後の暗闇から――。

「その必要はないぜ」

　声が飛来した。

「あ、痛っ！」

　声といっしょに、礫《つぶて》が闇を裂いたのだ。捕吏頭の頭上をかすめ、銭惟演の肉の厚い額の中央にあたって、ころころところがった。

　ころがった物をみれば、直径が親指の先ほどの丸い球――弾弓の弾である。ふつうは鉛か粘土でできているそれが白いのは、紙でくるんであるからだとすぐにわかった。

　惟演自身が飛びつくようにひろいあげ、紙をはぐる。文字が数個、書きつけてあるのが、裏からも見えた。ただし、捕吏頭が知っている文字は多くない。だから、たとえ文字が読みとれたとしても意味まではわからなかったはずだ。

　ただ、内容は、銭惟演の顔色を見ていれば、読まなくとも、推察は容易だ。

『――骨折り、ご苦労。件の物、お返ししたいはやまやまだが、これより、江南へ出立するので失礼いたす。また、後日』

「人を莫迦にしおって……」

　ふるふると小刻みに震える両手が、紙を破り捨てた。

「これは、江南へむかって逃げる。追ってくれ」

「は？」

「奴は、江南へむかって逃げる。追ってくれ」


「さて――。開封県のことなら、なんとでもなりますが、他の土地となりますと、これはもうわれわれの管轄外ということになりますな。申しわけございませんが、他をおあたりください。では、ご免」

役所仕事の典型のような返事を残して、男はそそくさと逃げだした。あとには、憤懣《ふんまん》やるかたない銭惟演の顔、ひとつがのこされるばかりだった。


――その翌日。

開封をかこむ城壁の水門のひとつ、東水門をしずかにすべりだした船がある。さして大きなものではないが、こざっぱりした客船に、商売物らしい荷を適当に積んでいるところをみると、都の小商人が南方へ商いに出るところだろうか。

すくなくとも、汴河にうかぶその船を目にした者は、皆、そう思った。とはいえ、たいして人目をひく船でもないのだが。

小商人にしては、若主人らしい男の眼が多少、鋭いのが気にかかるところか。妻女らしい女を、商売に同行させるのもめずらしいが、本拠を南へ移すとでもいうなら、わかる話だ。

　身なりはつつましいものだが、男はすっきりと苦みのある容姿である。妻女は蓋頭《がいとう》（頭から顔をおおうベール）を戴《いただ》いているために顔ははっきりとは見えないが、物腰は淑《しと》やかで、見る者は、不審をいだくより先に、ほほえましいものだと思ってしまう。

「まだ、ひきかえせるぞ」

　河に出たとたん、強くなった川風に頰をうたせながら、男がいった。

「いまさら、なにをおっしゃいますの」

　蓋頭の羅《ら》の奥から応えたのは、女のなめらかな声。風にあおられた羅のあいだからちらりと見えた、化粧気のない蒼白な顔は、たしかに何史鳳のものだ。

　とすれば、男は殷玉堂。これが、昨夜、白礬楼をさわがせた男だとは、どこから見てもさとらせない、まずはみごとな化けっぷりであった。

　男が、親切で声をかけたのではないことを、史鳳はよく知っていた。この玉堂という男、身体よりは人の精神をいためつけておもしろがる性癖があるらしい。やっかいではあるが、ある意味では助かる。なにをいわれても、史鳳さえ耐えていればいいことだ。

「鴇母《かあ》さん（妓女の養い親）に身代《しんだい》をはらって、身のまわりのものも処分して、後くされのないようにしたんですもの。もう、もどれるものですか」

昨夜、追っ手をふりきったあと、玉堂はたった一刻ほどで、史鳳の身の始末をつけてしまった。むろん、身請けの金は史鳳自身のものだが、なにしろ突然の話だけに、玉堂がいなければ、交渉にはもっと時間がかかっただろう。

十日も前なら、妓楼のあるじももっとしぶったかもしれない。だが、史鳳の顔の汚れもさることながら、ここ数日の素行の悪さも、あるじの気にさわっていたらしい。零落しかけた妓女をやっかいばらいできるとあって、玉堂のいうままに金を受けとり、史鳳が望む物を持っていくこともゆるしてくれた。

おかげで、客から贈られた釵《かんざし》や瑶珞《ようらく》といった、宝石の類《たぐい》の始末をつけることができた。たよりない身の彼女にとっては、これだけが唯一のたのみの綱となる。

史鳳は知らないことだったが、玉堂はそのあいだに、銭惟演の屋敷へ弾弓を撃ちこむとまでやってのけたらしい。これはもう、たいした活躍だといえるだろう。

「いい覚悟だ。そのやせがまんがどこまでつづくか、見ものだな」

「あたしが、どこで弱音を吐こうと、おまえさまの知ったことじゃありませんわ」

応《こた》えは、かえってこなかった。どうやら鼻先で笑ったらしいが、その気配も川風にふきとばされた。

史鳳も、敢えて無視することにして、視線をあらぬ方向へとさまよわせる。自然、船が来た方向、城壁がぐんぐんと小さくなっていく景色へと、ひきつけられる。

（これで、東京も見おさめ）

城壁の上からのぞく大きな建物の甍屋根がひとつ消え、ふたつ消え、あと望めるのはかろうじて相国寺の塔ぐらいか。

城壁の上の空は、黄砂でおぼろにかすんでいた。

第三章　一江春水《いっこうしゅんすい》

周《しゅう》家から逃げだした戴星《たいせい》たちは、いったん屋敷の裏手へと案内された。

江南《こうなん》地方特有の、網の目のようにはりめぐらされた水路の、土手の藪《やぶ》の中に、細くとがった舟がつながれていた。舟の胴には、竹で編んだ覆いが馬の背のかたちにつけられている。烏篷船《うほうせん》とよばれる、これまた江南特有の舟である。

戴星たち三人は、胴の間へ押しこまれるように乗せられた。

「声を出すんじゃないよ」

数珠《じゅず》を胸にかけた少年が念をおしたが、いわれた方はそれどころではない。

非常の際だから、舟が狭いのはしかたがないが、背中から追われる切迫感は消しようがない。舟自体も古く、人が四人も乗ると、予想以上に深くしずみこんだ。気のせいか、舟底がじっとりとしめっていて、今にも水が吹きあげてきそうである。身じろぎもならず、三人はただ息をつめていた。

だが、少年の棹《さお》さばきはたしかだった。

必要以上に揺らしもせず、むやみに急ぐこともなく、慎重にしかし確実に舟をあやつってみせた。

水路を行ったのも、正解だった。歩くよりもはるかに早く、人に見とがめられることもなく、瓜州鎮《かしゅうちん》にたどり着いたのだった。

ここまで来れば、いつまでも姿をかくしていることはない。用心のために町の少し外で小舟を捨て、長江《ちょうこう》を渡る荷船に便乗をたのむことにした。例の少年が、荷船の水夫《かこ》との交渉にあたっているあいだだった。戴星がほうとため息をつきながら、低くつぶやくのを希仁《きじん》たちは聞いた。

「これが、長江か――」

見わたすかぎり、水、水……である。対岸は、はるかかなたにかすみ、よく目をこらしても見えるかどうか。水平線の彼方に、青く水が盛りあがっているように見えるのが、むこう岸の、さらに背後の山のなだらかな稜線《りょうせん》であると気づいたのは、つくづくとながめやった後である。

「長江、か」

と、戴星はまたつぶやいた。それ以外に、ことばを知らないかのように、さらにもう一度くりかえす。

宝春《ほうしゅん》が聞きつけて、ちょっとあきれた顔をしてみせた。祖父に連れられて、あちらこちらと放浪していた彼女にとっては、長江は何度も渡った川のひとつにすぎない。

また、包《ほう》希仁にとっても、長江はそう目新しいものではない。彼の故郷、合肥《がっぴ》は、長江の上流の支流をさらにさかのぼったところにあり、直接、長江を見て育ったわけではない。が、勉学のためや、科挙《かきょ》を受けるための旅で長江を利用している。

この中で、長江をはじめて見たのは、戴星ひとりだった。

いつもなら、宝春あたりがなにかひとことふたこと、嫌味とも皮肉ともつかないせりふをいって、たわいもないけんかを売るところである。

だが、眼を輝かせて、目前に茫漠《ぼうばく》とひろがる水と、ぽつりと浮かぶ帆をただ見つめている戴星に、宝春も希仁も声をかけそびれていた。彼の素姓を知っているだけに、彼の気持ちもなんとなく推察がついたのだ。

開封《かいほう》は、汴《べん》河《が》の他に数本の運河をかかえ、黄河《こうが》という、これまた中華有数の大河をも背後にひかえている。運河といっても、汴河はけっして細いものではないし、ここまでのあいだに広い湖も見てきている。だが、戴星は黄河を見たことはないはずだし、河と湖とではまた、感覚がちがう。

これほど大量の水が圧倒的ないきおいで流れ落ち、大海に注いでいくのをその目で見て、声を失った少年の感性を、希仁あたりは善いものとしたようだ。

彼らの沈黙を、無造作にやぶり、

「行くぜ」

うながしたのは、例の数珠の少年だった。

だが、少年の指示でその荷船が着いたのは、対岸の鎮江《ちんこう》の渡し場ではなかった。鎮江の岸にほぼ接近して、中洲がある。洲といっても小さなものではない。緑におおわれた小山がこんもりともりあがり、まるで水の上にうかんでいるように見える。その、緑の間に塔がそびえ、大きな甍屋根がいくつも垣間見えているのは、寺でもあるのだろう。

少年は、その中洲に直接、船を接岸させたのだった。

「ここは――」

「早く、あがりな。ここまでくれば、あの周って家の者も、役人だって簡単には手はだせないからさ。なんといったって、鎮江の金山寺《きんざんじ》といや名刹《めいさつ》だからね」

その日の夕刻である。

少年の師という老僧に、三人はひきあわされた。寺の庫裏《くり》で十分な休息をとり、白粥《しろがゆ》程度ではあったが、食事まで提供されたあとである。

本来、寺は女人禁制のはずで、宝春がひどくそのあたりを気にしたが、少年がどう話をつけたのか、寺僧はまったくとりあわなかった。

「困っているお方をおたすけするのが、仏の道。男女は関係ありますまい」

寺の者らしい壮年の僧に、逆におだやかに諭《さと》されてしまった。

さて、少年の師の名を、

「一空《いっくう》と申します」

白髯《はくぜん》と白い眉のあいだから、柔和な微笑で名のられて、おや、という顔をしたのは包希仁である。

「もしや、峨眉山《がびさん》の王禅師《おうぜんじ》ではありませんか」

「これはこれは。愚僧の名がお耳にとどいておりましたとは、光栄なことです」

声は出さず、肩だけをかるくゆすって笑った。

ざっと見て、七十歳より若いことはあるまいという老体である。痩せて小柄で、立ちあがっても、戴星の肩にとどくかとどかぬか。指先で突いても倒れそうに見えるのだが、それにしては、身体全体からうける威圧感にはただならぬものがある。それとわかるだけに、どう判断してよいものか、戴星はとまどっていた。

「なに者だ」

希仁の横腹をつついて、小声でたずねた。といっても、もとがよくとおる声である。老僧の耳にも、その背後に、まるで護法童子《ごほうどうじ》のようにひかえる少年にもとどいたはずだが、両者はその知らぬ顔をしていた。

代わって、希仁が答える。

「峨眉山は知っていますね？」

「蜀《しょく》の奥にある名山だろう。それぐらいは、知っている」

「その峨眉山で修行をなさった、王一空禅師です。江南まで、名僧として名の知られた方ですよ」

「……その峨眉山の禅師が、なんだって揚州《ようしゅう》あたりまで出てこられた？」

戴星の不審——というより、好奇心は満足ということを知らない。まずは、なにをおいても礼を述べるべきところを、すっかり忘れ果てて老僧に向かって直接、質問を発する始末である。

だが、王禅師は気を悪くするどころか、

「ちと、事情がありましてな」

にこりと笑ったようだ。

「ひと月ほど前から、この金山寺に滞在しております。——近在の旧家の法要があるから是非にと請われて、ことわりきれず、おもむいたのが昨日。そこで、貴殿がたの危難に気づきました。あの屋敷の者にはそれなりのいい分もあろうが、みすごすわけにもいかず——。愚僧が看相《かんそう》をして進ぜると申して、人を集めているあいだに、この者にお救いせよと申しつけた次第。老いぼれのよけいな世話と思うて、許してくだされよ」

丁重に頭をさげた。

「とんでもない。感謝している」

さすがに、戴星もあわてて胸の前で両手を組みあわせ、武張った礼を執《と》ってみせた。そうやっていると、ぴたりと絵に描いたような、端正な姿になる。どれほど悪ぶっても、こんなところで素地が出てしまうのが戴星の憎めないところだと思いながら、希仁も宝春も、それぞれのやり方でつづいて礼を執る。

「あやういところを、よく救ってくださった。あらためて、礼をいう。おれの名は、白戴星――」

例の少年に、こちらの話をかなり聞かれているために、偽《にせ》兄弟のふりはあきらめた。

「こちらは、包希仁という。あの小娘子《おじょうさん》は宝春。こちらも事情があって、三人で東京《とうけい》から逃げてきた」

「私は、逃げてきたわけではありませんよ。合肥へ帰る途中です」

さすがに、包希仁が小声で文句をつけた。

「似たようなものだろうが」

「まったくちがいますよ」

だが、ふたりの会話を、老僧は聞き流していた。なにがおかしいのか、また痩せた肩だ

けをゆらして笑い、背後の少年を視線だけでちらりとふりかえって、

「これはこれは。金山寺で、白と青がそろいましたな。さしずめ、愚僧は法海《ほっかい》といったところか」

「――なんの話だ？」

けげんな顔でふりむいた戴星に、

「このあたりの、昔話よ」

答えたのは、宝春だった。

「白蛇の化身の女が、書生に懸想《けそう》して追いかけまわすんだけれど、この金山寺の法海てお坊さまの法力《ほうりき》で調伏《ちょうふく》されるの。青ってのは、白娘子の腰元の青蛇のことよ」

このあたりを何度も旅しているだけあって、よく知っている。こんな話を、即興で芝居にしてみせるのも、彼女らの芸のひとつなのだ。

「おれが白蛇か。で、腰元は、だれだ？」

「愚僧の、この弟子の名を青《せい》と申しまして」

と、老僧は、手にした払子《ほっす》を揺らしながら、ふたたび背後をかるくふりかえった。

「字《あざな》を漢臣《かんしん》とつけました」

「――字」

と、けげんな顔をしたのは、戴星ばかりではない。

中華では古来、人の名を直接に呼ぶほどに無礼なことはない。名を呼べるのは、親か、あきらかに高位にある者に限られる。そのため、通称として字をつけるのだが、これは成人した時に、本名にちなんでみずから名のるものなのである。たとえば、希仁の字は、「拯《じょう》」という名に本来、救うという意味があるところから、自分でつけたものだ。

むろん、だれしもが字をもっているわけではない。文字も読めない庶民の中には、名すらまともについていない者もあり、兄弟順の数字で区別するだけである。余談だが、包希仁は三男で、今でも故郷では三郎とよばれていると、旅の途中、戴星たちに教えてくれたことがある。

さて、問題はもうひとつ。

成人の年齢は、二十歳というのが世間の常識である。むろん、個人差や家の事情、時代によっても異なってくるが、だいたい十五歳以上にならなければ、世間も成人とはみとめないだろう。

だが、目の前の少年は、どう見ても十五歳以上には見えなかった。

しかも、である。

一空禅師は、少年を弟子だといった。僧の弟子ならば、成人したら剃髪《ていはつ》して法名《ほうみょう》を名のるものだろう。それが、俗人の姿かたちをして字をつけるのは、奇妙である。

もっとも、戴星たちのとまどいは一空も予想ずみのことだったらしく、

「これには深い事情がありましてな。弟子と申しても、この者はいずれ俗世へ返す約束でおあずかりしたもの。——実を申しますと、この漢臣の身のふり方を定めてやるために、老体をもかえりみず世間へしゃしゃりでてきた次第」

よほど可愛がっている弟子なのだろう、霜をおいた眉のあいだからのぞく眼が、いかにも柔和な光に満ちている。師匠にそう説明された弟子の方はといえば、その童顔いっぱいに笑みをうかべて、かるく会釈してみせた。

「それにしても——漢臣とは、大仰な名だな」

と、遠慮なくまぜかえしたのは、戴星である。

「これもまた、愚僧が与えました。まだ、十三歳ゆえ、おのれで字を選ぶのは無理だと申しますもので」

「十三」

おもわず、戴星が目をはしらせたのは宝春の背丈である。希仁でさえ、少年の面をまじまじと見直した。男女の差もあるし、だいいち宝春の年齢だとて、そうたしかなものではない。が、それにしても、体格といい口のききようといい、この少年——漢臣がたった十三歳とはだれも思わなかった。

師の前ではおとなしく、にこにこと笑っているばかりの漢臣の顔を、これまた見入るばかりの三人に、

「ところで――。逃げて来たと、いわれましたな」

老僧は、しごくさりげなく話題を変えた。

「少し、申しあげにくいこと――いえ、話せば長くなりすぎますもので」

希仁が、慎重に受けた。考えてみれば、一度救われたからといって、相手を全面的に信頼できるとはかぎらないのだ。あとさきのことを考えない戴星にまかせておくと、なにをしゃべりだすかわからないと、不安になったのだろう。

「いやいや、なにも、無理にうかがおうというのではない。これからのお心づもり――行くあてがおありかをお訊きしたかったまで。と申すのも、あの周という家にも、多少、事情というものがあるようでしてな」

「禅師は、あの家をよくご存知でいらっしゃいますか」

「いや、くわしいことは。ただ、香炉《こうろ》ひとつが無くなった程度のことで、当主の煩悶《はんもん》のありさまといったら――もっとも、愚僧の前では、塵《ちり》ほどにも申しませなんだが、それとなく聞こえてくるもの。それは、見ていても気の毒なぐらいでした」

「とはいえ、われらは――」

「すべて、わかっております。愚僧は、看相もいたします。貴殿がたが盗みをするようなお顔には見えなかった故、よけいな真似をいたしました。ですが、あのあるじの誤解が解けるまで、用心召された方がよろしいかと思うたまで」

「この寺に、とどまれと？」

「なに、長いあいだのことではありますまい」

「——どうする？」

また、戴星が希仁の脇腹をつついた。むろん、声はひそめている。

「たしかに、先を急ぐ旅ではありません。二、三日のことならば」

と、すなおにうなずく希仁のせりふをさえぎって、

「——ここから、杭州《こうしゅう》へ行くのと合肥への距離と、どちらが遠い」

戴星は、妙なことをいいだした。

「日数にすれば、おなじようなものだと思いますが……。いきなり、どうしたんです？」

「杭州に用があるのは、おれだけだ」

「なにを考えているんです」

希仁の眉のあたりに、疑わしそうな翳《かげ》が落ちた。

「まさか、ひとりで杭州へ行こうなどと、思っているんじゃないでしょうね」

「周の家人を殴ったのはおれひとりだ。おれがいなくなれば、大兄《たいけい》は逃げかくれしなくてもよくなる。合肥へも帰れる」

「私はいいとして、宝春を、どうするんです？」

「……………」

そこまでは考えていなかったらしく、とたんに元気がなくなった。どうやら、ここへ来て急に思いついたことだったらしい。

一空禅師たちの手前、密談もできず、ふたりは、この場にいる者には聞こえる程度の声で話している。むろん、宝春の耳にもとどいていたが、彼女もそろそろ戴星の気性をのみこんできているだけに、怒りだしはしなかった。彼に悪意がないことだけは、はっきりしているからだ。ただ、ふんと小莫迦《こばか》にした眼つきで、男ふたりが見られたのはいたしかたあるまい。

「とにかく——今夜は、禅師のお勧めにしたがいましょう。これから先のことは、明日以降、相談すればよいことです」

禅師の柔和そのものの笑顔を見ては、戴星も敢えて希仁に反対はできない。長い旅を続けてきたことでもあるし、長江を渡ったここでひと休みして、これからのことをじっくりと考えてみるのも悪くないだろう。いきおいにまかせて開封を出てきたのだから、なおさらだ。

安全に関しては、この寺には不審な点はないし、あったところで精進尽くしの僧侶たちにどれほどのことができる——。

というわけで、戴星と希仁は寺の裏手の僧房に一室をわりあてられて、滞在することとなった。宝春は、空き家になっている寺男用の小屋があたえられた。

「宝春のことですから、心配ないでしょう。それにしても——」

と、希仁があらためて切りだしたのは、寺の小僧が油燈《ゆとう》を置いて立ち去ったあとである。

「いまさら、私に遠慮をしたなどというわけは、聞きませんからね」

「恥を承知で白状すると」

戴星は、憮然《ぶぜん》としたふくれ面ながらも、素直に答えた。

「こんなに広いとは、思わなかった」

中国の国土が、という意味だろう。開封の街中は遊びあるいていた戴星だが、その城壁の外へはあまり出たことがない。はじめての旅で、江南までの距離を実感したというのも、本音にちがいない。

「おれは、大兄に迷惑ばかりかけている。おれにかかわりあわなかったら、大兄は今ごろ、自分の家でのんびりしているところだろうし、当然、こんなやっかいにも巻きこまれなかったはずだ」

それぞれの牀《ねだい》に腰かけての、会話である。このあたりには竹が多いせいだろう、牀も、油燈の皿を置いた小卓も、竹を組みあわせた簡素なものである。

殊勝な戴星の述懐を、しかし、希仁は笑って受け流した。

「そう思ってくださるんでしたら、もう少し、宝春とのけんかを減らしてくれませんか。それさえなければ、家へ帰るのが一年や二年遅れたところで、いっこうにかまいませんよ」

「大兄の帰りを待っている者もいるんだろうが」

「いませんよ」

希仁は、きっぱりといった。あまりはっきりと否定されたもので、かえって戴星は疑わしそうな顔つきになる。

「おまえがそうやって、はっきり断言するときは、たいてい嘘だな」

「ほんとうですよ。両親はもう亡いし、家は年齢《とし》のはなれた兄ふたりが継いでいます。私は三男で、兄たちのやっかい者なんですよ」

「信じられん」

「うたぐりぶかいですね」

「もうひとつ、疑ってやろうか」

「なんです？」

「おまえ、親父になにかいいつかってきただろう」

この場合の戴星の父親とは、彼の養父——実の伯父でもある、商王《しょうおう》・元份《げんふん》、八大王《はちだいおう》とよばれる人物のことを指す。

「おことばながら」

内心の安堵を表に出さないように気づかいながら、希仁は慎重に答える。

「私は八大王さまには、お目にかかったことはありませんよ。殿下にかぎらず、一面識もない、どこの馬の骨ともしれぬ落第挙人《らくだいきょじん》に、大事な御子の身を託す親が世間にいるとは思えませんが」

「うちの親どもなら、やりかねない」

おもわず、希仁は噴きだすところだった。

実は――八大王にはたしかに会ってはいないが、その夫人、狄妃《てきひ》には范仲淹《はんちゅうえん》宅で接見を許され、戴星の身柄を託されている。その時も、子が子なら、親も親だとなかばあきれたものだ。

どちらも、世間の常識からはずれた、大胆な考え方と行動をとる。そのくせ、筋は一本、通っている。血のつながりはうすくとも、親子にちがいないと、狄妃と話してみて希仁は痛感したものだ。

親子が、たがいの思考を見すかしあっているところなど、実の間柄でもこうはいくまい。ことばを変えれば、たがいに信頼しあっているともいえるのだが――。

「ともかく」

あやういところで踏みとどまって、希仁は話を元へもどした。詭弁《きべん》だという自覚はあるのだが、八大王と狄妃の件はしらをきりとおす必要がある。希仁が監視役と知れたら、戴星の気性では、ともに旅をすることなどますますいやがるにちがいない。

「郎君《きみ》は杭州へ行きたい、これだけは決まっていることですね。私のことはともかくとして、宝春のことをどうします？」

「桃花源《とうかげん》をさがすと、本人はいっている。だけど、どこへいけばみつかるんだ？」

「陶淵明《とうえんめい》ののこした物語を信用すれば、武陵《ぶりょう》の近辺にあることになりますが」

「湖北路か。ここから、長江をさかのぼって——。合肥より、上流だな」

「はるかに上です。洞庭湖《どうていこ》の上流にあたりますから」

「……ひとりで行かせるわけにはいかないな」

むろん、旅慣れている彼女なら、ひとりで行けないこともない。双剣舞の彼女は、実際に双剣の使い手でもある。自分の身ひとつぐらいは、立派に自分で守れる。だが、それも妙な追っ手がなければ、の話である。

「かといって、杭州まで連れて行くのは、まわり道すぎる」

「宝春の気持ち次第ではありませんか？　あの娘にしても、一日も早く、自分の素姓が知りたいわけではないでしょう。私の見るところ、かなりためらいもあるようですよ」

「——宝春が、人でないなんてことが、有り得ると思うか」

宝春の祖父は、花の香だけを残してあとかたもなくなった。彼女の身に万一のことがあったら、やはりなんの証拠ものこさずに、消え失せるのだろうか。

「宝春は、よい娘ですよ。多少、気は強いですがね。それで、十分ではありませんか」

「それにしても、おれの事情につきあわせるのは――」

「要するに、賢弟《けんてい》」

戴星の顔に警戒の色がうかんだのは、希仁がこんないい方をしたときは、かならず説教になるからだ。

「つまり、郎君も、こわいわけですね」

「なにが、こわいんだと？」

とたんに気色ばんだ少年を、ふたたび手ぶりで制止しながら、希仁もめずらしく眼に真剣な光をうかべた。

「杭州へ行って、李絳花《りこうか》とやらいう女をみつけたとして、たとえば――たとえばの話ですよ。母上がすでにみまかっておられたとしたら、いかがなさいます」

「希仁！」

「考えられないことではないでしょう。十七年は、平穏に暮らしている人の身の上にでさえ、なにかが起きていて不思議のない時間です。たとえご存命であったとして、ひどい境遇にあられる場合だって考えられる……。そこまで考えが及ばない郎君では、ないはずですよ」

「…………」

反論がないのは、図星ということだ。

「それを目の当たりにして、ご自分が耐えられるか、自信がない。うちのめされたご自分を、他人の目にさらしたくない。ちがいますか？」

「おまえなら、平気か」

「平静ではいられないと思いますよ」

「そら、みろ」

「ですが、恥だとも思いません」

希仁のことばは、真実だろうと戴星も思った。どんな事態になったとしても、彼が動じることはないだろう。どんな醜態をさらしても、それを醜態と他人に思わせない雰囲気をもっている。

彼と自分と、どこがちがうのかと戴星は内心、歯噛《はが》みしたい思いだった。年齢の差、経験の差だけでは説明しきれないなにかを、この旅の道連れはもっており――実をいえば、戴星は少々、嫉妬さえおぼえはじめていたのだった。

ここで道を分かとうといいだしたのも、多少、それが影響している。希仁のいうとおり、彼らへの遠慮もあるし、先に待ちうけるもののことを考えると、気おくれがしているのもたしかだ。また、希仁が親たちがさしまわした、目付役かもしれないという疑いも、まだ消したわけではない。おそらく、それらの感情すべてが複雑にまざりあって、今、戴星の胸の中にわだかまっているのだ。

それまで、物事をまっすぐに見てきた少年が、はじめてぶつかった世間——世界といってもよいかもしれない。ほんの一部だけとはいえ、彼がじかに見聞した世の中は、当然のことながら、かならずしも楽しいだけのものではなかったわけだ。

もっとも——それですっかりうちひしがれてしまうような気性でもない。薄っぺらな藁《わら》ぶとんの敷かれた牀《ねだい》に、ごろりと横になって、

「だいたい、杭州へ行ったとして、どうやって女ひとりをさがしたらいいんだ」

「杭州に、知人はいませんか？　その土地の旧家か顔役に訊くのが、一番早いものですが」

「おれは、大兄じゃないんだぞ。江南どころか、東京でだって、そう顔が広いわけじゃ——」

いいかけて、ふと、口をつぐんだところをみると、なにか思いあたったことがあるらしい。

「なにか——？」

少年の両眼が、ふたたびいつもの活力をとりもどしたのを見てとって、希仁が訊こうとしたときだった。

「音がしなかったか」

まず、戴星が先に気づいてはね起きた。

「風——ではないようですね」

「外だ。人の声……。まさか、宝春になにか」

というより先に、扉を蹴りあけて飛びだしてしまった。希仁が止めるひまもあらばこそである。もっとも、希仁も少年の足にはおよばないものの、あとに続いていた。

戴星は夜目がきく。ところどころに点《とも》っている常夜灯もたよりに、不案内なはずの寺の境内を駆けぬけて、門が見えるところまで降りてきたときだった。

「寺内だよ。殺生《せっしょう》しないでおくれ。できたら、怪我もだよ」

声とともに、背後から降ってきたのは、漢臣という少年の身体である。

「そいつは、相手にいってくれ」

と、戴星が怒鳴りかえしたのは、眼下の情景を見てとったからだ。

大雄宝殿《だいゆうほうでん》の背後の石畳で、双剣をぬきはなって奮戦しているのは、まちがいなく宝春のきゃしゃな姿だった。彼女の相手は、三人。ほかに、孩子《こども》のような若い寺僧ふたりを相手どって、十人ほどの影が確認できた。衣服はばらばらだが、みな一様に右手に刀をにぎっている。

顔の下半分を覆った彼らの中のひとりが、戴星たちの声に、頭上をふりあおぐ。

「そこか、豎児《こぞう》」

いわれて、正体に気づく。

「揚子鎮の連中だな」

「まさか、寺まで襲うとは思わなかったなあ。師父《しふ》も、見こみちがいをなさることがあるんだなあ」

漢臣は、のんきなことをいう。が、戴星が文句をつける前に、少年の身体は隣から消えていた。ふたりが身をもたせかけていた石の欄《てすり》を、いとも軽々ととびこえたのだ。

欄のむこうは、数丈（一丈＝約三メートル）もある石壁である。しかも、下は石畳で、着地の衝撃をやわらげてくれるものはなにひとつない。

だが、漢臣は着地寸前、まるで猫の仔《こ》のようにくるりと背をまるめた。まるい肩先から、毬《まり》のようにはずみをつけてころころと二、三回、ころがる。そのまるみが解けたと思ったら、両足で立ちあがったのみならず、ぴたりと身構えた。その右腕の中に、槍がかいこまれていて、上から見ていても一分《いちぶ》の隙もなかった。

「――すごい」

戴星は、思わずつぶやいていた。彼も相当な腕自慢で、開封では無茶もやってきているが、この高さを飛びおりる勇気はない。しかも、あつかいにくい長尺の武器を持ってである。一歩まちがえれば、加勢どころか、自分で重傷を負うことになりかねないところを、漢臣はしごく当然といった顔で、すぐさま男たちと渡りあいはじめた。

むろん、戴星も上からのんびり見物しているつもりはない。ふところから、刀子《とうす》を抜きはなちながら、石壁ぞいの階段を一気に駆け降りる。

最後の数段をとばして飛びおりたのは、すぐ目の下に、男の後頭部があったからだ。無防備な首すじに、戴星は刀子の柄《つか》の方をたたきこんだ。声もなく、男は気死する。その身体を蹴りたおし、戴星は宝春の背後へまわった。これで、たがいに背をあずけあうかたちになる。

「怪我は？」

「白公子《こうし》——」

「ついでに、むこうにも怪我をさせるなだと」

「むずかしいことをいわないでよ」

ちなみに、宝春の双剣は舞踏用だが、真剣でもある。まともに触れれば、当然のことながら怪我をする。

「おれがいったんじゃない」

あごをしゃくって、漢臣の方を示した。

漢臣の得物《えもの》は、白柄の、なんのへんてつもない槍である。自分の背丈よりも長いそれを、少年がちからいっぱいふりまわすと、うなり声にも似た風鳴りが生じた。それまでも、宝春と寺僧ふたりを攻めあぐねていた男たちが、このいきおいにたじろいだのは、いたしかたあるまい。

波がひくように、いっせいに後ずさったが、逃げおくれたひとりが耳のあたりを横なぐりにはらわれて吹きとんだ。もうひとり、足をすくわれ、倒れたところを上から思いきりたたきつけられる。

槍がもう一旋回して、さらに人の輪が広がった。

「峨眉槍《がびそう》か」

峨眉山は、いくつかある武術の型の中でも、強力な流派として知られていた。蜀の奥地の深山に本拠があるだけに、その武技の奥義《おうぎ》はなかなか外部の目に触れることはない。が、峨眉派が特に、槍の技にひいでていることは夙《つと》に知れわたっていたのだ。

「ひとり、足りんぞ」

たぶん、さっき戴星たちを見あげた男だろう、戴星たちの顔をたしかめながら低くつぶやいて、さらに数歩後退した。

「ここは、まかせる」

いい置いて、この場を抜けようとした。

戴星が、その声を耳ざとく聞いた。彼が、もっともその男に近かった。が、男を追えば宝春たちがあぶなくなる。さっき漢臣がふたり、たたきふせたが、かわりに寺僧ふたりが手傷を負ってしまった。こちらは手加減しなければならないが、相手にはもとよりそんな配慮はないからだ。

舌うちは、無意識のうちだろう。右手の中で刀子をくるりと回すと、肩口から思いきりふりかぶって投げつけた。

狙いは、わずかなところではずれた。刀子の刃は、男の腿《もも》のあたりをかすめて石壁にあたり、鋭い音をたてたのだ。もちろん、男はふりかえりもせず、さっきの戴星とは逆に階段を駆けあがっていく。

「下手なんだから」

左手の剣で、暗闇の中からふりおろされてくる刀を払いながら、宝春が文句をつけた。

「悪かったな。得物を貸せ」

ふたりの間隔は、二丈（約六メートル）ほどあいていたが、かまわず宝春は右手の剣を天へむかってほうりあげた。

戴星は素手で、刀を持った男ひとりを相手どりながら、たくみに刀の軌跡をかわし、その脚の位置を変えていく。

首の高さを薙《な》ぎはらわれて、ひょいとすくめる。そのまま、相手の手元へ下から飛びこみ、両手で男の刀を持つ手をがっちりとおさえた。体《たい》を入れかえ、相手の右腕を自分の右脇にはさみこむ。

戴星も、外見と実際の力とにはかなり幅がある。少年の意外な腕力と同時に、男をあせらせたのが、頭上の闇の中にほうりあげられた双剣の片割れである。

「は、離せ」

「希望をかなえてやりたいのは、やまやまだがな」

茶化している場合ではない。戴星自身の頭の上に落ちてくる可能性もあるのだ。が、彼はろくに上も見ずに、なにやら呼吸をはかっているようだったが、不意に身体を少しうしろへ倒した。自動的に、男の位置もおさえつけられた刀身もうしろに下がる。

その白い刀の刃の真上へ、ねらいすましたように、からりと音をたてて剣がまっすぐに落ちてきたのだった。

音は、剣の刀身が刀の反《そ》りのある背に沿ってすべり落ちたもの、そして柄がひっかかった時に発したものだ。戴星は、刀の柄もとで剣をくるくると回転させると、ふたたびかるく空中にほうりあげた。ただし、今度はさほど高くあげたわけではない。手をのばせば、届くあたりに投げたのだ。そして、戴星はまっすぐに右手をのばした。

当然、おさえつけられていた男も、その手の刀も解きはなたれる。隙をみつけたと思った男は、胸にはげしい衝撃をうけて数歩後退する。戴星が、もののついでにうしろへ蹴り離したのだ。

つづいてまきおこった鋼《はがね》の風鳴りは、少年の顔前で激しい火花とともにくいとめられた。思わぬ力で、刀ははじきとばされる。男がふたたびよろめいたところへ、さらに剣のきっ先が突きいれられた。

男が、息を呑んだ瞬間だった。

喉もとに、とがった先が当ったところで、剣のうごきがぴたりと止まった。一瞬、男と戴星の視線がぶつかる。あきらかに、男が安堵の色をうかべたと見たとたん、剣全体がひらりとひるがえっていた。

剣身の部分が引かれ、柄頭《つかがしら》が男の鳩尾《みぞおち》へと深くくいこんだ。声もなく、男は崩れ落ちる。その手の中から刀をすくいあげると、戴星は剣の方を、宝春へと投げてかえした。

左手一本で剣をふりまわしていた彼女の目の前へ、それは正確に飛んでいく。宝春も、いとも無造作にそれをつかむと、筒車《とうしゃ》（水車）のようにふりまわした。

男たちがたじたじとなる間に、漢臣の槍がひとりひとりをたたきのめしていく。なにしろ、男たちの刀は槍先でくいとめられてしまい、少年の手もとにすら入りこめない。身体に届かなければ、どんなに鋭利な刀でも役にはたたない道理だ。それにひきかえ、槍は穂先から柄まで、全身が武器だといって過言ではない。それが、少年の手の中で変幻自在、長さまで変化するように見える。その動きに眩惑《げんわく》されているあいだに、足をすくわれ頭を殴られ、腹を突かれて身動きできなくなるという寸法である。

結局——。

十代の少年少女が三人で、屈強の男、十数人をその場にはいつくばらせた。かすり傷程度はあたえているが、緊急に手当が必要な重傷は皆無である。少年たちの方に手傷がないのは、むろんのことだった。

一応の決着がついたと見たとたんである。

「いったい、この寺の連中は、どうなっている」

さすがに荒い息を吐きながら、戴星が毒づいた。

「加勢も、出してこないとは、おれたちを見殺しにする気だったか」

「おいらが、出るなっていったんだよ」

と、落ち着きはらった返答をしたのは、もちろん漢臣の紅顔である。

「なんだと——」

「どうせ、ろくに修行もしていない奴らが出てきたって、邪魔なだけじゃないか。おいらが全部かたづけるから、だまって見てろっていったんだよ」

「全部じゃなかったぞ。おれが、三人、たおしてやった」

「おいらひとりでも、十分だったんだけどね」

しらりといいかえす漢臣は、息の乱れもない。戴星も、そのあたりは認めざるをえなかった。得物の差もあるだろうが、漢臣のはたらきがなければ、男たち全員を軽傷程度でとらえることは不可能だったろう。戴星は、鼻のあたりに小じわを寄せて、漢臣に応《こた》えてみせたが、少年の方は気がつかないようだった。ふところから、かねて用意の細い紐のようなものをとりだして、地面にころがってうめく男たちを、ひとりひとりしばりあげるのに

余念がなかったが、

「いいのかい。ひとり、上へいったぜ」

いわれて、宝春があっといった。

「白公子、希仁さんは？」

「あいつ、途中までおれについてきていたんだが」

いうより前に、戴星は行動にうつっている。もときた道をとってかえして、階段をかけのぼったのだ。ついでに、なげた刀子をひろいあげ、ふところへほうりこむ。そのすぐあとに、双剣を下げた宝春が疲れをみせない足どりでつづいた。

また、長い夜になりそうだった。

――包希仁は、寺の鐘楼《しょうろう》へむかっていた。

この異変が、揚子鎮の周家のさしがねによるものだとは、すぐに察しがついた。宝春が無事な姿を遠くから確認すると、あとは戴星にまかせてもよいと判断して、彼は逆に坂道をのぼったのだ。

時ならぬ鐘を鳴らし、寺僧たちに急を告げる。鎮江の町に鐘声がとどけば、馳《か》けつけてくる者もいるかもしれない――。

だが鐘楼の前で、希仁は阻止された。

「――一空禅師」

「さすがに、知恵者は目のつけどころがちがわれます」

「なにをなさっておられます」

「なに、貴殿に鐘を鳴らされては困りますので、ここで待っておりました」

とんでもないことを、しごく当然といった顔で、老僧はいいだした。

「しかし、鳴らさなければ、われらがこまるのですが」

と、いいかえした希仁も、平静そのもののおももちである。

「それも道理ですが、今しばらく、お待ちねがえませぬか。敢えて罪人をつくることも、罪になるかと存じます」

「禅師。もしや――あの連中にわれわれの居場所を教えたのは、禅師ご本人ではありませんか」

「よくおわかりになりましたなあ」

笑った方も笑った方だが、それを聞いて逆上しなかった希仁も、たいしたものかもしれない。戴星がこのせりふを聞いていたら、瞬時を置かず、撃ってかかっていたところだ。

「いずれ、たがいに深い事情があること。話しあってみれば、案外たやすく誤解がとけるのではと思いましてな。愚僧が立ち会いのもとで、話しに来てくれるようにと申しましたのですが――」

老僧のことばが終わらないうちに、希仁の背後の闇から男の姿がうかびあがったのだ。

曲刀の白刃《はくじん》を夜目にも光らせ、目を血走らせてここまで急いできた男には、小柄な老僧の姿は目にはいらなかった。いきおいのままに刀をふりかざす、その鋼の音が希仁の耳にもはいった。

もとより、希仁は身に寸鉄も帯びていない。ふりむくより先に左へ体をかわしたのは、人が右手に刀を持った場合、右から左へ斬りつけるのが自然だというとっさの直感による。あやういところで、白刃は希仁の肩先をかすった。

むきなおった青年の目前へ、さらに二撃、三撃と刀が舞った。それを、あやういところでなんとか避けおおせた希仁だが、もともと身体を動かすのは得手ではない。暗いこともあって、たちまち脚をとられた。

男も冷静ではなかったのだろう、やみくもにふりまわした刀が、希仁の右腕をひっかけた。

「あ――！」

傷は浅かったが、鮮血がほとばしった。

もともと無理な体勢になりかかっていたところへ、その衝撃がくわわって、青年の足首が妙な方向へねじれる。どっと倒れこんだまま、身うごきがとれなくなった、その頭上に男の刀がふりかざされる。

だが――。

次に予想される激痛は、ついに希仁の上へは降ってこなかった。

「しばし」

両者のあいだに、黄色い僧衣がたちふさがっていたのだ。

「しばしでよろしいのです。この年寄りに耳を貸してくださいませぬか」

おだやかな口ぶりだった。細い声は、草笛かなにかのようで、よく耳をすまさねば聞こえないほどだ。にもかかわらず、男の動きがとまった。

「よほど、困ったことがおありか、それとも疑心暗鬼を生じておられるのか。のう、胸の裡《うち》に鬼《き》を住まわせておられるのは、いかがな気分でありましょうな」

なにか、奇妙な音が聞こえた。男の口からだった。うなり声を、不明瞭なことばに聞きとって、希仁はようやく男の金縛り状態に気がついた。話そうにも、あごが動かないのだ。手も足も、膠《にかわ》でかためたようにかたくこわばっていた。そして、彼をそうした元凶が、どうやらこの目の前の、骨と皮ばかりの老僧らしいのだった。

「禅師——」

「わけを話してはいただけませぬか、御施主《ごせしゅ》。亡き人の菩提《ぼだい》をあれほど丁重《ていちょう》にねがう御《ご》仁《じん》が、翌日には殺生とはどうにも解せぬのです。まして、この書生さん方は、もともと無実。無益な殺生は、亡き方の後生《ごしょう》にもかかわります」

たいして威圧感のある容姿でも、話しぶりでもない。あくまで辞は低く、仏僧としてあたりまえのことを説いているだけだ。男は、荒い息を吐きながら、ただ手足に力をこめて、懸命にうごかそうとするばかりである。

「よいようにして進ぜるほどに。この場は、愚僧にあずけてはくださいませぬか――」

と、いわれても、返事のしようもないはずだが、一空は、そうかそうかとうなずいた。

「わかってくだされたか。ありがたや」

と、片手を胸の前に立てて、なにごとかつぶやいた。

からりと、刀が男の手から落ちた。それまで、つっぱっていた身体が、一気に溶けた。反動で前のめりになるのを、一空はさっとかわしたものだから、男の身体は希仁の頭の上へと倒れかかってきた。負傷している希仁に男を支えられるわけがなく、ふたりしてぶざまにころがる。その上へ――。

「ここは冷えます。さ、堂においでなされ。すぐに、わが弟子がお仲間を連れてまいりましょう」

何事もなかったかのような、一空の声が降ったのだった。

「なにから、お話しすればよいものか」

男は、周小七《しょうしち》と名のった。例の周家の当主の末子だという。壮年――といってよいだろうか、三十代のなかばの、はたらきざかりに見える。読書人というわけではないが、うけこたえはしっかりとしており、粗野一方ではないようだった。

「今宵のことは、父上のさしがねか」

おだやかに訊いたのは、包希仁。ただし、その声には、今までにない無理が感じられる。それも道理で、彼の右腕には、応急の血止めの布が堅く巻きつけられていた。

ことが一段落したあと、漢臣が手当をかって出てくれて、大事にはいたっていない。浅傷《あさで》で、数日もすれば口もふさがるといわれた。問題はたおれたはずみにねじった左足首の方で、湿布はしたものの、今夜半から腫《は》れあがり、二、三日は歩けないだろうとのことだった。むろん、立っていられるはずもなく、墩《とん》（腰かけ）が与えられている。

どちらの傷が痛むのか、白面《はくめん》の青年の、眉のあたりはくもりがちだった。その背後に、戴星と宝春の顔もならんでいるが、希仁の機嫌の悪さを察してか、今のところはおとなしくしていた。

ちなみに、漢臣がとらえた男たちは、ようやく顔をだした寺僧にあずけ、庫裏に監禁してあった。

寺の大雄宝殿――つまり本堂の、ひやりと埃っぽい空気の中である。巨大な本尊の塑像《そぞう》が見下ろしている真下に、一空禅師が圏椅《けんき》（僧侶用の肘《ひじ》かけ椅子）に身をおさめて上座を占め、周はその前にひきすえられる形である。一応、座はすすめたのだが、周の方で辞退したのだ。

「父は――もとからひどく用心深い性質でしたが、齢《よわい》七十を過ぎて人を疑うことがはなはだしくなりまして……。私たちも、まさか通りすがりのお人が、物を盗《と》っていくなどと本気で思ったわけではありません。ですが、父のいいつけにはさからえず、それで、このようなことに――」

「しかし、われわれの荷を調べて、無実はすぐにおわかりいただけたはずでしょう。――あ、いや、貴方を責めているわけではありませんが」

「私どもも、父を止めたのです」

諫《いさ》めるといっても、簡単ではない。親の権力は絶対で、極端なたとえだが、親が死ねといえば素直にしたがうのが孝というもの、逆らえば不孝者として世間からうしろ指をさされるのだ。

「いったい、父上はなにを恐れておられる」

「殺される――と、申しているんです。あの香炉が世間にでたら、かつてのあるじのように、殺されると――」

「その、香炉というのは？」

「銀で、鳳凰《ほうおう》の形をしている、古いものです」

「なにか、由来でも」

「私もくわしくは。旧主の家から伝わったものだと聞いていますが」

「旧主とは、愚僧が供養させていただいた御方ですか」

一空の声が、なだめるように、細くおだやかに口をはさんだ。

「そういえば、諱《いみな》も戒名も教えていただけませんでした。仏がどなたか、知らずに供養申しあげたのははじめてで、それほどまでに隠さねばならぬ御方とは、どなたかと思っておりました」

「ご子息が、ご存知ないとは思えないが」

希仁の声が、すこし低くなった。が、

「お許しください」

頭を下げてしまわれると、それ以上の追及はしにくくなる。

「大兄――」

重くなった空気をやぶって、おもむろに口をひらいたのは、いうまでもなく戴星。それまで、おとなしくこの場を見ているだけでがまんしていたのは、希仁にまかせていたから――というよりは、いいかげん立腹している自分が、なにをしでかすかわからないという自覚があったからだろう。

胸の前で組んでいた腕をとき、いらだちをかくせない口調で、かるく一歩前へふみだした。

「大兄には、わかっているんじゃないのか」

「なんのことでしょうか」

「ことを荒だてたくないのは、わかる。おれだって、閉じこめられたことぐらいだったら、無事に逃げられたことだし目をつむってもかまわないと思っている。だが、今夜のことは……。ここまでおおっぴらに命をねらわれたんじゃ、はっきりさせてもらわないと困る」

彼がただの少年で、ただの遊山の旅ならば、これは誤解、過失でしたで戴星も納得しただろう。だが、開封からこちら、ねらわれ続けている身としては、これが都からのさしがねか、それともまったく別口かで対処がちがってくる。

それがわかっているだけに、希仁の回答も歯切れが悪くなった。

「わかっているとは、いえませんよ」

「だいたいの推察がついている、といったところか」

「郎君《きみ》には、かないませんね。どうあっても、いえと？」

「ここにいる連中が、他へしゃべると思うか」

希仁はまず、一空の僧形《そうぎょう》を見た。老僧は、しずかに首を横に振る。漢臣は、師父の一空が話すなといえば、死んでも命令を守るだろう。宝春についても、その口のかたさには、希仁も信用をおいていた。問題は戴星だが——。

彼の推論があたっていれば、戴星は口外するどころではなくなるだろう。

彼の決断は、早かった。

「――江南国の名をご存知ですか」

その名が聞こえた瞬間、周の肩がぴくりとうごいた。それだけで、希仁は確信をもった。

「南唐《なんとう》か」

「四十五年前まで、この地は江南国の版図でした。それより早い時期に、長江より北は北方に割譲《かつじょう》されましたが、最盛期は淮河《わいが》までが江南国の版図だったといいます。むろん、揚州も、私の故郷の合肥もふくみます。そういう意味では、私の家も、江南国の遺臣といえるでしょうね」

「――も？」

周の顔の緊張がわずかにゆるんだのを、するどく視界の中にいれながら、戴星は訊きかえした。

「南唐の国主は李氏。その李氏のもとで大司徒《だいしと》までつとめ、皇后をだした家を周氏といったはず」

「では――」

「めずらしい姓ではありませんし、仮にその周氏だとしても、直系の家ではありますまい。かなりの傍系で、南唐が滅んだ時にも、さして追及されずにすんだほどの――」

周が、はたとひれ伏した。

「ご慧眼《けいがん》、おそれいります」

つまり、希仁のことばがそっくり肯定されたわけだ。にもかかわらず、青年の眉のあたりはますます不機嫌そうにくもっていった。

「しかし、李氏の宝物を下賜《かし》されるほどには、時めいていた時期もあったわけですね」

「なんでも、祖父が新しい香の製法を工夫して、たてまつった褒美《ほうび》にいただいたとかで。ですが、国は破れ、帝は北へ連れさられ、聞けばかつての贅沢三昧《ぜいたくざんまい》をとがめられて、誅《ちゅう》されたとか。それでは、その贅を勧めたわれらのことが知れると――と、父はおびえたのです。父は――外戚の一族でありながら、国難に際して逃げたひとりです。それも、父の重荷となっていたのでしょうが――」

「もう、よろしい」

希仁が手ぶりで止めたのは、周の心情を気づかったばかりではなかった。

「もとより、貴方や周家に害意はありません。私たちは、それさえわかっていただければいいんです」

「心配ないと、父に申してよろしいのでしょうか」

と、訊いたのは、一空禅師にむかってである。これは、希仁を信用しないということではない。老父を納得させるためには、高僧である一空の絶対の保証が必要なのだろう。

「父は、死をおそれております。苦しむのではないかと。帝の、無惨な最期を聞いてから、この四十何年というもの、自分の素姓が知れれば、帝とおなじ死に方をさせられるのではと、そればかりを――」

周は頭を深く垂れていたから、気づきようもなかった。もしも、目にはいったとしても、何故なのか、その理由はわからなかっただろう。

戴星の顔色が、あきらかに変わっていた。血の気がひいていただけではない、その双眸《そうぼう》が今までにないほど暗い光に満たされていたのだ。

もともと、自分の感情には正直な方だが、ここまで動揺を表面に見せたのははじめてである。その表情のきびしさに、となりに立っていた宝春が思わず一歩、身を離したほどだった。

「白公子、どうしたの――」

ささやいたが、希仁の一瞬の目くばせでぴたりと口を閉ざしたのは、やはりただならぬ空気をさとったためだろう。

戴星――趙受益《ちょうじゅえき》である彼が、本来は宋の皇室の一員であることを思いだしたためもあるかもしれない。江南国、つまり南唐を滅ぼしその後主《こうしゅ》を殺してのけたとされるのは、宋の太宗、ほかならぬ戴星の祖父にあたる人物なのである。

――そもそも。

南唐とは出自も判然としない男のたてた国であった。唐を国名としたのは、李氏の故だが、その姓もたしかなものではない。高祖《こうそ》・李淵《りえん》がひらいた大唐帝国が崩壊してのち、中華の北部では五王朝がいれかわり、南部には十国の地方政権がたった。

南唐は、包希仁がいったとおり、江南および淮南を版図としていたが、それより以前には、ここに呉という国があった。唐の節度使《せつどし》・楊行密《ようこうみつ》が呉王として封じられた土地だが、やがて家臣の中でも実力のあった徐知誥《じょちこう》が、幼い呉帝から禅譲《ぜんじょう》をうけて皇帝となる。

この徐知誥がすなわち、南唐の第一代の天子・李昪《りべん》なのである。

彼は、呉の武将・徐温《じょおん》の養子で、即位に際して本姓にもどったのだといわれるが、この話はどうもあやしい。もともとは、徐温に戦場でひろわれた孤児である。元の姓など、知っている者はだれもいない。なんとでも名のれるわけである。

ともかく、彼は李氏を名のり、唐の皇族だと称した。領土の広さは大唐とはくらべものにならなかったが、その繁栄はむしろ、しのぐものがあったかもしれない。

江南は、穀倉地帯である。唐の末期——いや、初期からすでに、長安の人間は南から運ばれてくる食料にたよって生活していた。輸送がとどこおり、長安へ米がとどきにくくなると、宮廷もろとも、洛陽《らくよう》まで移動していたほどなのである。洛陽までは、運河——現在の汴河が通じていたのは、いうまでもない。

その、豊かな土地を手中にして、南唐はおおいにさかえた。

北にくらべて、比較的、戦乱が少なかったこともある。南唐では李昪の専守防衛の政策がうけつがれ、文人が手厚く保護され、四海の珍しい宝物が集められた。

南唐が宋に滅ぼされたのちの逸話である。

宋の武将のひとりが、南唐の宮女を室に迎えたが、灯火がけむいという。ちかごろ、菜種油というものもかなり出まわってきたが、油燈の油は、多くが獣油であるから、油煙がでる。もっともなことだと思い、高価な蠟燭《ろうそく》にとり替えたが、まだけむくてたまらぬという。

南唐の宮殿では、夜になると大宝珠をつるし、それが輝いて昼のように明るかったというのだ。

真偽のほどはとにかくとして、聞いた者はなるほどと思った。それほど、南唐は豊かな国だと信じられていたのだ。素姓もはっきりとしない男を祖とする国は、たった三代で、当時としては最高の文化国家となっていた。

皇帝は、文人を保護したばかりではない。二代目、中主《ちゅうしゅ》とよばれる李璟《りけい》、そして後主・李煜《りいく》のふたりは、一流の詩人としても知られていた。すくなくとも、もともと酒席での俗謡で詩にくらべて卑《いや》しくみられていた詞《し》を、文学の域までおしあげたのは南唐二主の力である。

平和な時代ならば、文人皇帝でも世の中はおさまっただろう。しかし、小国のあるじが、軍備もせずに遊びほうけていては、滅びるのも道理である。

後主・李煜はけっして暗愚ではなかった。

だが、雅を好む度がすぎていたのもたしかだった。すでに淮南は宋にうばわれ、なおも侵攻の脅威にさらされながら、彼と皇后・周氏が熱中したのは、失われた霓裳羽衣曲《げいしょうういきょく》の復元であった。また、七夕には紅白の絹百匹《びき》で銀漢《ぎんかん》（銀河）や月の宮殿をつくって、宮女たちとたわむれ、翌朝にはすべて破棄させたともいう。紙、筆、硯、墨、いわゆる、文房四宝とよばれるものすべて、最高級のものを作り出させた。蔵書は十万巻以上あり、それらの多くは、南唐が滅んだときに開封の書庫におさめられたともいう。

特殊な方法で調合した香が、専任の侍女の手で一日中、焚《た》かれていたという噂は、周の話とも合致する。その香をくゆらせるために、金や銀、玉でつくられた香炉が、多く秘蔵されており、それぞれ把子蓮《はしれん》、玉太古《ぎょくたいこ》、三雲凰《さんうんほう》、折腰獅子《せつようしし》、容華鼎《ようかてい》などと名がついていた――。

そういえば、纏足《てんそく》をはじめさせたのも、李煜だという俗説がある。すくなくとも、彼の後宮の美女たちの多くが、纏足をほどこしていたのだろう。

一事が万事ということばどおり、贅沢を数えあげていけばきりがない。宋が、是非にも江南国を手にいれたがったのも、無理はなかった。

幸か不幸か、宋と南唐のあいだには、天然の要害が横たわっていた。長江を渡って南を攻めるのは至難の技であり、これに成功した者はかならず、南北を統一し得ている。逆にいえば、長江をわたらねば、中国全土を手に入れたことにはならないのだ。

宋太祖、すなわち趙匡胤《ちょうきょういん》も、かなり攻めあぐねたのだが、南唐の方に裏切り者が出た。

南唐も、唐の遺制をまねて科挙をおこなっていたのだが、当然のことながら毎回落第する、出来の悪い者も出る。樊若冰《はんじゃくひょう》という男も、志を得なかった者だった。南唐を恨んだあげく、彼は長江の一点、采石磯《さいせっき》とその対岸のあいだを何度も往復し、距離を正確に測量する。そして、その数値をもって開封へ逃亡したのである。

彼の建言で、太祖はここに浮梁《ふりょう》（浮き橋）をかける。浮梁とは、舟を何艘《そう》も連ねたものである。北岸で組みたててから上流から南岸へとみちびいて架けるわけだが、この長さがちがっていると兵を渡すことができない。かつて、隋《ずい》の煬帝《ようだい》が遼東《りょうとう》（朝鮮半島）の役の渡河《とか》の際にこの策をもちいたのだが、距離をまちがえたために岸にとどかず、苦戦を強いられた故事があるのだ。

だが、橋は、樊若冰の申したてた長さと、寸分もたがわなかったという。

この浮梁を渡って攻めいった宋の大軍のために、金陵は降伏。後主・李煜は開封へ連行される。そして、一応は侯《こう》の位を与えられたものの、幽閉のうちに死をむかえたのだ。

享年、四十二。

宋は、おおむね降者には寛大であるはずだった。たとえば呉越《ごえつ》国の銭《せん》氏は公に封じられ、その子孫は現在にいたっても高位についているし、趙匡胤が帝位をうばった後周の柴《さい》氏についてさえ、安全を保証し、子々孫々にわたっての保護を与えている。幽閉などというきびしい処置をうけたのは、李煜のみだった。

その死に関して、疑惑がささやかれたのは自然のなりゆきだったかもしれない。

降伏して違命侯《いめいこう》に封じられた李煜が、軟禁された屋敷内で熱中したのは、詞作だった。もともとの文才の上に、悲運による憂愁がくわわって、名作が次々と生みだされていたのだったが――。

雕欄《ちょうらん》　玉の砌《みぎり》　依然として在り
只《ただ》　是《こ》れ朱顔のみ改まる
君に問う　都《す》べて幾多の憂い有りや
あたかも似る　一江の春水　東へ向かい流るるに

『虞美人《ぐびじん》』と題する曲牌《きょくはい》にのせた詞の、この最後の部分が、太宗の勘気にふれたと伝えられる。つまり、長江が東へむかって永遠に流れるのと同様に、国を滅ぼされた恨みは尽きないと唄った――そう解釈されたのだという。

これは、あくまで噂で、たしかな証拠はどこにもない。

だが、七月七日の李煜の誕生日に、太宗から酒が下賜されたのは、かなりたしかなことであり、その宴のあと、李煜が急死したのもまた、事実だった。

なんでも、酒には牽機薬《けんきやく》というものが混ぜてあり、李煜はその毒のために七転八倒の苦しみを演じたあげくに歿《ぼっ》したという。

はたして、そんな毒が実在するものか、実在するとすれば何故一度きりしか使われた例がないのか、反論の余地は十分にある。だいいち、わざわざそんな派手な薬を用いなくとも、ひそかに殺す方法はいくらでもあるはずだ。

だが、太宗・趙光義《ちょうこうぎ》は、兄・趙匡胤を天子の座につけるために動いた黒幕だったともいわれ、また、兄の死についても疑惑をもたれている人物である。これまた真偽のほどはどうあれ、なるほどと人を納得させる冷徹で暗い部分を、もっていたのだろう。

そして――。

戴星は、その太宗の孫にあたるのだ。

少年の、やりきれないといった暗い視線が、周の背にむけられていた。伝えられる太宗の所業に怯《おび》える者が、いまだにいるのを目のあたりに見せられては、気が重くもなるだろう。

祖父ばかりではない。彼の実父、今上《きんじょう》の帝も、寵愛の妃が異常な状況で行方不明になったというのに、まったく知らぬ顔をきめこんでいる。逆に、彼を慈《いっく》しんでくれた義父、八大王も、太宗の皇子のひとりであるのが唯一の救いだが、それとて狄妃という存在があってのことだともいえるのだ。

顔も知らない祖父の、一族の冷たい血が、自分にも流れているのではないか——。この激情家の少年が、ふと、本能的な危惧《きぐ》をいだいたとしても、不思議はない。

希仁がとっさに考えたのは、この場でいかにして周小七の不安と怯えを一掃してやるか、同時に周にそれとさとられずに、戴星の立場を救ってやるかということだった。

「——白公子、どうでしょう、失くなったという香炉を、私たちの手でさがしだしてさしあげるというのは」

すくなくとも、香炉の所在が知れれば、周家の老人の恐怖は半減されるにちがいない。おそらく、老人がおそれているのは理屈にもとづいたものではなく、長年のあいだに頭の中で作りあげた、おのれ自身の妄執とやましさなのだ。

「それで、私たちへの疑いもきっぱりと晴れますし、人助けにもなると思うのですが」

太宗存命中ならともかく、代がかわって二十年以上が経過している。周家の傍系どころか、李氏の直系があらわれたところで、殺される気づかいはあるまい。老人を納得させ、安心させることができれば、戴星の気も少しは安らぐのではと、希仁は計算した。

だが、戴星が返事をする前に、

「でも、希仁さん、どこをどうさがせばいいっていうの」

しごく当然なことを、宝春が訊いた。

それに答えて、希仁が口をひらこうとした瞬間だった。

「香炉なら、ここにありますぞ」

まったく別の、嗄《しわが》れた声が青年の口からこぼれだしたように思えたのだ。とっさに、戴星が身がまえる。ふところにはいった右手は、おそらく愛用の刀子をつかんでいたはずだ。その鋭い視線は希仁をはたととらえ——そして、うろたえたように逸らされた。

少年が、一瞬、なにを考え、どう思いなおしてその構えを解いたか、希仁には手にとるようにわかっていた。が、それを深く追及するひまも、場もなかった。

「——そこ！」

それまで一空禅師の背後におとなしくひかえていた漢臣が、ふいに叫んで飛びだしたからだ。ぴたりと閉めきった本堂の扉の、一番端の暗闇めがけて、身体ごと投げだしたと思ったら、土間、すれすれのところから何物かをすくいあげた。少年の両こぶしほどの、白っぽいものを目にしたとたん、

「それだ！」

周が叫んだ。立ち上がることさえ忘れて、膝立ちのまま両手まで使って、漢臣の位置まで這《は》いよった。ものもいわずに、漢臣の手から件《くだん》の物をもぎとると、舐《な》めるようにながめまわす。

それは、精巧な銀細工の香炉だった。首をのばした鳥の形に作られ、広げた両翼のあい

だで香を焚くようになっている。

「まちがい、ない。これだ、これにちがいありません。鳳凰児《ほうおうじ》に――」

興奮さめやらぬ顔と声で、叫んでから、周ははたと気がついた。

「しかし、いったいどこから、これが……。まるで、なにもない空中から、ころがり出てきたように見えたが」

「おいらにも、そう見えたよ」

平然と答えたのは、漢臣。どうやらこの少年も、驚愕《きょうがく》ということばは無縁らしい。よほど悟りすましているのか、それともただ何も知らないだけなのか。

あきれ顔の戴星たちに、さらに追いうちをかけたのが、一空禅師である。

「姿を見せぬか」

声はいままでどおり、細いものだったが、口調がひどくいかめしいものに変わっていたことに、まず皆はとまどった。その一空のよびかけた先が、香炉がころがりだしてきた虚空だったことに、戴星と宝春がけげんな顔を見あわせる。

「そこに、在《お》るのであろう」

「妙なところで、お目にかかりますな、一空どの」

ふたたび、嗄《か》れた声が聞こえた。

宝春がちいさく悲鳴をあげて、あわてて口をおさえた。

「なに？」

「あ、あれ――」

と、戴星がむきなおったのが、声とほぼ同時。

闇が手ごたえあるもののようにわだかまり、ぼうと人の形らしき輪郭になるのを、戴星は見た。ひどく背の低い人影だった。それが土間にうずくまっているところは、大きな蟾蜍《ひき》の姿を連想させた。

「崔秋先《さいしゅうせん》！」

戴星の声に、蟾蜍に似た老人の顔がゆっくりとふりむけられて、くしゃりと笑いながら、

「これはこれは、白公子。わしの名をおぼえていてくだされたとは、光栄至極」

人を小莫迦にした口調で応じた。

「一別以来じゃ。先日は、まんまと逃げられてしまいましたがな」

「公子――？」

「あいつだ。壺中仙《こちゅうせん》とかいった、幻術つかいの」

希仁の問いに、戴星は影から目をはなさずに答えた。一瞬でも視線をはずしたら、消えるか姿が変わってしまうか、わかったものではないと承知しているのだ。

戴星と宝春は、半月前の夜、開封の街中を逃げまわったあげく、この老人の手の中へひきこまれた。ひきこまれた、としか形容のしようがなかった。この老人は、衝立《ついたて》の絵の中

からあらわれて、捕吏《ほり》に追われたふたりを招いたのだ。意を決してすぐあとをついていった戴星たちは、気がつくと、奇妙な園林《えんりん》に出ていたのだった。

季節もなく昼も夜も判然としないその園林は、実は陶器でできていた。すくなくとも、四季の花をいっせいにつける樹木は、精巧な陶製のものを、めくらましで本物に見せかけたと戴星はすぐに見やぶった。

そのいつわりの園林で、戴星はこの崔秋先という老人から、桃花源の話を聞かされたのだ。宝春が、桃花源に至る道の手がかりのひとつだということ、戴星自身の母を禁中から逃がしたのがこの崔老人だということ――そして、母の行方とひきかえに宝春の身柄を要求されたのだ。

戴星はその誘惑を一蹴して、宝春とともに逃げだした。その出口というのがまた、部屋の隅に置きはなたれていた大きな花壺《かこ》の中だったというから、手がこんでいる。偶然にみつけたそこからふたりが抜け出た先は、なんと皇城の正殿で、脱出するまでにまたひと苦労する羽目になった。

それもこれも、すべてこの崔秋先が原因――となれば、戴星が忘れようはずもない。

一方、希仁は直接には崔老人には逢ったことはないが、戴星から話のあらましは聞いているから、老人へむける視線も自然、真剣なものとなる。

そして――老人には、もうひと組のきびしい視線がひたとあてられていた。

「まだ、迷うておるのじゃな、秋先」

この突然の闖入者《ちんにゅうしゃ》に、一空の細い声は、旧知の者に対するような口のきき方をした。

「夢をみていると、いうてくださいませぬかな、禅師」

「悪夢でも、夢か。哀れなことじゃ」

禅師はまた、手をあわせて念仏を唱える。

「御身さまが生まれる前から、見ておりますものじゃ。今さら、醒《さ》めてもいたしかたない。まして、やっと実現するかもしれぬという時になってはの。いかがですかな、禅師もひとつ、同じ夢をごらんになりましては。減るものでなし、お頒《わ》けいたしますぞ」

「口先ばかりがうまくなるの、そなたは」

「禅師に誉めていただけるとは、めずらしいことがあるものじゃ」

蟾蜍に似た老人は、一空になにをいわれても動じない。さらさらと受け流して、ふたたび戴星たちにむかって、にやりと笑ってみせた。

「それにしても、たがいに無事でなによりでしたな、小娘子も白公子も」

「なにが、無事だ」

と、宝春をおさえて、戴星が怒鳴りかえす。

「おまえのせいで、おれたちは死にそうな目にあったんだぞ。よくも、濡《ぬ》れ衣《ぎぬ》を着せてくれたな――」

「それこそ濡れ衣じゃ、白公子。わしはただ、散佚《さんいつ》した南唐李氏の宝物をさがしだして、調べていただけじゃ。その一方で、その小娘子の行く末を見守っていたからこそ、こうしてふたたび危難を救うことができるのではないか」

「水へ突き落としておいてから、縄を投げて、人助けをしたと威張るようなものだな」

「これはこれは。公子は、もののたとえがお上手じゃ——」

「ふざけるな！」

「白公子！」

希仁が止めるひまもない、宝春の手もふりきって、戴星は前へ飛び出した。その直前に受けた衝撃が、彼の激情に火をつけていたのかもしれない。さすがに、老人相手に刀子をふりまわすようなわけにはいかず、素手で撃ってかかろうとした。だが、ふりかざした戴星の腕は、漢臣の手にがっちりと受け止められた。

「退《の》け！」

見境がなくなったか、戴星の拳は、今度は歳下の少年へむけられる。だが、けっして手加減などしていないのに、漢臣はかるがるとそれをかわした。つづいて放った蹴りも、少年のものとも思えない落ち着いた脚さばきで、ねらいをはずされる。

一撃、二撃——。

すべてかわされて、あせった戴星の身体が均衡をくずした。あわててやみくもにつきだした手首に、びしりと激しい痛みが巻きついた。そのまま、ぐいとひきずられて、戴星は前へつんのめった。

　手首にからんでいたのは、数珠だった。いつの間にはずしたのかさえわからなかったが、漢臣の首にかかっていたものにちがいない。まさか鉄でできているわけはなかろうが、鉄のように重く堅い木の玉が、戴星の利き腕にからんで離れなかった。

　数珠のもう一端は、むろん漢臣の手の中にある。ということは、数珠を離さないかぎり、漢臣も自在にはうごけないということ。ひきずられた勢いを利用して、戴星はすかさず反撃に出た。自由な左手で撲《なぐ》りかかったところを、漢臣は逆手で止めた。ついで、不安定になっていた戴星の膝へはらいをかける。

　どんなあやつり方をしたものか、それまできつくくいこんでいた数珠が、からりとはずれた。と同時に、腹と頰げたにそれぞれ一撃をうけて、戴星の身体はあっさりと吹っ飛んだ。

「白公子！」

　宝春があわてて駆けよる。希仁までが、おもわず立ちあがりかけて、足首の激痛にうめく羽目となった。周小七は、とっくの昔に一空の背後のくらがりへと逃げこんでしまった。

　その場で顔色が変わらなかったのは、漢臣と一空禅師、そしてあいもかわらず蟾蜍のようにうずくまる崔老人。

片頬を赤く腫れあがらせて、さすがの戴星もしばし、啞然として声も出なかった。

まさか、おのれが天下一とまでうぬぼれてはいなかったにしろ、戴星の武術の技倆《うで》が凡人以上のものだったことはたしかだ。あの殷玉堂《いんぎょくどう》とでさえ、ほぼ対等にわたりあったし、気魄《きはく》では負けていなかった戴星である。それがこうもあっさりと、しかも年少の豎児《こども》に敗れるとは、希仁でさえ予測していなかったはずだ。

もっとも、戴星が我を失っていたのはそう長いあいだのことではない。

「ほっ。白公子、ご油断でしたな」

崔秋先の口調は、露骨に揶揄《やゆ》をふくんでいた。負けん気のつよい戴星のことだ。かっと顔が紅潮したと思うと、老人の影めがけてつっかかろうとする。それをとっさに、宝春が腕で、一空がことばで制止した。

「無益なことはおやめなされ、公子」

「禅師――！」

「よく、ごらんなされませ。その者は、真物《ほんもの》ではありません。ただの影法師です」

「よく見ておられる、一空禅師。またしても、法力が強くなられたようじゃな。これは剣呑《けんのん》。わしは、早々に退散つかまつる」

崔秋先の嗄れた声が、くつくつと広い本堂の屋根裏の梁《はり》のあいだに反響した。と、同時に崔老人の姿が、霞《かすみ》がかかったように薄くなる。

「とにかく、香炉はお返しいたしましたぞ。そやつは、わしの役にはたたぬようじゃ。それから、白公子――」

「なんだ」

「今すこし、おとなになられるよう、ご忠告申しあげる」

「よけいな世話だ」

「あいもかわらず、元気のよいお方じゃ。では、よけいついでに今ひとつ」

「もったいぶるな。とっととぬかせ！」

戴星は、完全に頭に血がのぼっていた。が、つづく崔老人のことばを聞いたとたん、冷水を浴びせられたようにぴたりと静かになったのだ。

「裏切り者に、ご注意召されよ。見かけに惑わされぬようにの」

「どういう意味だ」

「聞かれたとおりの意味しか、ございませぬよ。――さて、わしは参りまする。白公子、とりあえず、杭州でお待ち申しあげますぞ」

声がかき消えると同時に、老人の姿もすうと見えなくなってしまった。

「待て」

といって、待つ相手ではないし、だいたいその声が聞こえたかどうかもあやしいものだ。戴星も、それ以上は追っても無駄だとわかったのだろう。ふてくされたように、土間を踏みならした。

「禅師——あの老人を、ご存知でいらっしゃいましたか」

立ちなおりが一番早かったのは、希仁である。一空も、おっとりとした物言いにあらためて。

「貴殿がたこそ、あの者と知人であられたとは、意外でした。あの者の存在を知っておる者自体が、ごくわずかなはず」

「いえ、私は今まで話に聞いただけで——」

「白公子が、関わっておられたわけですか。実は、あの者……」

いいかけて、老僧はふと口をつぐむ。

「漢臣」

「はい」

「周どのを、お仲間のところまで送ってさしあげなさい。もう、誤解もとけたと思いますが？」

「は、はい。この香炉があれば、父を納得させるのもたやすいかと。無礼はひらにお許しを」

「お父上に、お伝えを。このたびのことは、愚僧が責任をもってお預かりいたしますと」

周は、何度も頭をさげた。さまざまな不思議を目のあたりにし体験したせいだろうか、襲ってきたときとは別人のような従順さで、少年のあとについて扉の外へ出ていった。

「お人ばらいを――？」

「はい。人には、知らずにすんだ方がよいことがございます。桃花源などという悪夢は、なるべく世間に知れぬ方がよろしいかと」

宝春の顔色が、さっと変わった。それぞれの位置でそれぞれに、戴星と希仁が気づかう風をみせる。

「――では、それもご存知でしたか」

「愚僧が知っておりますのは、崔秋先が、六百年ものあいだ、桃花源をさがしもとめているということだけです」

「六百年？」

「まさか――、あいつが不老不死だというのではないだろうな、禅師」

「公子」

希仁は口のききようをとがめたのだが、かえってきたのは妙にけわしい視線だった。

「大事なことを訊いてるんだ。いちいち、おれのやることに文句をつけるな」

「白公子」

希仁の声がとがったのは、傷の痛みが増していたばかりではない。ふだん温厚なだけに、彼の不機嫌な表情には、人を落ちつかなくさせるものがある。戴星も、いいすぎたとは思ったらしい。が、意地があってか、わざとそっぽをむく。

「明日にすれば？」

たすけ舟をだしたのは、宝春だった。

「もう遅いし、みんな、疲れているわ。いろいろとありすぎたもの。希仁さんの傷だって痛むでしょう。話は明日の朝まで逃げないわ」

「……わかった」

桃花源の件となれば、一番話を聞きたいのは宝春だろう。それをがまんして仲裁にはいった彼女の気持ちを、戴星も受けいれる気になったのだった。


——とはいえ、戴星と希仁の宿房はおなじである。

「傷は——痛むか」

房へもどるにも、希仁は人の助けが要る。しぶしぶというふりで肩を貸しながらも、少年の方からそう訊いてきたことに、希仁は安堵の息をひそかに吐いた。

「禅師から、痛み止めの薬の処方をいただきました。眠れなくて困ることは、ないと思いますよ」

「よかった」

少年の応答を聞いて、希仁はさらに胸をなでおろした。これなら、心配したほどのことはないと――。

「なあ、大兄。さっき大兄は、自分も南唐の遺臣だといったな」

「のようなものだといったんですよ。なんにせよ、私の生まれる、はるか以前の話です」

「南には――趙家を恨んでいる奴が、そんなに多いんだろうか」

少年は牀《ねだい》にあおむけになり、むきだしになった煤《すす》けた梁をぼんやりと見あげた。

考えてみれば、四十五年前といえば、嬰児《あかご》だった者が今、四十五歳。二十歳だった者が、六十五歳で存命している割合は高いだろう。国土をふみにじられ、君主を殺された無念を深く記憶している者が他にもいないとはかぎらない。

「大兄が、科挙にわざと落ちたのも、そのせいか。趙家の天下には仕えたくないと――」

「それは、誤解ですよ」

希仁は、即座に否定した。李氏の話がそれほど少年には衝撃だったのかと、不安が揺りかえしてくる。

そういえば、半月の旅のあいだにも、こんな話はしたことがなかった。もっとも、戴星が訊いてこない以上、わざわざ希仁から話す話題でもない。

「たしかに不平はありました。いえ、政《まつりごと》に対してではなく、科挙についてです。ご存知ですか。今、官にある者のうち、高位はほとんどが北方の出身者です。南方――かつての敵の民だった者が、優遇されているとはいいがたい。国がひとつに平定され、一世代以上経《た》ち、しかも科挙の成績は、南方の者の方がすぐれているにもかかわらず、です」

たしかに、現在の宰相の寇準《こうじゅん》にしろ政敵の丁謂《ていい》にしろ、政をうごかしている者の多くは華北の出身である。

「科挙に不正があるとでもいうのか」

「いえ。問題はそのあとの登用の仕方です。——それで、無理に頭を下げてまで、官界で生きる必要もないかと思ってみたまでですよ」

「ほんとうに、それだけか」

「白状しますとね、もうひとつだけ、あるんですが」

「なんだ」

「それは、勘弁していただきましょう」

少年が身をのりだしてきたが、希仁は笑って受けながした。

郎君《きみ》に仕える天命だからだと、今、いったところで甲斐《かい》はない。当のあるじが、皇嗣《こうし》の座を拒否しているのだから。

「賢弟やご一族に対しての他意はないと、明言しておきますから」

「ほんとうだな」

「うたぐりぶかいですね。だったら、私の欲のためだといったら、得心してもらえますか」

「欲――？」

「私にだって、欲はありますよ。ただ、世間一般とはちがって、栄達や権力や金銭が望みではないんですよ」

希仁には理想がある。そして戴星ならば、すくなくとも、人の意見に耳をかたむける度量のある君主になる素質がある。彼のもとで、理想が実現できたならば――。

この少年を、いかにして無事に開封へ返すか、皇位を継ぐことを承知させるか――そしてなにより、為政者としての眼を開かせるか。それが、包希仁が戴星の旅につきあう気になった理由でもあった。

だが、それは、一朝一夕に実現することでもない。明日以降の話だと、彼は思った。

「そろそろ、眠らせてくれませんか。薬が効いてきたようで、眠いんですが」

あくびまじりに、そうたのんだ。

返事がないまま、油燈の灯が吹き消された。あとの闇の中に、すぐに規則正しい寝息が、聞こえはじめたのだった。

翌朝のことである。

「希仁さん、起きて！」

宝春の声と、乱暴に腕をゆすられる痛みとで、目が醒めた。

「なんですか、いったい」

ねぼけまなこと、傷の痛みとで不機嫌きわまりない希仁にはかまわず、少女は耳もとで叫んだのだ。

「白公子がいなくなったの。ひとりで、出て行っちゃったのよ——！」

昨夜、周小七とその手下は、この寺の庫裏に泊まった。今朝、一空禅師にあいさつののち辞去しようとして、彼らがここまで分乗してきた舟が一艘、失くなっているのがわかったのだ。

戴星のしわざだと、すぐにわかったわけではない。舟の件とは別に、陽が高くのぼっても起きてこない戴星と希仁を、漢臣がようすを見にきて、異常に気づいた。

戴星の牀《ねだい》が空《から》になっており、小卓の油皿のとなりに、刀子が鞘《さや》ぐるみ置いてあった。漢臣がその刀子を、宝春に見せて確認させたのは、まちがいならば希仁を起こすほどのことはないと判断したからだった。

「でも、あたし、どうしたらいいか、わからなくて」

無理はない。

戴星は、ほかに武器をもっていない。旅をするのに、書生の態《なり》の彼らがこれみよがしに長剣や刀を持っていくのは、かえって悶着のもとだと思ったからだ。人ひとりの身を守るのに、戴星の腕なら刀子一本で十分だった。

だが、ほかに寺内からはなにも持ちだされていないところからみても、戴星が徒手《からて》でいるのはたしかだ。

「でも、なんで、これを置いていったのかしら」

「路銀がすこし、減っているようですね」

自分の荷を調べながら、希仁がひどくのんびりとした声で告げた。

旅費は、希仁がまとめて持っていた。もともと希仁の金銭だが、実は八大王家からもある程度の金額を託されてきている。だから、戴星が持っていったところで窃盗にはならないのだが――。

「おそらく、刀子をかたに、借りていったつもりなんでしょう。よけいなことには気がまわるお人だ」

「なにを、のんきなことをいってるのよ。早く、さがさなけりゃ」

「寺内には、たしかにいないんですか？」

「今、漢臣がさがしてくれているけれど」

だが、おそらく無駄だというのは、宝春も直感していた。

「まったく、希仁さん、隣に寝ていて、気がつかなかったの？」

「薬で眠っていたんですから。それを見こして、公子も逃げる気になったんでしょう」

「まったく、なにを落ち着いているのよ。早く、追いかけなくちゃ」

「なに、行き先はわかってますよ」

「杭州？」

杭州以外の土地へ、彼が向かうはずがない。杭州へ至る道すじも、そうたくさんあるわけでなし、途中で追いつける可能性はいくらでもある。

「でも、なんだって」

宝春は、ぷっとほほをふくらませた。

「そういえば昨日から、ひとりで行くっていいだしてたけど、だまって逃げだすことなんか、ないじゃないの」

「遠慮、したんですよ、私たちに。自分のいざこざに、私たちを巻きこんでいると思ったんです、きっと」

そう、宝春には告げるしかなかった。

希仁には、すべてではないかもしれないが、戴星の考えがあらかた読めている。むろん、他人を皇嗣争いのまきぞえにしたくないというのも、戴星の心情の一部にはちがいないのだ。だが、それだけが原因ではない。

昨夜の南唐の話の衝撃と、自身に対する不信、歳下の漢臣にあっさり負けた口惜しさ、そして、崔秋先の最後のひとことにも惑わされたにちがいない。

希仁をも信頼できなくなった。なにをたよりにしてよいか、だれが敵か味方か、判断がつかなくなった。大小、さまざまな要因が混じりあって、やみくもに飛びだしたのは、実母の消息をもとめて八大王府を抜け出、ついでに開封を逃げだした時の短慮と、よく似ていた。

「それで、希仁さん、どうするの」

「追いかけていくしかないでしょう。ここまで関わった以上、見すててもおけません。なにより、このまま別れたんじゃ、あと味が悪い。私になにができるか、わかりませんけれどね」

「あたしも、行くわよ」

大きな杏仁《きょうにん》形の眼をみはって、宝春はきっぱりといった。

「ゆうべのあいつも、杭州で待ってるっていったことだし」

あいつとは、むろん、壺中仙の崔秋先のことだ。

「あいつなら、桃花源のこと、知ってるんでしょ。だったら、逆に追いかけてって、訊きだしてやる。それに、希仁さん——あたしだけ仲間はずれなんて、ひどいと思うわ」

「私じゃありませんよ、それをいいだしたのは」

少女にくってかかられて、希仁は苦笑しながら左手をかるくあげた。

「反対する理由も、その気もありません。ただし、二、三日待ってください。申しわけないが、足の状態がよくなくて、とうてい歩けそうにない」

「無理はしない方がいいよ。すくなくとも、今日一日は安静にしていた方がいい」

と、明るい声がとびこんできた。

「どうでしたか？」

とは、一応訊いてみただけで、いい返事を期待していたわけではない。

「今朝、早く、鎮江の町の外で見かけた人がいるそうだよ。無事に杭州へむかったようだから、心配はいらない。あんたの脚も、明日になれば腫れがひく。そしたら、おいらが舟で杭州まで連れてってやるよ」

赤い頰で、にこにこしながら、いとも簡単にいってのけた。

「ありがたい話ですが、漢臣。杭州までは、遠すぎます。急いでも、片道七日はかかりますよ。そのあいだ、禅師のお世話をどうするんですか」

「漢臣めは、御身におあずけいたします」

細い声とともに入口にさしたのは、老僧の瘦せた影だった。宝春も希仁も、あわてて礼を執る。といっても、希仁は立ち上がれない。その青年の顔へむかって、さらに、

「どうか、お連れくだされ。御身にお目にかけるために――いえ、白公子と名のられたあの御方に仕えさせるために、俗世へ出てまいったのです」

一空は、意外なことを突然、いいだしたのだ。

「それは、どういうことでしょうか」

当然、警戒の色を希仁はうかべる。

「看相をいたすと、昨夜申しあげました。その他に、占卜《せんぼく》もいたしますし、星も観《み》ます。貴殿のことは、そのお顔を拝見しただけですぐにわかりましたよ、文曲星《ぶんきょくせい》どの」

「では……」

包希仁が絶句するのを、宝春ははじめて見た。知りあってから、そう長くもないが、彼の、これほどに唖然となったままの顔は見たおぼえがない。

さらに、初耳の話はもうひとつあった。

「希仁さん、文曲——って、なんのことなの？」

だが、青年は衝撃からなかなか回復しない。ただ、くいいるように老僧の顔を見つめるばかりで、少女に応えてやる余裕を失っていたのだ。

「では、最初からご存知だったのですか」

「貴殿が、この世に生《あ》れたときから」

一空は、深くうなずいてみせた。

「では——白公子のことも」

「いずれ、御位にのぼられる御方。その御方がこの地に至られることを、天の動きより知り、お目どおりするためにお待ちしておりました。この弟子は——」

漢臣の方を、ふりかえって、

「あの御方とは、浅からぬ縁《えにし》のある者。あらためて、ご紹介申しあげます。この者の名は青、姓は、狄と申します」

「八大王妃の！」

「ご一族にあたります。そして——文曲星どの、この者こそが、武曲星《ぶきょくせい》として遣《つか》わされた者なのでございますよ——」

第四章　寇準失脚《こうじゅんしっきゃく》

（――もうそろそろ、ひと月以上になるか）

初夏の気配がただよいはじめた開封《かいほう》の空をあおいで、八大王は嘆息した。通称を商《しょう》王《おう》・元份《げんふん》、八大王《はちだいおう》、今上帝《きんじょうてい》の庶兄にあたり、また、白戴星《はくたいせい》こと趙受益《ちょうじゅえき》が父という場合の大半が、この人物をさしているのは今さらいうまでもない。生まれたばかりの嬰児《あかご》の戴星をひそかにひきとり今日まで育てあげたあげく、あっさりとあてのない旅に出してやるほど、理解と度量のある人柄だが、まるきり心配をしていないわけではない。

ただの家出ではないのだ。

彼の身分もさることながら、生命の危険さえあること――劉妃《りゅうひ》の一党の意図ぐらいは、本人もいやというほど承知している。

親の方も、好き勝手には都をはなれられない身である。みずからさがしに行くような真似こそできないが、そのかわり、影響力のおよぶかぎりのところへは手をのばして、極力、息子の消息を得ようとの努力はしていた。

さいわい――というべきか、たしかな情報源はある。実はそれが、当の仇敵《きゅうてき》ともいうべき、劉妃のところだというから、世の中はおもしろいのだ。

一味のうちの太監《たいかん》・雷允恭《らいいんぎょう》が、走馬承受《そうばしょうじゅ》などの監察機関を掌握していることは、すでに八大王も察知していた。彼の強みは、その雷允恭の支配下ともいうべき宦官《かんがん》の内部にひとり、信頼できる内応者をもっているということだった。

むろん、雷允恭にもだれにも、さとられてはいない。知られていれば、その時点で確実に抹殺されていた。というのは、その宦官こそが、劉妃の陰謀で失われるはずだった戴星の、直接の命の恩人だったからだ。

夜陰にまぎれて宮中から嬰児を救いだし、八大王に託したのは、陳琳《ちんりん》という宦官だった。そのまま、陳琳はなにくわぬ顔で禁裏《きんり》へもどり、今まで雷允恭たちの目と鼻の先で働いてきた。真実が知れたら、陳琳は無事ではすんでいなかったはずだ。彼は、劉妃以下の犯罪の、生き証人でもあったのだから。

おのれの保身のためにも、彼は目だたず気のきかない無能者をよそおってきた。後宮の雑用をおしつけられる要領の悪い彼が、八大王の大公子《だいこうし》（長男）を裏から守っていたことを、気づく者はだれもいるまい。

その陳琳から、戴星の消息が伝えられていたのは、ほぼ半月のあいだだった。そして、半月前、

『どうやら、ご足跡を見失ったらしく思われます』

みじかい報告を最後に、連絡はとだえている。なにしろ、秘密裏の関係だから、用件もないのに頻繁に連絡をとるわけにはいかない。なにもいってよこさないのは、情報がないということだ。そして、劉妃一党が見失ったということは、戴星が無事だという証拠でもあるのだ。

もっとも、このひと月のあいだ心配をしなかったといえば、嘘になる。だが、そのたびに夫人である狄妃《てきひ》に、笑って諭《さと》された。

「あの子には、天が味方しております。でなければ、生きてわたくしどものところへはまいりませんでしたわ」

狄妃は、天意というものをかたく信じている。

『文有文曲、武有武曲』

まるで実母の薄命を知ったかのように、夜泣きをくりかえす嬰児の耳もとで、ある夜、どこからともなくあらわれた不思議な老人が、そうささやいたのだという。その八文字を、じかに聞いたのは彼女だけだ。

天の文武二星が降臨して、戴星を補佐する——その預言をきいたとたん、戴星は泣きや

んだ。ならば、この子も天からの意思をうけた子だと、彼女は信じたのだ。

「なにより、心のまっすぐな勁《つよ》い子に育ってくれたではございませぬか。ならば、そうお育てになった殿下ご自身をも、お信じになられてはいかがでしょうか」

自分たちの育て方がまちがってないと、自信を持てといいたかったらしい。戴星をはじめとして、自身の子も側妾《そばめ》の生んだ子も、まったくわけへだてなく育てあげた狄妃だからこその、大言だった。

彼女の大言は半月前、文曲星だとみずから名のる青年、包希仁《ほうきじん》に逢って、その人物をたしかめてきたことから、いっそうの真実味を増してきた。

「きっと、この旅でご無事な李妃《りひ》さまを見いだされて、武曲星をも連れて、無事に帰ってまいりましょう。どうぞ、ご案じなさいますな」

狄妃がまったく動じる気配もないのを見ては、八大王もそう、そわそわとはしていられない。

ただ、春が闌《た》け季節がうつろっていくのを感じると、息子の不在が気にかかるのだ。実際問題として、一応、病気ということにして不在をかくしてあるが、いつ真実が知れるかわかったものではない。

「そんなことを申して、もしものことがあった場合、どうする。今、立太子のことをいいだされれば、不在ではすまされぬのだぞ」

今すぐ、どうこうという問題ではないから、これは念のために狄妃の覚悟を聞いておくつもりだった。ところが、訊かれた方は、もっと上手で、

「その時はその時ですわ。いっそ、死んだことにでもすれば、あの子ももどらずにすんで気が楽でしょうし、娘子《じょうし》の御心もおやすらぎになるでしょうし」

とんでもないことを、けろりといいだしたものである。

「本心でそんなことを申しておるのか。それでよいのか。それでは、例の八文字はどうなる」

「なにも、ここばかりが人の住む国というわけでもございませんでしょう。北には金、西には西夏《せいか》があることですし。文武二星の補佐もあることですし――そうですわね、今度は南か東に国を興《おこ》すのはいかがでしょう」

めずらしくかろやかな声をあげて笑ったところを思えば、丈夫《おっと》の深刻ぶりをからかい、気持ちをほぐすつもりだったのだろう。それがわかるだけに、適当にあしらってその時は話をきりあげた八大王だった。

（まったく、いつもどってくるのやら）

われながら腑甲斐《ふがい》ないとは思うが、今は晴れあがった空をみあげて、嘆息をくりかえすしかない。

「老爺《ろうや》――」

八大王府をとりしきる老執事が、周囲を気にしながら、書簡をもってきたのは二度目の嘆息の直後である。なんでも、使いの者は名のりもせず、危急の用だからと押しつけるようにして、姿を消したという。

内密の書信は、八大王府ではめずらしくない。陳琳からの連絡も秘密裏にもたらされるし、その他、さまざまなことを極秘に依頼してくる者もないではないのだ。

時が時だけに、八大王はその陳琳からだと思った。だが執事を遠ざけ、書斎で開いた文面は、別の人物からのものだった。

『宰相閣下、排斥の動き、急なり』

そう告げてきたのは、王曽《おうそう》、字《あざな》を孝先《こうせん》という人物である。廷臣としては、そう重職にあるわけではないし、地味な為人《ひととなり》だが、重厚で慎重で信頼に値する人物とされている。なにより彼は、敵の多い宰相閣下こと寇準の、数すくない味方だった——というより、寇準の政敵たる丁謂《ていい》の一派を、こころよく思っていない人物だったのだ。むろん、八大王とも面識がある。寇準を支持し、丁謂らと対抗する彼らにとって、実権はないものの皇族の中でも影響力のある八大王は、頼みの綱でもあったのだ。

彼が知らせてきたのは、寇準をめぐる丁謂らの動静だった。

帝が、寇準にご下問あったというのだ。

最近、病がちで政務を執《と》るのに支障が出る。皇后に政《まつりごと》を預けるか、いっそ早急に皇太子を定めて監国《かんこく》させる――つまり、代理で国政を執らせようか。

劉皇后摂政の件は、以前から出ていた話であるから意外とはいえなかった。が、ここにきて突然、立太子の話というのは、あきらかに謀略のにおいがした。直接、帝の口から丁謂たちの名が出されたのが、わざとらしい。

どちらに政をまかせるにしても、丁謂、銭惟演《せんいえん》を、補佐に任じようと思うのだが――と。

寇準が、そのふたりと事あるごとに角つきあわせていることは、帝も熟知しているはずだ。そんなことを諮問《しもん》したとして、寇準が肯定的な意見を言上するわけがない。それを承知の上でたずねたとしたら、それは帝がよほど、人の心情の機微にうといか――。

それとも、丁謂あたりになにごとか吹きこまれたか、である。

（まずいことになった。今、寇萊公《こうらいこう》になにごとかあったら）

思わずたちあがるより先に、奥向きの侍女があらわれた。狄妃から、すぐにおいでねがいたいとの伝言である。心当たりがあってすぐにおもむいてみると、案の定、八大王の顔を見るや、狄妃は口をひらくより早く、白い帛布《きぬ》をさしだした。

「宮城よりの賜《たまわ》りものの、衣装の襟に縫いこまれておりました」

彼女は、平生から後宮にかぎらず皇族の婦人たちと、頻繁に品物のやりとりをしている。年中行事にあわせて礼物を贈りあうのは、貴賤《きせん》を問わず婦人たちの楽しみだが、狄妃にはさらに深慮があった。こうしておけば、後宮とのあいだに人が行き来しても不審には思われない。後宮にある陳琳が、内密の書信をまぎれこませるのにも好都合というわけで、これまでこの方法で、八大王府に何度も重要な情報がもたらされている。

「なんといってまいった」

「寇萊公が、大家のご不興をこうむったと——」

「では、たしかだな。こちらも、その話を聞いたばかりだ」

「大家《たいか》は、八大王の大公子を太子に立てるとおおせになられたとか……」

「そこまでは、知らぬぞ」

八大王は、夫人の手から白帛《しろぎぬ》を奪いとるように受けとった。

「では、丁公らを太子府に配することに、老爺がご賛同なされたという話も——」

「受益の話も正式にはうかがっていないのに、是も非もあるまい。——寇萊公ともあろう者が、嵌《は》められたか」

帛布に、癖のある文字で綴《つづ》られたたどたどしい文章は、寇準が丁謂や銭惟演を佞臣《ねいしん》ときめつけ、帝の諮問にまっ向から反対したと告げていた。

反対するしかあるまい。寇準は、問題の大公子の不在を知っている数すくない味方のひとりである。受益を皇太子にするのには反対ではないが、今は、留保させるしかない。その口実として、自然、丁謂や銭惟演への攻撃が激しくなったのだろう。

「老爺のおことばとやらは、直接には関わりはなかったろうと存じます」

狄妃の表情も、かすかに翳《かげ》りをみせている。小柄で、ぬきんでた美女というわけではないが、知性と温和さがみごとに調和した人柄で、八大王も常日頃から彼女を一番の相談相手として信頼していた。情に流されず、かといって冷淡でもない彼女のことばは、いつも一理あった。

「萊国公は、どなたが賛意を示されようと、迎合をなさるようなお方ではないはず。丁公、銭思公《せんしこう》のご両所が国のためにはならぬと、本心から思われたのですわ」

「口実に使われただけだというのは、わかっている。だが、受益が原因で、萊国公が窮地に追いこまれたのにかわりはない」

寇準に真正面から非難されれば、丁謂たちもだまってはいない。それどころか、これで、彼らに逆撃の正当性をあたえることになってしまう。

「――ご息女を娘子の陰謀の巻き添えにしただけでは、足りぬのか。親娘ともどもに犠牲にせよというのが、天意か。ならばいっそ、受益は生まれてすぐに死んでいた方が、よかったのではないか」

「老爺――」

思わず激昂する八大王の腕に、ちいさな手で狄妃が触れた。とがめるでなく怒るでなく、ただそうしただけで、八大王はすぐに平静にひきもどされた。すくなくとも、気をとりなおして考えようとした。だが、

「――不才《ふさい》（謙遜の自称）は、うかつに口をだせぬ」

裏面からの工作が、不可能なわけではない。廷臣たちとはちがって、政治に直接、口をはさむことはできないが、一族の年長者としての意見を申し述べることはできる。だが、この立太子の問題だけは、微妙なのだ。八大王が不用意に出ていけば、無用の警戒をよびおこす。曰《いわ》く、年少の息子を皇帝にしたあと、摂政として実権をにぎる腹づもりではないか――と。

むろん、八大王にも狄妃にも、そんな気はいっさいない。そのつもりなら、戴星の本当の父親の名を公表すればよいことだ。そうすれば、なんの問題なく戴星は次期皇帝となるし、養育者の八大王の影響力がそれでなくなるわけでもない。

――正直なところ、八大王は息子を皇太子とすることには積極的ではない。狄妃でさえ、息子を権力の座に押しあげるのは本意ではない。民人が平穏に暮らせるようになるのであれば、だれが天子になろうと、また戴星がどこの君主になろうとかまわないと思っている。

だが――だからといって口をだせば、八大王家は危険視される。たとえそれが、息子を天子にはしたくないという口だしにしても、だ。寇準を救うどころか、ともにつぶされかねない。

「寇萊公には、機会《おり》をみて忠告しておこう。どれだけ、あの老人に効き目があるか、疑問だがな」

「老爺」

夫妻の顔が重苦しくもったところへ、また、別の書簡がもたらされた。なんでも、若い旅僧が持ってきて、そのまま名のりもせずに立ち去ったという。

「今日は、出所不明の信《たより》がよく来る日だ」

そういいながらも、披《ひら》く手がもどかしげだった。一瞥《いちべつ》して、

「夫人、文曲星からだ」

達筆というにはまだ遠いが、几帳面《きちょうめん》で正確な文字と文面だった。それもそのはずで、科挙はまず、答案の文字の是非でふるいわけられる。悪筆では、どれほどの名文を書いても、第一段階の郷試《きょうし》にも通らない。まして、文曲星こと包希仁は、二十歳すぎの若さで一度の受験で殿試《でんし》まできた秀才なのだ。

「なんと、申してまいりました？」

狄妃も、思わず身をのりだした。その視線の前で八大王の表情は、最初こそ不愉快そうな渋面になったものの、次第に微苦笑にちかいものに変化していった。そこに記されている内容は、笑うどころではないのだが、妙ににやりとさせられる、たくみな文面だったのだ。

「——逃げられたそうだ」

「どちらで？」

「鎮江《ちんこう》の金山寺だ」

「では、長江《ちょうこう》は無事にわたったわけですわね」

ほっと明るくなった夫人の面を見おろして、壮年の美丈夫の八大王の顔が、一瞬、啞然となる。

「夫人」

「はい、なんでございましょう」

「いや――」

よくもそこまで楽天的になれるものだと、皮肉をいおうとして、やめにした。

「杭州《こうしゅう》にむかったことにはまちがいないので、あとを追うと書いてある。それから」

墨の濃さまで均質な、角ばった文字にざっと目をはしらせて、

「武曲星を見いだしたそうだ」

「まあ、なんという者ですの？」

「それが……」

ちらりと狄妃の顔を見て、八大王はいいよどんだ。

「一空《いっくう》禅師という名を、聞いたことは」

「ございます」

「その弟子で――」

「それでは」

狄妃の反応の速さに、八大王は内心で舌うちした。なにより、これ以上ないほどおっとりと笑ってみせた容顔《かお》が、彼女がずっと以前から武曲星の存在を知っていた証拠だった。

そして、この笑顔に八大王は勝てたためしがなかった。

「夫人の甥《おい》にあたるそうだな。狄青《てきせい》という豎児《こども》──」

「甥といっても、族侄《ぞくてつ》ってやつでさ」

狄青、字を漢臣《かんしん》と名のる少年は、そういって包希仁たちに説明した。杭州に至る途上、それもすこしずつ、希仁の質問におぎなわれての物語である。

「狄氏といっても、五、六代前のご先祖さまがおなじって程度だ。だけど、おいらの両親が亡くなった時、姨上《おばうえ》がひきとってくださるって話もあったんだよ」

「幾歳《いくつ》のことです」

「七つか八つのころだと思う。それが東京《とうけい》へ行く直前、師父《しふ》が突然おいでになって、峨眉《がび》山《さん》で育てたいといわれたんだ。僧になって両親の菩提《ぼだい》を弔う方がいいって親戚にもいわれて、峨眉山までついていったんだけど、これが毎日、武術の稽古ばかりでさ」

舟の胴の間でも手離さない、槍の柄をたたいて顔中を笑顔にして見せた。ちなみに、学問の方は文字を読むに不自由せず、世間で恥をかかない程度だという。

「だいいち、経文だって、ひとつかふたつしか知らないんだからさ」

深山幽谷を、猿のように走りまわっているうちに、あっという間に五、六年が経ってしまった。

「――それを、狄妃さまはご存知だったんだろうか」

「さあ。師父は、姨上には申しあげてあるからって、親戚どもに説明してたけど」

「武曲星の話は？」

「峨眉山を降りるときに、いきなりさ」

少年は、赤いほほをさらに紅潮させて、手ぶりでおどろきをあらわす。

「正直、そんなもの、知らないと思った。おいら、山の暮らしが好きだったし、修行だってきらいじゃなかったしさ。それが、ある日突然、世間に出てって、人さまのためにはたらけってんだ。それも、坊さんらしく衆生済度《しゅじょうさいど》っていうならとにかく、どこぞの公子にお仕えしろっていうんだもの」

不服そうに、ぷっとほほをふくらませた。

漢臣、身体こそおとなに見まごうぐらいの大柄だが、中身はまだまだ孩子《こども》のようである。

ただ、育ちかもともとの素質か、純朴ででしゃばりすぎず、腕はたつが意外に慎重なのがわかる。前後のみさかいもなく、思いついたら飛び出してしまう戴星に、すこしは見習わせたいと思ったのは希仁だけではなかったようだ。

「それで、本人を見てみて、どう思った？」

からかうような口調で、宝春《ほうしゅん》が訊いたものだ。

「やっぱり、いやなやつだと思ったでしょ。ご大家《たいけ》に生まれてなに不自由なく育って、なんの苦労もなく勝手なことばかりやって――」

多少、悪意がこもっていた。戴星が彼女たちを置き去りにしたあと、ずっと機嫌が悪いのだ。いや、正確にいえば、一空禅師の口から文武二星の名を聞いた時からだ。

希仁と、あらたに道連れにくわわった漢臣とが、戴星に因縁のある人間だと聞いて、どうやら仲間はずれの疎外感がいっそう増したらしい。

だが、漢臣はあっさりといなした。

「苦労のない人間なんて、いないと思うぜ」

時々、妙にさとりすましたことをいうのは、仏家の育ちのせいだろうか。

「おいら、そんなにたくさん人に逢ったことがないから、わからないけど。でも、あの公子は悪い人じゃないと思うよ。でなけりゃ、周家の連中を、生かしちゃ帰さなかっただろう」

「そのとおりですよ。まあ、少々短気で無謀で、情に流れすぎるきらいもありますがね」

「そのあたりを、なんとかするのは、あんたの役目だろ、師兄《しけい》。おいらはただ、身辺をお守りしろっていわれてるだけだからね」

「まあ――そういうことになりますかね」

思わぬ逆襲に、希仁は苦笑するしかない。

そういえば、桃花源《とうかげん》の謎解きも希仁の役割としてまわってきている。

「問題は、あの崔秋先《さいしゅうせん》という老人がなに者で、なにをどれだけ知って、だれが敵でだれが味方かということです」

これもまた、杭州へ向かう舟の中での話だった。

「一空禅師のおことばでは、あの老人は六百年の余も生きているとか？」

「おいらも、そう聞いてる。なんだか、師父が若い時に知りあったころから、もうあの姿だったって」

漢臣にも、一空禅師の立ち会いのもとで、これまでのいきさつはざっと話してある。

「六百年というと、だいたい東晋《とうしん》のころですね」

「――桃花源の話のころじゃないの。ほんとうかしら」

宝春が、膝をのりだす。

「確証はありません。私自身は、桃花源の存在そのものを信じかねていますからね。ですが、仮に、桃花源が在るとするなら――あの老人は、夢物語を追っているわけではない。なんらかの形で、桃花源の存在に直接、関わってきた者と考えるのが自然でしょうね」

「桃花源の住人の子孫だっていうの？」

「そうではないはずですよ。そうだったら、宝春を追いまわす必要もないわけですから。そうですね、じかに桃花源を見たことがある——ならば、六百年という不思議話も、納得できないでもない」

「でも、一度行ったものなら、道は知ってるはずだろ。いまさら、やっきになってさがすかい」

とは、漢臣。

「——陶淵明《とうえんめい》を読んだことは？」

「ない。峨眉山の寺に、そんなもの、あるはずないもの」

「桃花源を訪れた漁師は、ふたたび至ることはできなかった。つまり、その漁師とやら以後、桃花源にはいった者は、ひとりもないわけです。だからこそ今、複数の人間がやっきになってさがしているんですよ」

「でも、なぜ、今ごろになってなの？　あたしが——その、そうだとして、あたしの親だってお祖父ちゃんだって、そうだったはずなのよ」

「——夢が実現しそうだと、禅師にむかっていっていましたね。南唐《なんとう》の宮廷にあった宝物を、盗んでまで調べまわっているとも。そして、南唐を滅ぼしたのは、太祖及び太宗《たいそう》陛下と呉越《ごえつ》国でした」

完全に聞き手にまわっていた少年と少女が、口をあっと開けた。

「じゃ、南唐に桃花源が……」

「陶淵明の文を信じるなら、桃花源があるのは武陵《ぶりょう》あたり。あのあたりは、もともと南唐ではなく楚《そ》の版図でしたが——その、楚は南唐に滅ぼされている。南唐が滅ぶ二十年前の話です」

江南《こうなん》の十国は、たがいに食いあうような抗争をくりかえしている。偶然といえば、それまでかもしれない。だが、南唐の治世が四十年に満たず、国策としてあまり外征を好まなかったことを考えあわせると、なんらかの意図があったとみてもよいかもしれない。

そして——。

「南唐の降伏ののち、後主《こうしゅ》・李煜《りいく》は幽閉された。その死因はともかく、これは事実です。そして、その次代の皇帝陛下の皇后と、やはり南唐を滅ぼすのに手を貸した呉越王の子が、それぞれに宝春をねらってきた。糸が、きれいにつながってきましたね。すくなくとも——」

年少のふたりをみながら、希仁はひと息いれる。

「桃花源とやらに、なにがあるのかは知りません。ですが、南唐の皇帝は桃花源の秘密を——すくなくとも、そこへ至る方途《みち》を知っていた。そして、その鍵は滅亡の際に散逸した南唐の宝物のどれかに、かくされていたのでしょう。ずっと秘されていたものが、南唐滅亡をきっかけとして俗世へあらわれたのだとすれば、つじつまが合います」

「なににだと思う？」

「崔老人のことばからの、推測にすぎませんが」

　と、希仁はあくまで慎重である。

「南唐の宮廷にいくつかあった香炉《こうろ》の、どれかに」

「気が遠くなりそうな話だわね」

　宝春は疲れたような、漢臣はあきれはてたようなため息を、それぞれについた。

「そんなもの、どうやってさがすの。その、なんとやらいう国の王さまが、なにをどれだけ持ってたなんて、あたしたちにわかるわけがないじゃないの」

「――べつに、われわれがさがして歩く必要はないと思いますよ。香炉さがしは、あのご老人にまかせておいていいでしょう。今回のように、われわれの仕業とまちがわれさえしなければね。さがしあてれば、あちらの方から、そう報告してくるでしょう」

「あたし、あんな奴のためになんか、指一本うごかす気はないわよ」

　ぷんと、宝春はそっぽをむいた。

「まあ――それは、宝春の決めることです。われわれはまず、杭州で李絳花《りこうか》という女性をさがしだすことを、考えましょう」

「白公子の件だね」

「それもありますけれどね」

「師兄、もったいぶらないでおくれ」

漢臣も、遠慮がない。これには、希仁も苦笑するしかなかった。

ちなみに、師兄とは、同門の兄弟子に対する尊称である。希仁は一空禅師の弟子ではないから、このよび方は正確ではないのだが、漢臣はこまかなことには頓着しないらしく、希仁の方もいつのまにか呼ばれなれてしまった。

「白公子の話では、公子の母君・李妃さまをあやういところで宮中からお救いしたのは、崔老人だったとか」

「そんなの、嘘にきまって――！」

「最後まで聞いてください、宝春。すくなくとも、あの老人ならそれが可能なんです。人知れず、警備の厳重な宮中から女ひとりを連れだすのも、あの老人なら造作もない。その夜も、南唐の香炉をさがして宮中にしのびこんで、偶然、仏心を出したとしてもおかしくはない。ただ、お救いしたあと、なにを考えたかまでは保証のかぎりではありませんが」

「ほら、やっぱり」

希仁の苦笑は、なかなか消せない。

「どういうことだい、師兄」

「李妃さまは、皇后一派の罪の生き証人でもありますね。だとしたら、最後まで李妃さま

を保護しておけば、将来、取り引きの材料に使えるはずです。権力と宋国の皇家の機密
――つまりは南唐の、桃花源の秘事を左右できる立場になるはずの劉妃一派とのね。だが、
老人は、李妃さまをお救いしたとはいったが、現在の安否を知っているとはいわなかった」

「つまり、李妃さまは、あいつから逃げた？」

李妃の利用価値を知っていれば、崔秋先が妃をほうりだす道理は、まずないだろう。

「そこへ、李絳花という女が出てくるわけです。これも、あくまで仮定ですよ。だが、李絳花という女芸人がやはり桃花源とかかわりをもつ者で、しかも崔老人を心よく思っていなければ、彼に桃花源の手がかりを与えるような事態は、極力避けるでしょうね」

「つまり、あいつの手から、李妃さまを助けだして逃げたのが、李絳花って人なわけね？その人なら、桃花源のこと、もっと教えてくれるかもしれないのね？」

さらに、宝春は身をのりだしてきた。

「たしかではありませんが。ですが、この件、やたら陶とか李とかいう姓がからむとは思いませんか？」

陶は桃と、発音が通じる。そして、『桃李』という語句があるように、桃と李は一対、ほとんど同一視されている。

陶はともかく、李は実にありふれた姓だから、偶然とはいえなくもないところもあるの

だが、とにかく希仁の推論は筋がとおっていた。

一方、宝春とは逆に、のけぞったのが漢臣である。

「すごい——。聞いてるだけで、話がこんぐらがってきたぜ。よく、そんな事、逆からわかるもんだね」

「だから、推量にすぎないといっています。事実は、まったくちがっているかもしれない。とにかく、李絳花という女性をさがし出せば、なにかがわかります。桃花源の件か、李妃さまの安否か——うまくすれば、白公子をもつかまえられるかもしれませんね」

とはいったものの、どちらの人さがしも容易ではないと、希仁も覚悟はしていたのだった。

——杭州は、柳の緑に水も城内も染まっていた。

江南有数の都市である杭州は、ほかの城邑《じょうゆう》とおなじく、水の街である。街は西湖《さいこ》の北にあって、湖を抱くようなかたちになっている。湖は浅く、せいぜいが六尺（約一・八メートル）ほど。そのせいか、いつもおだやかで、風光明媚な周囲の山の緑や空の色を鏡のように映しだしている。

山といっても、それほどに高いものではない。海に近いこともあって丸みをおびた稜線が、波のうねりのように重なりあって、湖自体、街ぐるみ、山々にいだかれているようにも見える。

山ひとつ南へ越したところには、中国第四の河ともいうべき銭塘江《せんとうこう》が流れている。この河は毎年、仲秋の日に大逆流を起こし、流域に被害をおよぼすことでもよく知られている。その大海嘯《だいかいしょう》を鎮めるためにと、五十年ほど前に、江を望む山の上に塔が建てられたが、その霊験《れいげん》はなかったらしく、水害は絶えることがないという。もっとも、それは秋のことで、今は杭州の街もその周辺も、おだやかな空気につつまれていた。

山の緑の中に紅が点々と映えるのは、今を盛りの灯籠花《とうろうか》（ドウダンツツジ）だろうか。江南の空気は、たっぷりと水分をふくんで、風さえ甘く感じられる。もともと南方の人間の希仁でさえ、開封からくだってきたせいだろう、空気のちがいがはっきりと感じられた。雇った小舟で西湖をわたるあいだ、希仁は目の前でうつりかわる景色を楽しんでいた。舟が街の方へちかづくにつれて、街の北、宝石山の頂上に建つ細い塔が、大きく見えはじめる。岸沿いに植えられた柳の枝が、一本一本区別できるようになると、杭州の城壁も目の前である。

ただ、景色をのんびりと楽しんでいる余裕は、そうないことは、希仁も十分に承知していた。

まず、戴星と李絳花の行方だが、杭州に着いて数日たつというのに、いっこうにつかめないのだ。李絳花の方は、昔の話だからともかくとして、戴星の足どりがさっぱりつかめない。杭州城内の宿を聞いて歩いているのだが、それらしい若い男が泊まった形跡はなかった。

あと、旅の者が立ちよるところということで、希仁が頭にうかべたのが、仏寺と道観《どうかん》（道教寺院）である。

南方の大きな城市はどこでもそうだが、この杭州の周囲の山々の中にも、いくつか名刹《めいさつ》が点在している。そこをまわって、それらしい参拝客を見かけたら、知らせてくれるようにたのんでおけば、すこしは手間が省ける——。

今日、こうして湖の対岸まで舟をやとってひとりで出かけたのも、古刹《こさつ》・霊隠寺《れいいんじ》に戴星の件を依頼するためだった。

本来なら、見ず知らずの一書生が突然に訪問したところで、まともにはとりあってもらえない。が、ここで絶大な威力を発揮したのが、一空禅師の名だった。

禅師の知人と名のっただけで、寺僧のあつかいが変わった。かわりすぎたぐらいで、話さえ聞いてもらえれば十分だった希仁は、管長の居間にまで通されたときには、正直いって閉口したものである。

しかも、すこし耳の悪い管長の雑談の相手をつとめているうちに、すっかり気にいられてしまった。依頼の件について快諾をもらったあげく、なにか困ったことがあれば、なんでも言ってこいといわれた。その上、世間話のかたちでいろいろと情報を仕入れることもできたのは、たしかにありがたかった。

「そういえば、最近、ようやく新しい知州さまがご着任なさいましてな」

老僧が、どういう意味でいったのかは、さだかではない。まさか、その新知州と希仁たちのあいだに、いきさつがあったなどと知っていての発言ではなかろう。

管長の語るところによれば、杭州知事・王欽若《おうきんじゃく》は着任早々、土地の有力者たちのもうけた宴席を渡りあるいているという。

新たに知りあう人間が、たがいに招きまねかれするのは慣習だが、着任が遅れたために役所に山積された書類には、まったく手がついていないとなれば、十分問題になる。

一布衣《ほい》の希仁が口を出すことではないが、彼は一度、開封で王欽若が遊びほうけている現場をおさえている。あわてて任地にくだってきたところをみると、多少は懲りて真面目にやるかと思ったのだが、そのふりをする気もないらしい。

ともあれ、希仁にしろ宝春にしろ、まったく王欽若とかかわりがないわけではない。もしやとは思うが、顔をあわせてよいことが起きるとも考えにくい。これは、注意をうながしておく必要がある、と希仁は内心で思った。

ちなみに宝春はいまごろ、杭州の城内で舞剣の芸を見せているはずである。繁華街で人を集めれば、消息が聞けるかもしれない。ひょっとすれば、戴星自身があらわれるかもしれない。

希仁には敵愾心《てきがいしん》をもっているかもしれないが、宝春にまではつらくあたるまいというのが、希仁の読みだった。むろん、いざこざにそなえて、漢臣を護衛にのこしてある。

杭州は、景観こそよい土地だが、実はあまり人気《じんき》――つまり気風のよいところではない。これは民人の責任というより、やはり、上にたった者のせいだろう。十国の時代、杭州に都をおいたのは呉越国、つまりあの鄭王《ていおう》・銭惟演の父祖だった。

銭氏は、とりたてて暴虐だったというわけではない。ただし、これといってなにかを為したわけでもない。南唐の李氏が、極力、戦争を避け、国内の経済を充実させ、文芸を保護し花ひらかせたのにくらべれば、まったく無為だったといってよいだろう。そのくせ、卵にまで税をかけて容赦なく徴収していたというから、庶民にとってはあまり暮らしよい国ではなかったはずだ。

ただ唯一、銭塘江の改修を手がけたのが、善政だったといえるだろうか。例の、銭塘江に面している六和塔《りくわとう》も、銭氏の建立したものだった。

だが、小国の保身のためとはいえ、強い者には媚び弱い者には強くあたったのも事実である。あげくが宋に同調して南唐を滅ぼし、逆に自国が宋に圧迫される羽目になったのも、自業自得というべきか。ちなみに、今、希仁が見ている左手の山頂の塔を、保俶塔《ほしゅくとう》といって、開封へ連れさられた呉越王・銭俶《せんしゅく》の無事を祈って建てられたものである。

その銭俶が銭惟演の父であるといえば、彼の転変定まりない為人《ひととなり》も、多少は理解できるかもしれない。

ともあれ——上に立つ者の態度は、下にも及ぶ。宋の治世にはいって四十年以上は経ており、その遺風も多少は緩和されてきているはずだが、用心するに越したことはあるまい。南北に細長い杭州の街の、西湖に面した城門のうちの中央、湧金門《ゆうきんもん》のあたりに、希仁は舟をつけさせるつもりだった。そこから、まっすぐ東へいけば、杭州の繁華街へ出る。宝春たちがそこにいるはずだった。

だが——。

よべば声がとどくほどに岸にちかづいた時、

「銭塘門《せんとうもん》へ、行き先を変えてくれないか」

希仁は、突然に船頭にたのんだ。さりげないふりをよそおって、湖の方を見たのは、岸から顔を見られないための配慮である。

「いいよ。だけど、どうかしなすったか？」

舟の櫂《かい》をあやつっていた娘が、いぶかしげな顔をみせた。西湖にうかぶこうした小舟をあやつるのは、近在の農家の娘が多い。希仁の舟の船頭も、宝春とそう年齢のかわらない小娘だった。客の気まぐれには慣れているのか、それとも若くて物腰のやわらかな希仁が頼んだからか、ともかく苦情もなく舟は舳先《へさき》を北へむけた。

（あの漢《おとこ》——）

岸の柳の緑のあいだに、希仁はとんでもない人物の横顔を見たのだ。

（たしか、殷玉堂《いんぎょくどう》といった）

開封の、范仲淹《はんちゅうえん》の邸にしのびこんで、戴星たちの動静を教えてくれた無頼者の顔だった。特に目がよいわけではないし、あの時は夜陰にもまぎれていたから、昼間見るのとでは、多少、印象がちがう。それに、あの夜の闇にまぎれる暗緑色の衣装とはちがい、今、湖岸を行く漢の姿かたちは、ごくありふれた小商人にしか見えない。が、希仁の記憶は、漢の尋常ではない眼つきと身のこなしとを、はっきりと刻みこんでいたのだった。

彼が希仁に対して、なにか害をくわえたわけではない。それどころか、戴星たちの行方を教えてくれたわけだから、個人的には恨みはない。だが、彼が銭惟演の依頼とはいえ、宝春の身柄をねらい陶老人を殺した人間であることも希仁は知っていた。

いくら希仁が知恵者でも、まさか玉堂が劉皇后からの依頼を承《う》けてきたとは、知るよしもない。開封で知った顔を見たからといって、即、自分たちとかかわりがあるとは思えない。偶然ということが、世の中にはごまんとあるのだ。だが、あの蛇のような眼をした漢が、風流のために杭州くんだりまでわざわざ来たと考えるほど、希仁も楽天的ではなかった。

どういう事情にせよ、まずは顔をあわせずにおく方が無難である。

とっさに、袖をかかげて顔をかくしたから、こちらのことには気づかれているまい。あとは、一刻も早く宝春たちと合流して、いったん身をひそめること。場合によっては、漢臣に至急、働いてもらう必要が出る。とにかく、玉堂の居場所をつきとめておいた方がいいだろう――。

うっておくべき手筈を、気ぜわしく確認しながら、すっかり遠回りになってしまった道を青年は早足でたどりはじめていた。

玉堂とて、この杭州で、あてもなく人をさがし歩いていたわけではない。杭州に知人こそないものの、殷玉堂の名はある種の人間たちのあいだでは十分に効力があり、協力も期待できた。多少とも人目をはばかる商売の連中が多かったのは、いうまでもない。

着いたのは、二日前のこと。

表むきは、開封から来た小商人ということにしてある。

――都での商売がうまくいかず、やりなおすつもりで南へ来た。うまくいくようなら、こっちへ本拠を移す気でいる。そのために、妻女もつれてきた。

おせじにも清潔とはいえない、小さな旅籠《はたご》のあるじには、そう説明してある。無用な疑いをいだかれて、仕事の足をひっぱられない用心である。なにか怪しまれたり、いさかいを起こして役所にでも訴えられては、面倒だ。それでなくとも、妻女と称してともに泊まっている何史鳳《かしほう》の姿が、あるじの好奇心を十分すぎるほど刺激しているのを、玉堂は知っていた。

たしかに、史鳳の美貌はだいなしになってはいるが、身のこなしの優雅さ、あでやかさはいささかも減じていないのだ。纏足《てんそく》というのも、人目についた。例が皆無というわけではないが、これは左前の小商人風情の妻には、不似合いな足である。

最初から女には覆いをとらせて、顔の汚れをさらさせているから、なんとか納得されている。そうでもしなければ、かどわかしかなにかだと思われて、密告されていたことだろう。

「この宿から出るな。宿の内でも、絶対に蓋頭《がいとう》をかぶるな」

玉堂は、そう厳命して宿を出ている。

いわれて、殊勝げにうなずく史鳳でもないから、

「出たら、どうなります」

いいかえしたところ、片頬に、例の酷薄そうなせせら嗤《わら》いをきざんで、

「逃げたければ、好きにするがいい。これ以上、堕ちたければな」

いい捨てて、ついと出ていき、一日中もどってこなかった。監視がついているわけでなし、なにをしようとどこへ行こうと、このまま逃げだしたところでかまわないはずだった。

にもかかわらず、史鳳は宿の一室にとじこもったまま、一歩も外へは出なかった。

纏足の脚が、遠出には不向きなこともある。轎子《かご》をたのむという手もあるが、かんじん

の行き先が彼女にはない。ここが生まれ故郷だとはいっても、幼いころに開封へ連れていかれた彼女は親の顔も名も、おぼろげにしかおぼえていない。今、生きているかどうかさえ知らない。たとえ無事だとしても、開封でときめいているとか、世家《せいか》に身請けされてなに不自由ないとかいうならともかく、落魄《らくはく》した身でもどってもいやな顔をされるだけだろう。

そしてなにより、玉堂のせりふが脅しではないことを、彼女はいやというほど知っていた。

玉堂は、親切な男とはおせじにもいえなかった。すくなくとも、史鳳の都合や心情を気づかってくれたことは、一度もない。ここまでのあいだ、おなじ舟に乗りともに旅をしながら、ついに史鳳の身の上を尋ねずじまいだった。つまりは、まったくの無関心だったわけである。

もっとも、史鳳も玉堂に対して質問を発したことはないから、おたがいさまである。

なにしろ、ともに開封を出たいきさつがいきさつである。人の目をくらますために、たがいの存在を利用したのだから、相身互《あいみたが》いというものだ。むしろ、その無関心が史鳳にとっては、救いだった面がある。

夫婦者をよそおっているから、当然おなじ船室なのだが、玉堂は史鳳にはまったくといっていいほど近づかなかった。

もっとも、これも親切からではない。顔云々《うんぬん》というだけでなく、今の史鳳は以前からは想像もつかないほど陰気で、あつかいにくくなっている。玉堂ほどの男ぶりなら、何も史鳳の機嫌をわざわざとらなくとも、相手には不自由しないという道理だ。

史鳳も史鳳で、なるべく玉堂の機嫌をそこねないよう、ひっそりと身をちいさくしていた。ふだんでさえ、玉堂のあの一分《いちぶ》の隙もない冷たい視線を向けられると、胸の底がずんと冷えこむような気がしたからだ。何を考えているのかわからない男は、気味が悪かった。

ここへ至る途中、一度だけだが、これで最後だと思ったことがある。

蘇州《そしゅう》で夜泊したときだった。

昼日中は船室にとじこもって、顔を見られないようにしている史鳳だが、暮れ方に息をつきに船縁《ふなべり》へ出た。その、わずかなあいだに姿と顔を見られたらしい。

宵の口、水夫《かこ》が呼びにきて玉堂が出ていったと思ったら、頭の上で声がした。一方は玉堂の声とすぐわかった。もうひとりは、知らない男のだみ声だった。

「だから、隣の舟のお客なんですがね。たいした物持ちなんだそうだが、そこのひとり娘ってのが、またたいした器量好しで」

「どうも、まわりくどいな。要点だけ話してもらえませんかね」

と、玉堂の口調は、あくまで小商人らしく気さくな風をよそおっている。

「おれにいわせるんですかい」

「いってもらわなけりゃ、わからないよ」

「じゃあ、いいますがね。その娘ってのが、旦那にひと目惚れしたって話で」

「冗談はよしてもらおうじゃないか」

声を聞くかぎりでは、本気で怒ったようだった。

「人をからかって、そんなに楽しいかね。うまい話にのったところを、だまそうって魂胆《こんたん》だろう」

「からかうなんて、とんでもない。旦那、ほんとなんで。なんだったら、当の娘さんに逢ってたしかめてくれたっていい」

「しかし――。相手の親御さんが、ゆるさないだろう」

「ひとり娘ですからね。甘いものでさ。娘が頼めば、なんだってきかないものはないって話でさ。その上へもってきて、旦那のようないい男ぶりを見りゃ、あちらの方から頼んできまさあ」

「だが、わたしにはもう、妻がいるんだよ。まさかむこうも、妾でいいとはいうまい」

「そりゃあ、そうだ。お内儀《ないぎ》ってのは、ちらっと夕方、見かけましたけど、あの、顔にこう……」

手ぶりでごまかしたらしいが、聞いていた史鳳はかっと身体中が熱くなるのを感じた。が、外の話はなおも続いていた。それも、とんでもない方向へ、である。

「まあ、姿かたちはともかくとして、失礼だがあちらの娘さんとはくらべものにもなりませんぜ。旦那、あれでも惜しいと思いますかい？」

「どういう、意味だね」

「へへ、もしよければ、ひきとってさしあげようって話でさ」

史鳳は、ぎくりとした。

「おまえ、女衒《ぜげん》かい」

「ま、いろいろと手びろくやってるんですけどね。お内儀を売った金を、あちらへの礼物にすりゃ、損も無駄もないってもので」

相手は、玉堂を商人と信じているから、とんでもないことをいいだした。こうなると、史鳳も怒るどころではない。ひとこと、玉堂が是といえば、ここで売りとばされるのだ。固唾《かたず》をのんで、すました耳にはいってきたのは、

「しかし、ねえ」

気をもたせるような、玉堂の返答である。

それで、もしやと思ったのは、あの玉堂が、こんな話を、他人に盗み聞きされるような場所でするほど不用心かという点に、思いあたったからである。内密の話なら、岸にあがればよいことだ。すくなくとも、史鳳に聞かれる心配はない。

この船室に史鳳がいることは、先刻、知っているはずだ。ということは、わざと彼女に

聞かせようと、場所も選び、話もひきのばしているのかもしれない。いや、きっとそうだ――。

「あれは、ああ見えてもけっこうな家の娘でね。いなくなったとなりゃ、あとあと、面倒なんだよ。遠くへ売ったとしても、だれかに見つけられたり、自分で逃げだしたりしたら、後でこまることになる」

「旦那らしくもない」

高さこそおさえてあったが、げらげらと笑う声に遠慮もなにも、あったものではない。また、それで相手を挑発するつもりもあったのだろう。それを見抜けないはずのない玉堂が、あっさりとその手に乗った。

「じゃあ、どうすればいいというんだね。おまえさんなら、うまく始末できるのかい」

「へへ。お内儀は、泳ぎは達者ですかい？」

男は、いきなり妙なことを訊きだした。

「い、いや、よくは知らないが、泳いだという話は聞いたことはないよ。だが、どうして」

「なら、話は簡単だ。夜中、足をすべらして舟から落ちるってことは、よくある話で」

一瞬、息を呑む音。そして、

「……でも、そんなにうまくいくかい？」

史鳳が聞いてさえ、気弱で優柔不断な男のせりふだった。しかも、いくら芝居でもいささか度がすぎている。どこまで、この男、本気なのだろう。

「それに、そんな腕力は私にはない。いや、そんなことは、できないよ」

「心配無用でさ。おれが、全部やってのけてさしあげますぜ。ただし」

なにか手ぶりで示して、

「これだけ、いただければ」

「口止め料もはいってるんだろうね」

史鳳の絶望をよそに、ついに玉堂はくいついた。相手の男もそう思ったのだろう、かるく手をうって、

「そりゃあ、もう」

「絶対、心配ないだろうね」

「しそこねたことは、一度もありませんや。それじゃ、急ぎってことで、今夜、いかがで？　明日、あちらへ話をつけて、とりあえずの約束だけをとりつけるってことで。どちらにしたって、正式な話はすこし先になるんだから」

「いいよ、おまえさんに任せるから」

「じゃ、今夜。お内儀を、室《へや》にひとりで残しておいてくださいや。旦那は、どこか岸へあがってた方がいい。この近所にも、酒楼はありますから、一杯やりながら上首尾を待っててくださいや」

かるい足音が聞こえて、話はそれで終わったらしい。まもなく玉堂が室にもどってきたが、史鳳にしてみれば生きた心地もない。玉堂の方から、「聞いたか」などと確認してくるはずはないし、史鳳にも問いつめる勇気はない。だいいち、こんな事態も十分に予想した上で、同行を望んだのだ。いまさら、裏ぎりを責める資格もなければ、玉堂もその隙をあたえてくれなかった。

つまり、それからひとことも口をきかず、彼女の方を一瞥もせず、やがて船室の灯を消してしまったのだ。

史鳳をひとりにしておくといった話はどうなったのかと、訊くわけにもいかない。玉堂がいては、逃げだすこともできない。暗闇の中で息をつまらせながら、何刻も考えあぐねたあげく、殺されるぐらいならいっそ、自分で——と、覚悟を決めたときだった。

彼女の、わずかな身じろぎを、どう察知したのだろう。立ちあがろうとしたところを、腕を押さえられた。

「——！」

思わずあげかけた悲鳴は、男の大きな掌の中へ消えた。

「静かにできないなら、つき落とすぞ」

どうせ、そのつもりではないかと——いい返そうにも、声は出ない。口を封じられたまま、片腕で軽々とだきあげられて、船室の隅へと押しこまれた。

「そこから、動くな。音をたてるな。もっとも」

漆黒《しっこく》の闇の中で、たしかに玉堂の両眼がひらめいた。

「死にたいんだったら、かまわんがな」

意外にあっさりと、手がはずれた。

髪の上からばさりとかぶせられたものは、玉堂の上衣である。外から見れば、荷の上に衣服がひっかかっているように見えたはずだ。もっとも、この闇の中で、物がはっきり判別できればの話だが――。

玉堂には、あきらかに見えているようだった。

頭の上で、木がきしむ音がしたのは、玉堂の手が離れた直後である。びくりと、身体の中にはしった痙攣《けいれん》を無理やりおさえつけて、史鳳は上衣のひだのあいだから、玉堂がいるはずの方向をのぞき見た。といっても、彼女の視力では、かろうじて窓のある方向がおぼろげにわかるだけだ。

と――。

室内に、人の動く気配があらわれたのだ。玉堂でないことは、はっきりとしていた。あの男は、その気になれば猫のように足音も気配も消してしまえる。盗賊としての技倆《うで》だけにかぎっても、玉堂の方がしのびこんできた男より、はるかに上だった。

しかも――である。

窓のうすあかりの中に、人の形が黒々とうかびあがった。反射して鈍く光ったものは、形こそはっきりとはしないが、刃物にはちがいない。それを、人影は無造作にふりおろした。きっ先は、さっきまで史鳳がいた位置にむかっていた。それが、なんの手ごたえもない布のかたまりにつき刺さる直前。

衣ずれの音、そして、喉が詰まったような声がひと声、聞こえた。

それきり、船室はしんとしずまりかえる。

実際、いつ玉堂がうごいたのかさえ、史鳳にはわからなかった。われにかえったのは、男の身体が床に転がる、重い音が聞こえてからだ。

「ふとい野郎だ」

「——殺したんですか」

上衣を、ひきちぎるように払って、隅から這いだす。全身にふるえが走りだして、立ちあがることができなかったのだ。

ようやく闇に慣れた眼には、床にたおされたまま正体のない、四十がらみの小男がおぼろげながらに見えた。

「殺してしまったんですか」

重ねて、問いなおす史鳳に、

「まだだ」

冷ややかな答えが返された。

ひと呼吸おいて、彼女はその意味に気づく。

「まだ――って」

考えるより先に、身体が動いていた。男がとりおとした刃物が、眼の前にころがっていたのだ。ふるえの止まらない腕で、それを囲いこむようにして隠したが、玉堂は腕を組んだまま、冷笑をなげつけてきただけだった。

「部屋の中で、刃物を使う莫迦《ばか》があるか。人が殺されたと、誰が見てもわかる。このまま、錘《おもり》でもつけて水へほうり出せば、簡単で証拠も残らん」

「でも、なにも、命までとることは――」

「慈悲ぶかいことだ。おまえを殺そうとした奴を、かばうとは。命の恩人が、だれか忘れているようだな」

かよわい抗議は、あっという間に粉砕された。

「おまけに、おれに罪をなすりつけようとしやがった。夕方の話、聞いていただろう」

声にはださずうなずいただけだったが、玉堂にはわかったようだ。

「大金を要求されて、ふたつ返事で承知するふりをしたら、このざまだ。おまえを殺して、荷を盗んで逃げる。捕らえられるのは、おれという寸法だ。あらかた、口止め料よりも金になるとふんだんだろうが」

玉堂の靴が、気死したきりの男の貧相な顔を、思いきりふみにじった。

「あいにくだったな」

「役所に訴えでれば、それですみます。よけいな殺生《せっしょう》は……」

「どうせすぐに、放免になる。話を聞いていて、わからなかったとはめでたい頭だ。こんなことを、何度もひとりでやれると思うのか」

「では――」

「江賊《こうぞく》だ。たいていは、役人とぐるときている。鼻薬は、平生からたっぷり効いている。突きだせば、逆にこっちが、痛くもない腹をさぐられる」

そういう玉堂も、同業者といってさしつかえない。さすがに手の内をよく知っているというべきか、それとも、他人を責められる立場ではないというべきか。結局、史鳳はどちらも口にできなかった。目の前で、玉堂が手際よく作業をはじめたからだ。

そこらにいくらでもある縄で、後手にしばりあげる。足も、同様にそろえてくると、軽々と肩にかかえあげた。

史鳳は途中から気分が悪くなり、ついに顔をそむけてしまった。人ひとり、みすみす殺されるのを、ただ手をつかねて見ていなければならないのだ。

この男が、悪党なのはよくわかっている。むこうからいいだしたことにせよ、良家の娘に親の承諾もなく相手をとりもつなど、言語道断である。この男なら、ことば巧みにもちかけたあげく、娘自身を喰《く》い物にした可能性もある。同情の余地はないし、生かしておかない方が世の中のためかもしれない。

だが、だからといって、玉堂が殺していいということにはならない。見殺しにしてもかまわないという理屈は、とおらない。

床にふせたまま、鳩尾《みぞおち》のあたりから湧きあがってくる悪寒に耐えていた史鳳の上へ、

「おい」

玉堂の、冷ややかな声が降った。

「その手巾《しゅきん》を、よこせ」

「なにに――」

と、尋ねるあいだに、絹の手巾は奪いとられて男の口へ押しこまれる。これには、史鳳も我慢ができなかった。気力をふりしぼり、玉堂の腕に文字どおりかじりつくようにして、

「これ以上――苦しめることはないじゃありませんか」

「かばう気か。おやさしいことだ」

「そんなのじゃありません。わたし自身のためです。この人を殺したら、わたし、逃げ出して訴え出ます。そしたら、どうします」

「やってみるがいい」

その後に続くせりふを、いちいちいわれなければわからない史鳳ではない。白い容顔《かお》が

いっそう白く、闇の中に切り取られたようにうきあがった。

「この人を助ければ、あなただって口止めの必要がなくなるじゃありませんの。……それでも、どうしても殺すんなら、いっしょにわたしも手にかけるがいい。いつ殺されるかと、びくびくするよりずっとましというものですわ」

もちろん、これははったりである。

が、史鳳の怒気もまた、本物だった。自然、柳眉がきりりと逆立ち、顔だちはきりりとひきしまってくる。半面をおおった汚れも、この暗さではあまりめだたない。かつて——といっても、一月もたたぬ前まで開封の一流の酒楼で、権勢をほこって無理押しをしてくる男ども相手にきっていた啖呵《たんか》を彷彿《ほうふつ》とさせた。怒った史鳳は、陰気にひっそりとしずんでいる彼女よりは、はるかに生気に満ちて美しかった。

玉堂も、こんな場合ではあるが、それを認めないわけにはいかなかった。彼女が本気であることも、とにかく今夜、突然に史鳳が行方不明になれば面倒なことになる点も、十分に承知していた。

ただ、こういう場合、玉堂の方が場数をふんでいるだけに一日の長があったのだ。

「いいのか」

「なにが、です？」

「そうすると、さがす相手にも逢えずじまいになるが」

と、たちまち、史鳳は返すことばに詰まる。そこへすかさず、

「殺さないでおいてやる。そのかわり、おれがいいというまで、おとなしくしてろ」

「あ……」

「では――」

「ただし、助けるとも約束はせん」

「……え？」

「人気のない葦《あし》の中へ放りだす。あとは、こいつの運次第だ」

運がよければ、だれかがとおりかかって助けてくれる。だが。

「運が悪ければ――？」

「知らん」

まともに、安心できるような答えがもどってくるとは思っていなかった。これが、玉堂から引きだすことのできる、最大限の譲歩であることも承知していた。にもかかわらず、この返事には、胸が凍った。

――史鳳を苦しめるために、玉堂がわざとその方法を選択したのだと悟ったのだ。他意も目的も、さしてあるわけではない。この男は、ただ、他人の懊悩《おうのう》を見るのが楽しいだけなのだ。

史鳳の無言を、了承のしるしと解釈して、玉堂が腕をふりはらった。史鳳にはもう、ふ

たたびすがりつく気力は残っていなかった。人ひとりという大荷物をかかえていたくせに、船室を出ていく玉堂は足音もたてず、気配も感じさせなかった。

結局――。

玉堂は、夜が明ける直前までもどらなかった。一睡もしなかったはずだが、朝の早い舟の水夫たちが動きだすころにはなにくわぬ顔であいさつをかわし、何事もなかったように船旅を続けて、杭州まできてしまった。

本当のところ、玉堂が不埒《ふらち》な男をどう処分したのか、史鳳は知らない。口先だけでごまかしたのか、ほんとうに命だけは助けてやったのか、最初から助けるつもりだったのか、史鳳がたのんだために気を変えたのかさえ、わからない。

ただ、史鳳の胸には、あの夜の絶望感だけが染みついた。

自分がいつ、簡単に売られたり殺されたりしても不思議でない、たよりない身の上であること。殷玉堂の庇護《ひご》の下で、やっと無事に生きていられること――。開封でときめいていた時とは、根本的にちがうのだ。

杭州に着いてからも、その状況はかわらない。不用意に宿から出れば、だれにつけこまれ、だまされるかわからない。

宿にいてさえ、油断がならない。丈夫《おっと》がついていると思っているからこそ、宿の主人は史鳳に手を出してこないだけだ。

たしかに玉堂は、信頼に足る男でないどころか、これ以上はないというほどに危険な男ではある。虫のいどころ次第で、その手で殺される可能性さえあり、また、いつ気が変わるか知れたものではない。

にもかかわらず、今のところ、玉堂が彼女の唯一の頼みの綱だった。玉堂が、おのれの正体をかくす必要があるあいだは、彼も史鳳の身を守ってくれる――すくなくとも、他の者の手に渡らないようにしてはくれるだろう。だが――。

利用価値がなくなったとき、どうなるか。

殺されるようなことはあるまいが、最後まで面倒をみてくれるような男ではないし、また史鳳にもみさせる気はない。

だからといって、落ちぶれた妓女《おんな》ひとりで生きていけるような、世の中ではないということが、ようやく実感としてわかりはじめてきたここ数日である。甘く見ていたつもりはなかったが、頭の中と現実とは、やはりちがったのだ。

(これから、どうすればいい――)

暗澹《あんたん》とした気持ちをかかえながら、史鳳は宿の窓に倚《よ》っていた。

上等の宿の、さらに上等の部屋なら、広い敷地の奥まったところにあって、街中とは思えないほど閑静だという。が、あいにく、ここは二流三流で、史鳳のいる部屋は二階だが、表通りに面していた。窓に腰かけ、外に張りだした欄《てすり》にもたれかかると、ちょうど下の道を行く人の頭から目もとのあたりがよく見える。

杭州の街のにぎわいは、都の開封ほどではないにしろ、近いものはあった。宿やそれぞれの店へ客を呼ぶ声、物売りの声色《こわいろ》、大道芸の芸人のかけ声と見物の歓声。むっとするような匂いとともに、たちのぼってくる街の熱気を感じながらも、史鳳はますます沈んでいく一方だった。

これほどの世の中に、身のおきどころひとつない自分が、哀しかった。こんなとき、ひとりでも知った顔がとおりかかってくれたら、どんなにうれしいだろう。たとえば、あの陶《とう》宝春――たった一度、逢っただけだが、妹のようになつかしく思えてならなかった。

戴星たちとともに杭州へむかった彼女が、この目の下で芸をみせているような偶然が、あってもいいではないか――。

目をこらす、というほどではなかった。ただ、道を行く人を、ひとりひとり眼で追っていた。ふと、気になった影があった。一度、二度――三度、見なおして、史鳳は身を起こした。

歳のころは、十七、八。

衣服はくたびれ、埃まみれでみるかげもないが、きっぱりとした眼もとときびきびとした身のこなしは、忘れようがない。

（あれは――）

白公子。

白戴星と名のった、少年ではないか。

四度、少年の顔をたしかめて、彼女は窓から離れた。階下へおりるつもりだった。呼びとめて、白公子であることをたしかめて、それから——。

包希仁の行方を訊く。

あの少年なら、なにか知っているはず——むろん、戴星がひとりでここまできたいきさつなど、史鳳が知るよしもない。

直感でそう思いこんで、廊下に出たところで人につきあたった。

「どこへ行く」

玉堂だった。

外へ出ていったら、一日中、夜まで絶対に帰ってこないものと、史鳳は思っていたから、不意をつかれたかたちとなった。その上に、例の冷ややかな眼でにらみすえられては、とうてい彼女に勝ち目はない。

あっけなく細い手首をねじりあげられ、もとの部屋へおしもどされた。

「どこへ行く気だった」

玉堂の問いに、史鳳は沈黙で答えた。ただ、どうしても窓の外が気になる。こうしているあいだにも、あの少年は群衆の中にまぎれこんでしまう。一度見失ったら、ふたたび見いだすのは不可能だ。

あせる気持ちが、逆に玉堂の不審と注意をひいた。それと気づいてあわててさえぎろうとした史鳳を、力まかせにおしのけて、玉堂は窓辺へ寄った。

下の人の流れへ、右から左へざっと目をはしらせる。

なにも、わかるわけがない、と史鳳は思っていた。玉堂が杭州へむかった目的を、彼女ははっきりとは知っていない。だれかを追うよう、依頼されていたのは小耳にはさんだが、具体的な点は聞きとれなかった。だから、まさか玉堂が少年に目をとめるとは、予想していなかったし、まして彼の顔色が変わるなどとは夢にも思っていなかった。

戴星——と思われる少年は、ちょうど窓の真下をとおりすぎるところだった。横顔からうしろ姿、それも、肩から上だけをちらりと見ただけで、玉堂はそれがだれか、はっきりと判別したようだった。

「あいつ——」

みとめると同時に、窓の陰に身をかくす。その射るような目の動きを追って、ようやく、史鳳は玉堂がおのれと同じ人物に目を止めたことに気づいた。

はっとあげた視線と、玉堂の眼光とがぶつかる。

「もしや」

「なに——」

両者が気づいたのも、同時だった。

「まさか、白公子を——」

「知っているのか、あの豎児《こぞう》を」

これもまた、同時にふたりの口から出る。行動を起こしたのは、むろん、玉堂の方が早かった。逃げだそうとする史鳳の行く手に、たちふさがる。

「仮にも東京一の妓女が、杭州くんだりまでくだる気になった理由は——いや、あの豎児とおまえとでは、つりあいがとれんな。そういえば、豎児のそばに生《なま》っ白《ちろ》い書生がついていた」

玉堂は、史鳳の、一瞬の眼の光だけですべてを了解した。史鳳が、男の冷たい嗤笑《ししょう》を見たのも、瞬時のことだった。

玉堂はそのまま、身をひるがえした。事態がのみこめた以上、ぼやぼやしている余裕はなかったからだ。ただし、通りかかった下働きの女をよびとめ、いくばくかの銭をわたすことまでは忘れてはいない。

「女房が、気分が悪いといっている。薬を求めに行ってくるから、そばについていてもらえぬか」

いいくるめて、目を離さないように念まで押して、通りに飛びだした。

迷わず、少年が歩いていった方向へと道をとる。さがすまでもなく、少年の髪がちらりと人の肩越しに見えた。あいだに、二十人ほどの人がいただろうか。だが——。

（さて、どうするか）

姿を確認してしまってから、はたと玉堂は迷ったのだった。

開封で受けた依頼は、戴星と名のる少年を殺せということだった。その報奨の大半も、仲介人からなかば強引に受けとってきた。だが、玉堂が本気で殺す気になっていたかというと、かならずしもそうではない。本人は絶対に認めないだろうが、彼にしてはめずらしくためらっていたのだ。それでも杭州までやって来る気になったのは、開封に居づらくなっていたことと、居所もわからない雲をつかむような話では、さがしても見つかる可能性は低いとたかをくくったからだった。

土地の顔役にたのんで、ひととおりさがさせる。それで見つからなければ、そう報告すればいいし、ことによれば金を返せばそれですむ——。

それが、目的のひとりがむこうから目の前へ飛び出してきた。これでは、見つからなかったといういい逃れはきかない。

では、この場でさっさと仕事を片づけて、東京へ逃げもどるか。だが、もうひとつ、宝春という例の小娘の行方の件もある。ならば、しばらくこの豎児のあとをつけて、宿をつきとめて、今夜にでも行動を起こすとするか。

（そうすると、あの書生も、杭州に来ているわけだな）

こちらは、希仁とは逆に、相手の顔をはっきりと見ているし憶えている。頭と育ちのよさそうな、おっとりとした好青年だと思った。これといって欠点もないかわり、強烈な印象ものこらなかった。つまり、毒にも薬にもならない相手、と玉堂は判断したのだ。

その包希仁を追って、史鳳が開封を出たのだとしたら——。

玉堂は、不愉快になった。

史鳳に特別な感情など、かけらも抱いていない。これは、誓ってたしかなことだ。だが、目の前の女が、まるきり別の方向を向いているとわかっては、愉快でいられるわけがない。自尊心の人一倍つよい玉堂であるから、その反発もひととおりではない。

(おもしろくない。包希仁とかいったあいつに、吠え面をかかせてみるか)

この路上で、戴星に仕掛けてみることも考えながら、脚だけはたくみに人を避け少年のあとを追っている。常に一定の距離をおき、幾人か、人をあいだに置いての尾行で、気づかれるおそれはまるきりなかった。このまま、背後へ近づいて斬りつけたとしても、当人は痛みを感じるまで気づくまい。

まんまとしてやった場合の誘惑にかられて、つい、玉堂の脚が早まる。

間隔が詰まり、両者をさえぎるのが三人ほどの男の肩だけとなった時だった。

いまいましげな舌打ちとともに、玉堂の脚はもとの速度にもどった。

「知州さまの、行列だとよ」

ざわめきと先払いの声とが重なって、行く手から波のようにとどいた。

「今ごろから、どこへおでましだ」

「舟遊びだと。また、だれかの饗応《きょうおう》だろう」

「まったく、いいご身分だぜ。遊んでいて、お役がつとまるとはな」

ひそやかな悪口と同時に、道の両脇へと人が逸れていく。玉堂も、おとなしく周囲にならった。知州の行列となると、警備の兵もしたがっている。となると、ここで仕掛けるのは無理だと判断したのだ。

もともとその場の思いつきだったから、気が削がれてもたいして気にはならなかった。少年から目を離しさえしなければ、問題はない。ないはずだった。そして、当の少年はといえば、よほど物見だかいのか、見物の人の列の最前に立ち、知州の轎子《かご》がれいれいしくさしかかるのをじっとながめている風だったが——。

「おい」

いきなり、低く声をかけたのである。

聞いたのは、少年の左右に立つ人間と、声をかけられた当人、あとはせいぜい、轎子の両脇に立つ衛兵ぐらいだろう。しかも、そのうちの大部分は、この事態をすぐには理解できなかったにちがいない。

少年はさらに、

「王定国《おうていこく》」

はるかに年長の高官を、呼びすてたのである。

金襴《きんらん》でかざりたてた轎子が、ぴたりと止まった。中に座った人品《じんぴん》いやしからぬ白髪の老人が、眼を剝いて少年をまじまじと見つめていた。

「し、少爺《しょうや》……。どうして、ここへ」

かすれた声は、だれにも聞こえなかったはずだ。玉堂は、老人の唇を読んで理解した。少年も、聞こえなかったとしても、意味はわかったはずだ。

今にも轎子《かご》からころげだしそうな老人を、軽く片手で制して、

「話がある」

短く、数語を発した。

「わかりました」

と、老人もさすがに、衆目を意識したのか、立ち直りは早かった。

「だれか、この不埒者をひっとらえよ。至急の用件じゃ、役所へひきかえせ」

とりたててはりあげた声ではなかったが、群衆にもよく聞こえた。衛兵が少年をひきたてても、行列がくるりと向きを変えても、不審に思う者はだれもいなかった。なにか、知州じきじきに訴え事でもしたか、それとも密告でもあったか——ぐらいに、みな、思ったはずだ。ただし、玉堂ひとりを除いて、の話だが。

（役所——だと？）

杭州知事がとってかえす役所といえば、杭州府庁しかない。それは不思議ではないが、開封の富裕な家を飛びだし、やんごとないあたりから追われているはずの少年が、官庁になんの用事があるというのだ。

だいいち、そんなところへ逃げこまれてしまっては、手が出しにくい。むろん、皇城へも楽々としのびこめる彼が、たかが地方の役所に出入りできないわけはない。だが、一般の家や宿とくらべれば、やはり面倒ではあるし、それなりの準備も必要になる。

「しかたがない」

ついに玉堂がつぶやいたのは、行列の最後尾が見えなくなるころだった。

「しばらくは、模様ながめといくか。まったく、おもしろくないことばかりだがな」

杭州府庁の門をくぐったとたん、戴星は衛兵の手から解きはなたれた。抵抗の意思はみせなかったから、とりたてて手荒にあつかわれたわけではない。放たれてすぐに、官庁の奥へ丁重《ていちょう》に招じいれられる。奥は中央から赴任して来る知事の、住居となっている。つまり、役所と官舎が併設されているわけだ。

その正庁《せいちょう》で、戴星は老人から大仰な拝礼をうけた。

「少爺におかせられましては、ご健勝のほど、まことにめでたく……。先ほどは、また、ご無礼のほど——いかに、人目をあざむくためとはいえ、お身体に手をかけ申しあげたこと、ご容赦のほどを。これ、このとおり……」

「えらく、低姿勢だな。定国」

少年——白戴星は、気を悪くした風もなく、笑ってぞんざいな口をきいた。勧められた上座をためらいもなく占めて、行儀わるく脚を組み、運ばれてきた茶と菓子にさっさと手を出している。

その、機嫌のよさを上目づかいに見てとって、老人は密かに安堵の息をついた。と、同時に、少年のかっこうに注意がいく。

髪も衣服も、埃で白くなっているのはともかくとして、長靴は泥だらけ、衫《さん》の裾も同様で、ところどころ裂けている。どこでなにをしていたのかと、老人は内心で首をひねった。

王欽若、字を定国といえば、先の宰相で、寇準の政敵でもあったが、先年、宰相を罷免《ひめん》され杭州の知事を拝命した。つまり、左遷《させん》されたわけだが、病を理由に赴任をひきのばしていた。赴任する前に命令が撤回されることを期待して、あれこれ工作していたらしい。だが、実際は開封の酒楼で遊びほうけていることが多く、あげく、史鳳に難癖をつけていた現場を、范仲淹、包希仁らにおさえられている。

その上、開封を出発する際、戴星たちの脱出騒ぎに巻きこまれて、河に落とされているから、縁は浅くないというわけだ。

その、おなじ日に開封を出たはずの戴星が、今ごろになって目の前にあらわれたことに、王欽若はもうひとひねり、首をかしげていた。

「そういえば——少爺。あの者どもは、いかがなさいました」

「あの者？」

「あの……書生と小娘が、ごいっしょしておりましたな、東京を出られるおりには」

「ああ」

とたんに、戴星の機嫌が悪くなり、王欽若は首をすくめる。

「途中で、別れてきた」

「どこへまいりましたので」

「知らん。故郷にでも帰ったんだろう」

「それで、少爺には、今日、杭州にお着きで？」

あわてて、老人は話題を変えた。

「いや、五日前に着いた」

「そ、それでは、なぜ、すぐにお声をかけてくださいませんでした。今まで、どちらにお泊まりでございましたか」

「そのへんで、野宿していた。江南は、さすがにあたたかいな。風邪ひとつ、ひかなかった」

王欽若は、あきれはてた。型やぶりな公子だとは、つねづね聞いていたが、これが皇帝の甥《おい》、仮にも皇太子候補にあがっている人物のすることだろうか。

「なんという無茶をなさる。なにごとかあったら、いかがなさるおつもりですか」

「事が起きた方が、おまえたちには都合がいいんじゃないか？」

戴星は、しらりとした顔つきで、王欽若がぎくりとするようなことをいいだした。

王欽若は、寇準と仲が悪い。つまり、寇準の政敵たる丁謂の閥であるということだ。そして、丁謂は戴星の仇《かたき》ともいうべき劉皇后の一味である。

ここで戴星の身に何事かあっても、よろこびこそすれ、悲しんだり心配したりする立場ではないはずだった。

だが、王欽若は両手を顔の前でふって、懸命に否定してみせた。

「私は、娘子とも丁公とも無関係でございますぞ。そもそも、私が左遷されたのは、丁公言めのせい。恨みこそすれ、あちらに同調せねばならぬ義理は、かけらもございませぬ」

「とすると、おれの機嫌をとって、今度は、父上にとりいろうという魂胆か」

「少爺――」

がっくりと肩を落として、老人は力なく首をふった。

「いちどきに、信じていただけようとは思いませぬが。それは、あまりにも情けないおことばです。ならば、なぜ、お話があるなどと、おいでになりましたか」

「ああ、そうだ。忘れていた」

少年は、菓子をほおばりながら手を拍《う》った。自分から話があると来ておいて、忘れていたはないものだと、王欽若はあいた口がふさがらない。

「女をひとり、さがしてもらいたい」

「女――でございますか」

とたんに、うさんくさそうな顔になった老人を見て、戴星はにやりとわらう。

「いやな顔をすると思った。やはりな」

「い、いや、けっしてそんな意味では」

「変な話じゃない。李絳花という芸人だ。昔は花娘《かじょう》と名のっていたらしいが、もう、使っていないと思う。歳はもう、四十近いはずだ」

生母をさがしているとまでは、戴星もうちあける気はなかった。彼が、今上の天子の実子という事実は、まだ秘中の秘である。

「その者が、なにか？」

「とにかく、さがしてくれればいい。おれひとりの力じゃ、手がかりもつかめなかった」

「では、この五日、その女をおひとりでさがしまわっておられたと？」

「実は――三日前に、みつけたんだが」

「はあ」

秘密めかして声をひそめる戴星につられて、王欽若も身をのりだす。

「人ちがいだった」

「さ、さようで……」

「名前もおなじ、芸妓がいたんだが、これがどう見ても二十歳そこそこだった。十七年前に二十歳だった者が、今も二十歳なわけがない」

もしも、この場に包希仁がいあわせていたら、もしや——と、思いあたることがあったかもしれない。だが、戴星は崔秋先のことなど、忘れ果てていた。今は、李絳花と李妃の行方をさがすことだけで、頭がいっぱいだったのだ。

「それでも、ひとりでさがしてみる気だったんだが、金がなくなった。寝るのはどこでもいいが、腹がへっては動きがとれない。そういうわけで、悪いとは思ったが声をかけた。知州なら、その権限で杭州の人別ぐらい、調べられるだろう」

衣食足りて礼節を知るというが、この少年の場合、食さえ足りれば、他の悪条件はさしたることもない、少々のことには目をつむれるらしい。

一方、面倒をおしつけられた王欽若の表情は、当然、冴《さ》えてはこない。

「職権の濫用《らんよう》をせよと、おおせられますか」

「いいんだぞ、べつに。おまえが一生、杭州の知州で終わりたいというならな。どうせ、政務も執らずに、遊びほうけていられることだしな」

　これは、りっぱな脅迫である。

「少爺、少爺——」

　王欽若は、あわてざるをえない。この少年が皇帝となる可能性は、今のところ、五分である。反対は多いし、当の本人がこんなところに飛びだしてきているあいだに、他の者が太子にたつことも考えられる。だが、即位した場合には、今、売っておいた恩が大きな利益となってかえってくるのは確実である。

　またたとえ、なれなかったとしても、彼への協力がまったくの無駄骨になる可能性も少ない。どうころんでも、彼は八大王の世嗣である。

「承知いたしました。——とにかく、今宵ひと晩、ご猶予をいただけませぬか。部屋を用意させます故、少爺もゆっくりとお休みいただいて、すべては明日、相談の上でということで、いかがでございましょうか」

「うん」

　と、意外にあっさり、戴星はうなずいた。

「それでは——」

　と、すかさず食事の用意を命じる。急なことで、ろくなものがないといいながら、大皿がずらりとならんだ。西湖で獲れた大きな魚の揚げ物が出たときには、王欽若もさすがに首をすくめた。賓客《ひんきゃく》のためにいそいで用意したものにしては、立派すぎたのだ。なんといって皮肉を浴びせられるかと、心配したのだが、戴星は食べることに熱心なようで、批判がましいことばはついに出てこなかった。

用意した部屋に、少年がひきとってしまうまでの数刻、王欽若はびくびくしどおしだった。

――公平に評価すれば、王欽若はけっして無能な男ではない。特に、文筆の分野にかぎっていえば、りっぱな天分の持ち主である。『冊府元亀《さっぷげんき》』という史書がある。古代から五代の時代までの君臣の事跡を記したもので、全一千巻、完成までに八年の歳月を要した大事業である。これを編纂《へんさん》したのが、楊億《ようおく》という人物と、この王欽若なのである。

ただ、文才はあるが、それでのこりの欠点がすべて相殺になるわけではない。王欽若の短所は、上におもねるのを恥としないことと、手を組む相手を次々と変えることだった。丁謂と結んで、いったんは寇準を失脚させたものの、おのれの言動が命とりになって罷免されると、今度は寇準にとりいろうとした形跡がある。今も、戴星に対しては否定してみせたが、うまくすれば、未来の天子に対して功績をかせいでおくという計算がはたらかなかったといえば、真っ赤なうそになる。

どちらにしても、彼自身がさがして歩くわけでなし、損な取引ではない。

戴星の依頼に、即答をあたえなかったのはただ、もったいをつけて、高く売りつけようとしただけのことだった。

　が、ひとりになってまもなく、彼は返事を保留した自分の判断が正しかったとよろこぶことになる。府の役人だか家令《かれい》だかが、おずおずと書簡を持ちだしてきたのだ。

　それを一読したとたん、王欽若の顔色が変わった。

「使者は、いままでなにをしていた。なぜ、早くこれを取り次がなかった」

「は、いえ。使者は暮れ方にはまいっておりましたが、殿はお出掛けで。お帰りになったらなったで、急なお客人とかで――」

　そういいわけされては、無下に家令を責めるわけにもいかない。

「いかがなさいましたので？」

　問われて、

「東京からだ。寇萊公が、雷州《らいしゅう》（現在の広東省海康付近）の司戸参軍《しこさんぐん》に任じられた」

　口調は重苦しそうだったが、渋面をつくるには失敗した。

「さ、左遷でございますか」

「場所が場所だ、配流《はいる》だな。これで、決まったか――」

　長年の、寇準と丁謂の争いに決着がついたと、王欽若は確信した。

　と、同時に思いうかべたのは、この杭州府に在る、戴星のことである。

　寇準は、八大王と親交がある。丁謂は皇后派で、八大王の大公子の立太子には難色をしめしている。

ということは――。

いま、高いびきでねむっているはずの戴星をとらえて開封へ送れば、劉皇后の意に適《かな》うわけだ。

この男の困ったところは、こういうことになると思いつくだけではなく、すぐに行動に移してしまうことだ。

「これ、耳を貸せ――」

さすがに声はひそめて、家令に命じた。官庁であるから、夜にはいっても当直の衛兵がいる。それをひそかに集めるよう、指示したのである。

「捕らえるだけだぞ。できれば、傷をつけずにとらえて――そうだな、明朝一番で身柄を送れるよう、船の手配もしておくように」

命じられた方は、ただ是というばかりである。命令に、いちいち理由を問いただしていてはきりがないし、出世もおぼつかなくなるというところだろう。

これは運がむいてきたと、ひとりほくそ笑む王欽若は、つい先ほどまで梁《はり》の上からそそがれていた視線に気がつくはずもない。

用意ができたと報《し》らせる声に、王欽若はみずから、人の先頭に立って奥へはいった。部屋の扉の前でまず、中の気配をうかがう。

「少爺、もうお寝《やす》みでございまするか」

しんとしずまりかえって、なんの反応もなかった。

「少爺」

こちらの扉側には、十人、窓の外にやはり十人を潜ませた。少年の武術の腕前はうわさに聞いているが、素手で、この人数を全員たたきふせることは無理だと思われた。

扉から数歩、ひきさがりながら、王欽若は手真似で合図を出した。

それ、とばかりに、男たちが扉を蹴やぶる。同時に、窓をたたきこわす音も聞こえた。

つづいて怒号と足音が入り乱れ――。

そして、ふたたび、あたりはしんと静まりかえってしまった。

拳《こぶし》をにぎりしめて成果を待っていた王欽若は、肩すかしをくらったかたちとなった。

「ど、どうしたのだ」

「だれも、おりません」

「な、なんだと――」

ころげるように走りこんだ部屋に、たしかに少年の影もかたちもない。

(逃げられた)

危機を察知して、いち早くのがれたのだろう。そうすると――。

老人の顔が、夜目にも青くなった。

「さ、さがせ！　なんとしてもさがしだして、ひっとらえよ！」

おのれの裏切りがばれたのだ。一刻も早く身柄をおさえなければ、こんどはこちらの身があやうくなる。

号令一下、配下たちは外へ飛びだす。壊れた窓の桟《さん》や家具がころがる床の上に、老人は血の気のひいた顔でへたりこんだのだった。

第五章　六和塔風雲《りくわとうふううん》

冷たい床にすわりこんだまま、王欽若《おうきんじゃく》はしばらく、身じろぎもしなかった。動きたくとも、身体がいうことをきかないらしいのだ。

それを、梁《はり》の上から見おろして、

「ああ落胆しているところを見ると、気の毒になってきたなあ」

ひっそりとつぶやいた者がいる。

いなくなったはずの、戴星《たいせい》である。太い、ひとかかえもあるような梁の上は、身をかくすには最適の場所だった。卓子《つくえ》の上にあがっても届くような高さではないから、衛士たちの注意も、ついおよばなかったものとみえる。ただし、日ごろ掃除のいきとどくようなところでもない。王欽若が用意させた、こざっぱりした戴星の衣服は、とっくに埃まみれになっている。それを気にもせず、上から王欽若のようすをうかがいながら、ぼそりとつぶやいた彼に、

「そう思うなら、降りていってやれ。止めんぞ」

冷たいいいはなったのは、まぎれもなく殷玉堂《いんぎょくどう》の影のような長身である。

どこまで本気かわからないそのせりふに、しかし、戴星はにやりと笑ってみせただけだった。

「姿を見せてやったら、どう反応するだろうな、あいつ。捕らえようとするか、いい逃れをはかるか。……悪い奴ではないと思うんだがなあ」

王欽若、年齢は丁謂《ていい》と同じ、寇準《こうじゅん》とは一歳ちがいの五十九歳のはずである。四十歳以上も年長の高官をつかまえて、このいいぐさはないが、戴星が口にすると妙に説得力があった。

軽率ではあるが、どうも滑稽味《こっけいみ》の方が先にたって、憎む気にはなれないということか。たしかに、丁謂や劉《りゅう》皇后たちの陰惨さと執念深さにくらべたら、はるかにましかもしれない。戴星のせりふは、同時に玉堂に対する皮肉でもあった。

それを敏感に感じたか、玉堂は端正な顔を不快そうにゆがめた。

「なんなら、ここからつき落としてやってもいいが」

「襲撃を教えてくれて、ここまでひっぱりあげてくれたあげくに、つき落とすのか。手間ばかりかかって、ご苦労なことだ」

戴星は、はなからとりあわなかった。そして、たしかに彼のいうとおりだったから、玉堂の表情は、さらに不機嫌になった。

だいたい、戴星の命をねらってしのびこんできたはずが、なんで助けてやる気になったのか、自分でもわからない。危機を教えてやるだけならまだしも、手を貸して梁上《りょうじょう》までひっぱりあげてやり、ここでともにひそんでいるとなると、さっぱり理解の外である。

敢えていうなら、ここの知州に少年を捕らえられてしまうと、自分の受けた仕事が成立しなくなり、報酬を要求できなくなるから——だが、それほど金銭が欲しいわけでもない。少年に告げたとおり、不安定な姿勢で下をのぞきこんでいる彼を今すぐつき落とせば、それですべて片がつく。気がすすまないのは、たぶん、少年が素手である上、一見、あまりにもあけっぴろげだからだろう。

もっとも、隙だらけのように見えて、用心は十分にしている。今、不用意にかかっていったら、落ちるのは玉堂の方かもしれない。

だいたい、玉堂が最初に梁から声をかけたときも、彼はおどろかなかった。

開口一番、

「やあ、めずらしいところで逢うものだな」

と、きたものである。

玉堂とは、開封《かいほう》で一夜のうちに二度までもでくわしている。二度とも、あまりいい状況では顔を合わせていないから、危険を伝えても信用されるか、玉堂自身、懐疑的だった。

だが、少年は梁の上からのばされた玉堂の手を、ためらわずにとった。王欽若の変心を伝えてやっても、

「どうせ、そんなところだと思った」

と、あっさりしたものだ。

顔色を変えたのは、寇準の情報を教えたときだけだった。

「なにがあった。詳細は？　なにか聞いていないか」

つかみかからんばかりに訊いてきたが、玉堂にそこまでわかるわけがない。冷たい視線で見返されて、

「ご老人、無理をしたな」

そうつぶやいて、痛ましそうな表情をつくった。

「雷州《らいしゅう》の司戸参軍《しこさんぐん》か——」

司戸参軍とは、各州に配置される民政官である。だが、中央からいきなり地方官への異動とは実は、表向き左遷の形式をとった流罪《るざい》にほかならない。しかも、場所が場所だ。広南西路、雷州は中国の版図の最南端ともいうべきちいさな半島である。その先にあるものといえば、海南島だけ。未開の地である上に、湿気が多く風土病が多発する、瘴癘《しょうれい》の地である。

宋には、言論をもって士を殺してはならないとする、太祖《たいそ》・趙匡胤《ちょうきょういん》の遺訓がある。刑

法に抵触《ていしょく》する場合、またあきらかに謀反の意図があった場合をのぞいて、士大夫はたとえ皇帝の勘気をこうむったとしても、こうして左遷されるだけにとどまる。

だが、どれほどの大罪があったとしても、これは過酷すぎる。健康で意気さかんとはいえ、六十歳の老人の身に辺地の暮らしは耐えられまい。事実上、死ねといっているようなものではないか。

「──上は、いったいなにを考えておられる」

「それほど、心配か」

玉堂が訊いた。年長者をおしなべて敬うような少年ではないことは、十分に知っている。血縁でもない老人の身を、この戴星がこれほどまでに案じるのが、不思議だったのだ。

「寇莱公《こうらいこう》には、恩義があるんだ。……親父が、なんとかしてくれればいいんだが」

沈痛なおももちでつぶやいたとき、王欽若の声がかかったもので、その話はそこまでになった。

とにかく、今夜、戴星に逢ってからこのかた、玉堂は調子がくるいっぱなしなのである。

「しかし、困ったな。あいつ、ここでひと晩すごすつもりかな。出ていってくれないと、こっちも逃げられないんだが」

戴星がつぶやいたとき、やっと老人が動いた。さすがに、身体が冷えてきたのだろう。のろのろと這うようにたちあがり、物にすがるようにして出ていく。

「やっと、行った。おれたちも――」

たちあがる戴星を制して、

「今しばらく、ようすを見た方がいい。どうせ、この警戒態勢は長つづきせん」

ここで、ようやく戴星は奇妙な表情で玉堂を見やったのだ。

「……おまえ、本気でおれをたすけてくれるつもりか」

真顔で問われて、玉堂は一瞬、返答につまる。

おまえの命をねらいにきたと、正面きって告げたわけではないが、あらましは戴星も察知しているはずだ。すくなくとも、あの玉堂が、わざわざ自分の危急を救いにあらわれたと思うほど、彼も楽天的ではあるまい。

かといって、ここに至っても玉堂は、どうするか決めかねていたのだ。それでも、

「報酬次第だな」

ためらいの色はみせずに、なんとかいいぬけた。

「おれは、文無しだぞ。聞いていたんだろうが」

「あと払いでいい」

「そんな約束は、できない」

真剣な表情できっぱりといわれて、玉堂はまた内心でとまどう。

「理由など知ったことじゃないが――敢えて訊く。なぜだ。無事に東京《とうけい》へ帰れば、おまえ

は」

「おれは、なにになる気もないからな」

相手を中途でさえぎった声が、われ知らず高くなった。あわてて自分で口をおさえる仕草は、まだ世間知らずでむこうみずな少年のものだ。そのくせ、決然としたおとなの眸《ひとみ》で、

「人をさがすために、家を出てきた。さがしあてたら——たぶん、東京へはもどらない」

いいきった。

玉堂にとって、他人の事情など知ったことではないはずだった。にもかかわらず、突然、興味がわいてくるのをおさえることができなかった。

「李絳花《りこうか》とかいう、女か。なに者だ」

王欽若との話にも、その名があったことを玉堂は思いだしていた。

「唯一の手がかりなんだ、行方を知っている——」

そういってから、ぐいと身をのりだして、

「知らないか」

「あいにくだが」

「そうだろうなあ」

たいして期待してはいなかったらしく、がっかりした風もなかった。

「そういえば、おまえの連れはどうした。小娘がいただろう」

「知らない」

戴星の方もそっけない。かばっているわけではないのは、そのそぶりでわかった。むっとなったその顔つきが、なにより正直だ。

「鎮江《ちんこう》で、別れた」

「書生は？　たしか、包《ほう》とかいった」

「――なんで、希仁《きじん》のことを知っている？」

玉堂は、戴星と包希仁がともにいるところを、遠くから見かけている。それが発端になって、多少だが会話をかわすことにもなったのだが、戴星はふたりが逢っていることを知らない。疑問はもっともなことだった。

「話してやる義理はない」

そういって、つきはなすことも玉堂にはできた。そうしなかったのは、少年の気魄《きはく》と好奇心に負けたからだ。

例の夜、好奇心につられて包希仁のあとをつけ、范仲淹《はんちゅうえん》の邸まで行ったいきさつを、手短に話してやる。狄妃《てきひ》があらわれ、包希仁に息子の身柄を託した一段に話がおよぶと、少年は舌うちをして頭をかかえた。

「あいつ――母上のまわし者だったのか。それで、裏切り者か」

「なんだ、それは」

「妙なじいさんに、そういわれた」

（――つまり、がらにもなく人間不信におちいって、連れと別れてきたわけか）

われ知らず、玉堂はうす笑いをうかべていたらしい。

「なにがおかしい」

と、少年ににらまれて、玉堂はあわてて口のあたりをかくす。実際に白刃《はくじん》をかわしたこともある相手に、これほどの馴れ馴れしさだ。そのくせ、味方になるべき人間に対しては、神経をとがらせ、はりねずみのようになっているのが奇妙といえば奇妙、孩子《こども》っぽいといえば、いかにも稚《おさ》ないように思えた。

おそらく――玉堂が敵だという前提があるからこそ、逆に戴星は態度を軟化させている。心情のもっとも奥の部分に無遠慮に立ちいってくる心配もなく、敵愾心《てきがいしん》をむきだしにしたところで、責められることもない相手だからだ。

「それで、どうする気だ」

「決めたことにかわりはない。女をさがしだして、話を聞いて――それからのことは、それから考える」

「知州に頼んだのは、無駄だったな」

玉堂が、めずらしくからかうと、

「そんなことはない」

あわてもせずに、即答がかえった。

「おれを捕まえたいなら、女をさがしだして網を張るのが、一番てっとりばやいはずだ。だとしたら、おれは王定国《おうていこく》を見はっているだけでいい。定国が、女の居場所を教えてくれるという寸法さ。どうだ、頭がいいだろう」

と、ひとこと、よけいなことをつけ加えた。玉堂は、わずかに肩をすくめてみせただけで、是も非もいわない。

「なんだ、なにか、文句があるのか？」

「いや、われながら莫迦莫迦《ばかばか》しくなってきただけだ。こんな豎児《がき》相手に、なにを手間どっているんだと思ってな」

「なんなら、今、ここで勝負してやっても、いいぞ」

少年は、眼をきらめかせながら大きく出た。

「ねらいは、おれの命だったんだろう。依頼主も、あらかた見当がついている。だったら、さっさとけりをつけた方が気が楽だ。おれが負けたら、どうにでもするがいい。だが、そっちが負けたら、手を引くというのはどうだ」

「徒手《からて》の豎児を殺《や》っても、名折れになるだけだ」

玉堂は、鼻先で笑った。

「ごあいさつだな。負ける気はしないんだが」

たしかに、一度、開封の芝居小屋でわたりあったときの少年の技倆《うで》にも気魄にも、目をみはるものがあった。玉堂の矜持《きょうじ》も高いから、こんな豎児に負けるつもりはない。が、あらためて、条件をおなじにして戦ってみたいという気にはなった。われながら粋狂《すいきょう》だと思ったが、気まぐれは、玉堂の天性のようなものだ。思いつくともう、だまってはいられなかった。

「刀か剣か、得物を調達《ちょうたつ》してこい」

「銭がない」

「これをやる」

ほうってよこしたのは、銀の塊である。

「——前金か」

自分を亡き者にするための、依頼金かと訊いたのだ。そうだとしたら、ひどい皮肉だと思ったのだろうが、玉堂は首をふった。

「ここの知州が、さっそくにためこんでいた賄《まいない》の一部だ。遠慮なく使え」

「のこりの金は？」

「さあ、寺にでも寄進《きしん》するか」

「——妙な奴だな、おまえ」

戴星は、心底、楽しそうな顔になった。

「妙なのは、どっちだ」

「おたがいさまというわけだな」

「おまえみたいな豎児（ぎじ）と、いっしょにするな」

玉堂は、本気で怒った。それを、かるく受け流して、

「まあ、いい。どこで、落ちあう、刺客《しかく》どの？」

これでは、どちらがねらわれている方か、わかったものではない。

「六和塔《りくわとう》」

「刻限は？」

「明日、夕刻」

「承知した」

「――そろそろ、行くか」

明かりも消えた下の部屋をのぞきこみ、外の物音に耳をすまして、玉堂がうながした。

時刻は三更《さんこう》（午前零時）すこし前ぐらいか。

「塀の外までは連れていってやる。そこから先は、自力で逃げろ」

「わかった。へまをやって、約定《やくじょう》をたがえるなよ」

「それは、こっちのせりふだ」

玉堂のいらだちは、なかなかおさまりそうになかった。

おなじ頃。

開封の城外、郊外の邑《むら》の小さな宿である。

夜、城門が閉まるまでに城内にはいれなかった者や、朝早く出発する者のために、こういった施設がもうけられている。

この夜、この宿の客には、ものものしい警備がついていた。一行の中心とおぼしき白髯《はくぜん》の老人には、常時、ふたりの従者がついて、一瞬も目をはなさない。よほど重要な人物らしいが、それにしては、あるじも護衛も人目をしのぶように顔をかくし、口数も極端にすくなかった。

なにか事情があるとは思ったが、宿の者は関わりあいをおそれて、なにも聞かず見ないふりをしていた。

ところがである。その一行を追って、この夜分におとずれた、もう一組の客があったのだ。

こちらも、衣服は地味で目だたないようよそおっていた。あるじらしい壮年の男は、顔を頭巾様《ずきんよう》のものでおおうという用心の仕方である。ただし、あるじと従者ふたりの乗馬が、そろってたくましい駿馬《しゅんめ》であることまではかくしようがなかった。こんな馬は、よほどの貴人か分限者《ぶげんしゃ》でないと、持てるものではない。

宿の者は、なにごとかと固唾《かたず》をのんだ。

後からの壮年の貴人が、先の一行の従者と、なにごとか小声で交渉をはじめる。後の男の口調の方がはげしく、警護の従者たちは圧倒されたあげくに、奥の一室から引きあげた。扉の外には監視役が立ったが、ともかく室内は、あるじ同士、ふたりきりになったのである。

夜分、突然、室内にあらわれた訪問者に、白髯の老人は一瞬、ぎくりとなる。が、

「——商王《しょうおう》殿下」

ていねいに一礼した。

微服《びふく》に身をやつしてはいるが、八大王を知る者にはしぐさだけで、それとわかったのだ。

八大王《はちだいおう》も、顔をおおう布をとりながら、

「寇萊公」

まっすぐに、よびかけた。

沈痛な表情が、ちいさな油燈の明かりの中にあらわになった。

「急を聞いて、とるものもとりあえず、とんできた」

「おそれいります。ごらんのとおりの仕儀とあいなり果てました」

白い髭《ひげ》を手で撫でながら、老人は苦笑した。数日見ないあいだに、痩せて一挙に年齢《とし》を

とった寇準の姿に、八大王はすぐに答えることばをもたなかった。

「どうぞ、おかけくだされ。と申しましても、ろくな家具もない安宿ではございますが」

寇準は笑って、みずからがかけていた椅子を譲ろうとする。八大王は、固辞する。ゆずりあったまま、八大王は性急に話を進めた。

「……いったい、どうなっているのだ。一国の宰相から雷州の司戸参軍とは、あまりにも突然ではないか。しかも、正式な告示もないままに、身柄を送るとはどういうことだ。相公《そなた》に、なんの科《とが》があったとも、聞いておらぬぞ」

「どうやら、内密にことが運ばれたらしゅうございましてな」

興奮気味の八大王とは対照的に、寇準は落ちつきはらっている。いや、正確にいえば、精神の張りのようなものを失って、憤慨する気力も出ないようなのだ。

「どうやら、丁公言《ていこうげん》が任免を奏上し、娘子《じょうし》が承認されたことのようで」

「そう、らしいな」

八大王の顔は、苦渋とやり場のないいきどおりとでゆがんでいた。

皇后は、摂政となったわけではない。が、天子が政務を執《と》らないのだから、事実上、皇后が下した命令はそのまま正式なものとなるのだ。

「この件が人に知られる頃には、臣はとっくに長江《ちょうこう》を越えて——そろそろ、雷州にはいっているかと覚悟しておりましたが。ここで殿下にお目にかかれたとは、幸甚至極《こうじんしごく》。よくぞ、おいでくだされた。なににもまして、うれしゅうござる」

寇準の謙虚なせりふに、逆に八大王の怒りは増す。

「このようなことがあってよいのか。帝のまったく知らぬところで、臣下が勝手に罷免《ひめん》されるなどということが——！」

「おしずかに、殿下」

あの豪放な寇準が、扉の外の監視を気にしてか、声をひそめるよう手ぶりで示しましたのだ。すっかり牙をぬかれたかと、八大王はさらにいらだちをつのらせる。寇準のあまりの変わりように、怒りをもっていく場がなくなったことも追いうちをかけた。

「もどったら、さっそくに上に申しあげる。さしたる科もないし、陛下も結局は相公《そなた》を信頼しておられる。この件は、すぐに撤回となるはずだ。萊国公、しばしの辛抱だぞ」

「お断りいたします、殿下」

とたんに、寇準の口調が意外なほどきっぱりとなったのである。

「なんといった、萊国公——」

「軽挙妄動はおつつしみあれと、申しあげるのです。どうか、殿下。大公子《だいこうし》が無事におもどりになるまでは、丁公言ごときに乗じられるようなことがあっては、ならぬと思われませぬか」

「しかし——」

「公言めのねらいは、臣ひとり。臣が中央からいなくなり、あの者の権勢をしのぐ者がいない間は、気も安らぎ、他人を陥れるようなことは謀《はか》りますまい。だが、臣をかばい復帰をはかる者があれば、容赦はなくなりましょうぞ。今でさえ、娘子をそそのかし申しあげ、味方につけて、こわいものなどなくなっております。たとえ相手が、皇族方であろうと——」

「相公を、見殺しにせよと申すか」

「敢えて、そう、申しあげる」

それまで、しなびたようにうつむいてばかりいた寇準の面が、わずかにあがった。その両眼の底が、ほんの一瞬、炯《けい》と輝いたのを八大王は見た。

そのまま、ついに彼は、寇準をひきとめることばを失ってしまったのだった。

寇準の眼の光は、すぐに消えた。かわってぐったりと疲れ果てた老人の、気弱そうな微笑がうかびあがる。

「危険をおかして、このようなところまでわざわざお運びいただいたこと、この老夫、生涯忘れませせぬ。おかげで、最後にひと目、御顔を拝することができましたわい。それにしても——」

と、小首をかしげる。

「殿下には、この件、どうやってお知りになられましたか。すべては、秘密裏に処理されて、知る者はごくわずか、公言めの一味にかぎられているはず」

「こうなってしまったから、白状するが――」

ようやく、あきらめがついたのか、八大王は重い口をしぶしぶと開きかけて、また閉じた。

「是非、お聞かせねがいたい。閻羅《えんら》の前に出て申しひらきするおりに、なにも知らぬではすまされませぬからな」

「宦官のひとりが、報《し》らせてきた」

「なんと――？　殿下、いつからあの輩《やから》と、つながりを持たれておられた」

「相公《そなた》は、宦官どもを毛ぎらいしていたからな。他の者にことが洩れるのも懸念して、相公にも極秘にしてきた。だが、心根のしっかりした者も、稀にだがいるのだ。名を陳琳《ちんりん》という。受益《じゅえき》を――相公の息女から託されて、わが家へつれてまいった当人だといえば、信用してもらえようか」

「宮娥《きゅうが》の……」

今度は、寇準が絶句する番だった。

劉妃《りゅうひ》の陰謀で、肉塊とすりかえられ殺されるところだった嬰児《あかご》をあやういところで連れだしたのは、劉妃の侍女だった寇準の娘、寇宮娥であった。だが、発見されて追いつめられ、瀕死《ひんし》の重傷を負ってひそんでいるところを、陳琳に発見された。

陳琳は宮娥にたのまれ、嬰児の生命を最優先させて、ひとりでその場を脱出する。その判断は、まちがっていなかったはずだ。だが、あとにのこった宮娥は、結局、生死も判然としないまま行方を断って、十七年が過ぎている。

「あの者は、ご息女を救えなかった、申しわけないことをしたと、今でも、みずからを責めている。ただ、後宮から受益を守ることで、せめてもの罪ほろぼしになればと、こうして、重要な情報をひそかによこしていた」

「そのおかげで……、今宵、こうして殿下においでいただけたわけですな」

八大王は、無言のままにうなずいた。

ちいさな灯明かりの中で、老人の影がそのうごきをそっくり真似た。

「その者に、お伝えくだされ。感謝しておると。おそらく、娘も同様に」

「かならず」

「最後に、よいことを聞かせていただいた。殿下、このとおり、幾重にも感謝……」

「最後最後と申すな。相公には、できるだけ身体をいたわっていてほしい。時を待って、きっと呼びもどす。それまで、壮健でいよ。これは、内からだ」

ずっとかかえていた包みを、さしだした。中身は、真新しいひとそろいの衣服である。狄妃が用意したものらしい。遠方へ、突然の配流である。家財を送るだけの余裕もなく、またそんなぜいたくがゆるされようはずもない。この必需品は、なによりの配慮だった。

「これは、ありがたく頂戴いたす」

目の上へさしあげて、寇準はうやうやしく一礼した。

「必要なものがあれば、遠慮なく申せ」

「どうか、ご案じくださるな。地の果てでも華夏《かか》の一部、人の住まう土地でござる。住めば、それなりのこともございましょうぞ」

「道は、陸路か」

開封から南方へ向かう方法としては、水路もあるが、当然、陸路も整備されている。

戴星たちは汴河《べんが》をくだったが、実は、これは包希仁にとってはかなり遠回りな道であった。開封から廬州《ろしゅう》までは、蔡水《さいすい》という河沿いに、駅馬が行き来する街道が通じているのだ。

また、宝春《ほうしゅん》が桃花源をめざすのであれば、都からまっすぐ南下して漢陽《かんよう》に出、長江沿いに遡上《そじょう》して岳州、洞庭湖《どうていこ》に至るという方法の方が早いはずだった。陶淵明《とうえんめい》の『桃花源記』に出てくる武陵とは、この洞庭湖の上流なのだ。

ただ、宝春は桃花源への手がかりをもっておらず、やみくもに武陵に向かっても仕方がなかったし、包希仁には狄妃からの委託もあった。また、旅をするなら水路の方が楽ということもあって、汴河を使い、とりあえず戴星の事情を優先して杭州《こうしゅう》をめざしたわけだ。

――寇準の場合、雷州へむかうには、さきほどの漢陽、岳州を経て、さらにまっすぐ南下することになる。むろん、江南《こうなん》は水路もつかうことになるが、漢陽までは、おもに陸路を行くのである。

「そういえば、殿下。少爺《しょうや》のご消息は」

陸路、水路の連想で、寇準は思いだしたらしい。実は、八大王にとっては、これはあまり触れられたくない話題だったのだが、そ知らぬ顔をよそおうことはできた。

「無事だ。今ごろは、杭州だろう」

「杭州、でござるか。おなじ長江の南でも、天と地ほどにかけ離れておりますな。いま一度、お目にかかりとうござったが」

「無事にもどってくれれば、また逢えよう。道中、身体をいとうて——そうだ、不才の馬を譲ろう」

八大王は、そう告げた。

馬の善し悪しで、旅の苦楽はおおきくちがってくる。八大王の駿馬ならば、寇準の老体にかかる負担も、かなり軽減できるだろう。

「そのような。もったいのうござる」

「乗っていくがよい。不才からの、せめてもの餞《はなむけ》だ。受けてくれるか」

寇準はただ、くりかえし頭をさげることしかできなかった。

「こんな宿でも、酒ぐらいはあるだろう。運ばせよう。汴京《べんけい》では、親しく酒をのむこともできなかったが、今夜はつきあってもらうぞ」

一夜明けて、杭州は、うららかな良い天気にめぐまれていた。

汗ばむほどの陽気になった中、包希仁と狄漢臣《てきかんしん》のふたりはそれぞれ、前日とおなじく、杭州城内に出ていた。

希仁は寺と道観を、漢臣は盛り場をめぐっての聞き歩きである。

陶《とう》宝春は、宿にのこされた。王欽若の知事着任を確認し、殷玉堂の姿を見たあとでは、危険すぎると希仁が判断したためだった。王欽若は、宝春が戴星たちとともにいるところを見ているし、玉堂にいたっては、銭惟演《せんいえん》にたのまれたとはいえ、宝春をさらおうとして、祖父の陶老人を手にかけている。どちらとでくわしても、よい結果にはなるまい。

さいわい、漢臣はどちらとも面識がない。十三歳の少年とはいえ、ひとりで街を歩かせても心配ないどころか、冷静という点では戴星などよりよほど信頼がおけたから、希仁は安心して出してやった。

この日は遠出をひかえ、城内にあるちいさな寺をまわって、希仁は午《ひる》すぎに、いったん宿にもどった。

どうも、昨日にくらべて城内がざわついている。府兵の姿が妙に目についた。べつにうしろ暗い点があるわけではないが、希仁は用心することにしたのである。

宿といっても、やはり、上等なところではない。階下は居酒屋を兼ねていて、人の出入りがはげしいのはどこの宿でも、まずふつうの光景だが、昼間から酔客がくだをまいているようでは、あまり素姓のよい客もよりつくまい。

希仁は、その騒ぎを注意ぶかく避けて、二階へあがろうとした。その階段の途中で、ひと足早くもどってきたらしい漢臣と、でくわしたのである。

「師兄《しけい》――！」

あいかわらず、胸で数珠《じゅず》の音をさせながら、むこうから呼びかけてきた。

「どうしました」

「宝春がいない」

「あれほど、部屋から出るなといったのに」

かるく眉をひそめて、それでも一応、部屋までようすを見にいく。

「出ていっちまったのかな、やっぱり。白公子みたいに」

「荷物があるから、もどってきますよ。妙なことにさえ、巻きこまれていなければね」

「さがしに行った方が――」

「しばらく待って、帰ってこなければ、そうしましょう」

そういったくせに、希仁はすぐに階下へ降りていった。そぶりには見せなかったが、やはり心配だったのだろう。例の、酔漢のかたわらをすりぬけてもどってくる宝春の姿を見たときは、心底から、ほっと息をついた。

「外へ出るなと、いっておいたはずですが」

と、わざと峻厳《しゅんげん》な顔をつくった希仁へ、しかし、宝春は身体ごと飛びついてきた。

「みつけたの、みつけたのよ、希仁さん！」

「みつけたって――白公子をですか？」

「ちがう、李絳花って女の人。とにかく、そういう人が杭州にいるって話、聞いてきたの」

「あ、それで、思いだした、師兄。おいらも、白公子らしい若いのをみかけたって話、聞きこんできたんだけど」

年齢《とし》のわりに冷静なのはよいが、漢臣はどこか世間離れしている。のんびりとした口調でそう告げられては、希仁も、なぜ早く報告しなかったと、怒るに怒れなかった。

「いちどきに、両方は聞けませんよ。とにかく、かけて」

土間に置きはなたれた卓の、いちばん帳場に近いところに三人は席をとった。

菜を幾皿か注文して、年少のふたりにまず食事をさせようとした。が、宝春は、興奮のあまりか、茶以外は喉をとおらない。

「早く行かなきゃ、のんびり食べてなんかいる暇はないわ。こうしてるあいだに、いなくなったら、どうするの」

「おちつきなさい、宝春。そのご婦人が、めざす相手だとしたら、十七年間、このあたりにいたわけでしょう。今日、明日に消えてなくなることは、まず、ありませんよ」

「もしもってことが、あるじゃないの」

「そんなに、あやふやな身の上なんですか。突然、ふらりと行方をくらませるような」

「芸人だそうよ。軽業の親方に聞いてきたの。あたしとおなじ――以前とおなじように、長江沿いを行き来して、大道で芸を見せたり、それから、酒席をまわって歌をうたったりしてるらしいわ」

「十七年ものあいだ、おなじことを？」

希仁に指摘されて、宝春ははたと息を呑む。その表情には、みるみる落胆の色がひろがっていった。

「……そうよね。考えてみれば、おかしいわよね。だいたい、年齢があわないし。じゃ、人ちがいだったんだわ」

と、本人は知らないことだが、昨夜の戴星とおなじことを口にした。戴星と条件が異なっていたのは、むろん、そばに知恵袋がひかえている点である。

「まるきり、無関係ではないかもしれませんよ」

「え？　だって」

「偶然と決めつけることはない。おなじ名ということは、なにか関わりがあっても不思議がないでしょう。たとえば娘。弟子ということもあります。とにかく、いちど会って、話を聞いてみる価値はあるでしょう」

「ああ——。だったら、あたし、すぐに行ってくる」

聞いたとたんに、宝春は卓から跳ねあがり、その場から駆けていこうとする。

「待ちなさい。行くなら、いっしょに行きます。その前に——」

希仁が眉をしかめたのは、例の酔漢がなにやら意味不明なことをわめきだしたからだ。もっとも、席は遠くはなれており、男の関心も表の広い通りの方へむかっていて、こちらに来る気配はなかった。

「漢臣の話を聞いてからです。それで——?」

「あ、ああ、白公子のことだね。鍛冶屋《かじや》で、妙な細工を注文してった奴がいるって」

こちらは、さっきからひとりで皿や鉢をかかえこんで、健啖家《けんたんか》ぶりをみせている。寺育ちだから粗食には慣れてぜいたくはいわないが、量は必要らしい。しかも、峨眉山《がびさん》では口にできなかった肉や魚も、ここでなら、だれはばかることなく食べられる。杭州は、西湖と銭塘江《せんとうこう》、それに海と、魚が豊富な土地だから、食べだしたら満腹するまで、なかなか箸を休めようとはしないのだ。

「妙な細工?」

「うん、これぐらいの白木の棒を」

と、両手を肩はばよりすこし広げて示し、

「三本もちこんで。これを、短い鎖かなにかで一本につなげてくれって、置いていったっていうんだ」

「なんに使うんです、そんなものを」

「棍《こん》の一種でさ。おいらたち、峨眉派はあまり扱わないんだけど、最近、嵩山《すうざん》で教えてるものなんだ。三節棍《さんせつこん》っていうんだけど」

「つまり、武器なんですね」

「鎖でつなげたところが、自在に動くだろ。これで相手の得物を奪ったり、とりおさえたりもできる。短くも長くも使える。刃物じゃないから、斬られて血が出るってことはないけど、うまい奴になると刀をもたせるよりこわいそうだよ」

戴星が、そんな道具のあつかいにまで習熟しているかどうか、希仁には知識がない。が、有り得ることではある。

「でも、そんなもの、なにに使うの」

とは、宝春の当然の疑問である。

「刀子《とうす》を置いていったわけですからね。身を守るものは必要でしょう。しかし——今ごろになって急にそんなものを、わざわざ作らせるというのは妙ですね。なにごとか、起きたのか——」

と、なにやら、考えをめぐらしているようだった。

「それで、その道具は、もうできあがってるんですか？」

「いや、夕方まででいいって、銭だけ置いていったって」

「とすると、夕刻にその鍛冶屋へ行けば、白公子に逢えるわけですね。——行きましょうか」

「夕方までには、時間があるぜ。師兄」

「宝春の方の用事を、先にすますんですよ」

よろこんだのは、宝春である。希仁の腕をとらんばかりにして、表へ飛びだそうとする。漢臣は、飯を口いっぱいにかきこんでおいてから、後を追った。

が、すぐに三人は足止めをくった。

表の通りから、数人の官兵がどやどやとはいってきたのだ。

酔客が、往来の人間とけんかをはじめた。それを通りかかった官兵が、面倒とばかりに両者とも捕らえてしまったのだ。ついでに、宿の土間にいた者も、帳場にいた宿の主人まで外へ追いたてたのは、関わりあいを調べるふりをして袖の下を取ろうという魂胆《こんたん》でもあったのだろう。

「あたしたちは、関係ないわ。見ればわかるじゃないの」

宝春がくってかかったが、

「宿という宿を調べろとのお達しだ。例外はない」

とりつくしまもないとは、このことだ。

「その手を、離しなさいってば。さわらないでよ。外へぐらい、自分で出られるわ」

希仁が制止するひまもない。兵の手をふりはらった宝春が、そのためにかえって乱暴に肩口をつかまれ、埃だらけの往来へとつきたおされた。

兵士たちの督促《とくそく》にでも、出てきていたのだろう。貴人を乗せた轎子《かご》がとおりかかった。その真正面である。

「あ──」

轎子の帳《とばり》は、上げてあった。その中の老人の顔に、宝春は見おぼえがあった。それは、老人の方も同様である。

「お、おまえ」

「王……とかいったっけ、あの、いけ好かない奴」

開封を出た日、この老大官を直接、河へつき落としたのは宝春である。そして、小舟で彼らをすくいあげたのは包希仁といった。さては、とめぐらした視線の先に、記憶のとおりの青年の白面《はくめん》がある。

逃げた戴星をなんとしてもとらえねばと、部下を総動員したあげく、みずから城内へ出て血眼になってさがしまわった甲斐があったと、王欽若は思ったにちがいない。

「と、とらえよ！」
跳ねあがらんばかりに、叫んだ。

「そやつら、昨日のくせ者の一味だ。ひっとらえて、居場所を白状させよ――」
と、いい終わるより前に、宝春ははね起きている。希仁ですら、身をひるがえして宿の土間へと逃げこんだ。逆に、はずむような身のこなしで往来へとびだしたのは、漢臣である。

それも、ただ、飛びだしたのではない。小脇に、居酒屋の店先にあった長椅子――というより、ただの板に足を打ちつけただけの腰かけをかかえこみ、それを自分の身体ごとふり回したのである。

長櫈《ちょうとう》（腰掛け）の脚にひっかけられて、兵士が薙《な》ぎたおされる。いきおいで脚がふっとんだが、それにはかまわず、頭の高さにさしあげながらなおもぶんまわすと、やはり板の両側が次の兵士の横つらをしたたかにはじきとばした。

要は、槍をあつかう要領である。幅が広い分は、漢臣にはまったく問題にならないらしい。脚のとれた一方の端に手を持ち代えると、突く、薙ぐ、はらう。板の長さのとどく範囲には、絶対に人を寄せつけなかった。

さわぎを聞きつけて、あたりはすぐに黒山の人だかりとなっている。その人垣が、わっと喝采《かっさい》をおくったのは、むろん漢臣の強さに対してである。

なにしろ、十代のなかばにしか見えない孩子《こども》が、仮にもおとなを殴りとばし、たたきつけては、人の山を築いているのだ。

「うまいぞ、ぼうず！」

背後からしのび足でまわりこんできた兵士を、見もせずに踵《かかと》で蹴りあげ、ふりむきざまに上から板をたたきつけたとたん、やんやとばかりに声援がとんだ。なぐられた方は、声をあげることもできずにあっさり気死する。

「ざまあ、みろ」

日頃、上の権威をふりかざして悪さをしている官兵は、こういう事態になると、たちまち群衆の罵声を浴びた。

もっとも群衆の方も、ふだんは役人の顔色をうかがい、あわよくば買収してうまい汁を吸おうと隙をうかがっているのだから、あまり誉められたものではないのだが——とにかく、騒ぎはおさまるどころではない。

中に、どさくさにまぎれて平生のうっぷんをはらす者もあった。ひとりでは、とてもかなわない。だが、多勢になれば気が大きくなる手合いのしわざである。もちろん、殴られた方も、無抵抗でいるわけがない。

兵たちの頭にも血がのぼって、当初の目的を忘れて人の群の中へ打ってかかる。

騒然となった、そのさなかへ、

「や、やめろ——」

尊大な命令が、くだった。

「しずまれ、しずまらぬか」

知事の官服をまとった王欽若が、宿の店先の太い柱と日除けの幕を背に立っており、その前に、紅い衣装の少女がいた。どうやら、老人の手が少女の腕をとり押さえているようである。そして、さらに両者の前に、例の白面の書生がすずしい顔でむきあっていた。

注意ぶかい者が見ていたら、青年がなにやら目顔ではるかに年長の知事に合図をするのがわかっただろう。王欽若は、うながされてさらに声をはりあげる。

「た、民草に迷惑をかけるではない」

「閣下、その者らは——」

「誤解だった。いや、その、あやしい者らではないのだ。これ、手荒にあつかうでない」

兵卒の長らしい男が、希仁に手をかけようとして怒鳴りつけられた。

「閣下が、捕らえよと命じられたのですが」

「聞きまちがいであろう。この者らは、わしの知人だ。ちと、聞きたいことがあってな。役所まで同道してもらいたいと思うただけじゃ。話せば、わかることだ。そ、そうであろう？」

「おおせのとおりです、閣下。閣下に、ここでお目にかかれたのは、さいわいでした。宝春、こちらへ来て、あらためて知州さまにごあいさつを」

　いったい、どうなっているのやらと人が見守る中、少女はぷんとふくれつらをして、知事の手をふりはなした。それだけで足りずに、埃でもついているように、何度も袖をうちはらう。

「それでは、まいりましょうか、閣下」

　青年がしらりとした顔つきで、うながす。

　それをしおに、見物人も兵たちにうながされて、三々五々と散っていく。中で物おぼえのいい者の何人かが、最初に暴れた孩子《こども》はいったいどこへ——と、追い散らされながらも眼でさがしていたが！

「漢臣。もう、いいですよ」

　青年のちいさな声がした。よばれたとたん、知事がもたれている柱の裏、日除けの陰になった暗がりから、数珠を胸にした大柄な少年が得意気な表情であらわれた。青年に歩みよりながら、手もとでくるりと回してみせたのは、ちいさな刀子であろう。

　——これはまず、宝春がうっかり逃げそびれて、王欽若に手首をつかまれたのが発端だった。

　なにごとかあった場合、漢臣が騒ぎをわざと拡大しているあいだに散り散りに逃げるというのが、三人の前からの申しあわせだった。それが、騒ぎが大きくなり、漢臣からさえ人の注意が逸れはじめたのはいいが、野次馬にさえぎられて、宝春が思うように動けなくなった。一瞬、たちすくんだところを、つけこまれたのだ。

それに、いちはやく気づいたのが希仁。

腕力のないことにかけては、自信のある希仁のことである。冷静に状況を見ていた。卑怯《ひきょう》未練《みれん》ということばも、彼の語彙《ごい》の中にはない。いちはやく物陰に身をひそめて、

漢臣も、王欽若の動きには気をくばっていたらしく、すぐにあっという顔を見せた。

ことばもなかった。その少年の眼を、希仁がうまくとらえた。手順を説明するひまも、とっさに、希仁はふところの中の刀子をほうり投げてやる。戴星がのこしていったものである。と、同時に、希仁自身が表へと出ていったのは、王欽若の注意をひきつけるためである。かわって、漢臣が柱の裏へまわった。

少女の力で、王欽若の手をふりはらうことは無理でも、力まかせにあばれて体当たりすれば、位置を移動させることはなんとか可能である。宝春が、老大官の身体を柱へ押しつけるかたちになり、その陰から漢臣が首すじに、冷たい刃物を擬したのだった。

「一別以来です、閣下」

と、希仁が小声で、人をくったあいさつをした。

「そ、そなたら——」

「非常の場合です。手短にお話しいたします。まず、兵を引いていただきましょう」

「わしに、命令する気か」

「汴京《べんけい》での醜態を、再現なさりたいなら、敢えて止めはしませんが」

刃物の感触が、ぐいと強くなったのは絶妙の息の合い方であった。醜態をさらすぐらいならまだいい。これでは、下手をすれば生命がないではないか。

「私たちは、おだやかに話をうかがいたいだけです。閣下がなにもなさらなければ、私たちにはなにもできませんよ。いかがなさいますか」

王欽若に、選択の余地はのこされていなかった——。

というわけで、制止の命令が飛ぶことになったのである。

「——まず、昨日のくせ者とは、どなたのことか、うかがいましょうか」

杭州府庁に迎えいれられるや、希仁は王欽若に詰めよった。希仁と宝春だけが相手なら、ひと声、配下に命令すれば、いくらでも痛めつけられる。が、見たことのない、頬の赤い妙な孩子《こども》がくっついている。この孩子がひとりで、十人以上のおとなを苦もなくたたき伏せたのを目撃している。ここは、すなおにしたがう方が得策と判断して、王欽若は昨夜のことをあらいざらい、自分の背信行為もふくめて白状したのである。

「う、裏切ったわけではないのだ。ただ、大事の御身を、東京へお返し申しあげなければと思うたのだ。考えてもみよ、八大王さまが、いかばかりご案じになっておられるか、ご推察もうしあげるだけでも胸が痛む。それで、力ずくでも送りかえしてさしあげようと

「──」

「それで、公子はご無事なのですね」

けんめいのいいわけは、あまり信用されなかったようだった。希仁が話をそらしてしまったために、かえって王欽若は肩すかしをくらったようなおももちになった。

むろん、希仁は腹をたてている。しかし、王欽若の軽薄な行動を責めるより、今はもっと重要なことがある。

「てっきり、おぬしたちのところへ行ったものだと思うたのだ。──まことに、知らぬのか？」

「途中で道を分かったと、いわれませんでしたか？」

「そういえば、そんなことを……」

「まったく、いいかげんなのよね。えらい人のくせに」

たまりかねて口をはさんだのは、宝春。

「それとも、えらい人ってみんな、いいかげんなのかしら」

「宝春」

たしなめた希仁だが、宝春の非難の矛先は青年にもむかった。

「希仁さん、あなたのこともいってるのよ」

「私のどこが、いいかげんですか」

「李絳花って人のところへ、ついてってくれるっていったじゃないの。白公子は無事だってわかったんでしょ。だったら——」

役所まで連れてこられたことが、よほど不服だったらしい。騒ぎさえおさまれば、すぐに例の女のところへ行けると期待していたのだろう。だが、ふだんは、めったにわがままをいうような娘ではないだけに、この癇《かん》のたてようは尋常ではない。

「どうしたんです、宝春」

「——見たような気がするの」

少女は、声を落とした。そのほほが、かたくこわばる。

「だれを」

と訊いたものの、それが戴星だと思うほど、希仁も楽天的ではない。戴星ならば、宝春がこれほどおびえるはずがない。

「あいつ、あいつの顔だった。あの、崔秋先《さいしゅうせん》とかいう……」

「たしかですか」

「わからないけど。だけど、あいつ、あたしたちをずっと見はってるんじゃないかしら。あとを追いかけて、いざとなったら、先まわりして——」

そこで声を呑んだのは、桃花源のことに言及しそうになったからだろう。

「絳花のところへ、崔老人がたどりついてしまうというわけですか」

「そうよ。だから、早く」

つけまわされているという強迫感が、彼女を焦らせているのだろう。希仁にも、その気持ちはわかる。と、そこへ、

「李絳花というのは、もしや、少爺がおおせられていた女のことか」

口をはさんだのは、王欽若。

「そうならば、人ちがいと、おおせであったぞ」

「おなじ名なら、なにか関わりがあるかもしれません。どんなわずかなことでも、手がかりになると思いますので」

と、希仁がていねいに応じてやると、とたんに胸をはった。

「そ、そうであろう。わしも、そう思うてなここへひき立ててまいるよう、配下に命じてある」

「——あまり、他人任せにしない方がいいと思うわ」

宝春がひややかに、希仁にむかって評した。王欽若から顔をそむけた、といった方が正しい。漢臣が、同意のしるしに深くうなずいてみせた。むろん、希仁にも異存はない。

「そうですね。公子の行方のこともあるし、あまり時間はないようだ。こちらの知州閣下も、もう、私たちには干渉なさらないでしょうし」

皮肉まじりにちらりと老人を見、すくみあがるところを確認して、辞去の礼を執った。

「これで、失礼させていただきましょう」

「待て、待ってくれ。おぬしら、少爺の行方を知っておるのか」

「消息をつかんだだけですが」

「わしも、行く。連れていってくれぬか」

ころがるようにあとを追ってきた老人に、希仁はどうしても親切にしてやる気にはなれなかった。つい、皮肉が口をついて出る。

「行って、どうなさるおつもりです。公子を捕らえて、東京へ送られますか」

「お詫び申しあげるのだ。こ、このままでは、わしは少爺をだまし討ちにしようとしたと――。いや、誤解なのだ。それを、わかっていただこうと思うてな」

王欽若の計算は単純だ。昨夜は寇準失脚の報を聞いて、丁謂の権勢がゆるぎないものになったと思った。だから、戴星を捕らえる気になった。だが、戴星たちに直接かかわりのある希仁たちを目の前にしてみて、おそろしくもうらやましくもなったのだ。

もしも、戴星が無事に開封へもどり、太子となったならば――そのあかつきには、戴星の身を案じてさがしまわっていた希仁が、重く用いられるだろう。とにかく、王欽若の論理ではそうなる。

それにひきかえ、このままでは、自分はどうなる。一生、杭州知府で終わるだけなら、まだいい。寇準の二の舞になることも、十分に考えられる。

うっかり目先の利にはしってしまった、この失点を取りかえすためには、この包希仁とかいう一書生に恩を売っておくのが、一番てっとり早いのではないか——。にもかかわらず、もっとも、そのぐらいの思考の経路は、すぐに希仁も見とおしている。

「わかりました。おいでいただきましょう」

「希仁さん！」

「師兄——」

いやな顔をする年少のふたりを押さえて、うなずいたのは、王欽若にも利用価値があると思ったからだ。彼自身は、出世のために戴星の身を案じているわけではない。だいたい、戴星の意向がなんとかならないかぎり、出世も富貴もあったものではない。

だが、それはこちらの事情である。また同様に、王欽若の思惑が奈辺にあろうと、知ったことではない。

「私と宝春は、女をさがしに行きます。漢臣は、閣下のおともをして例の鍛冶屋へ。ついでに、官兵を何人かお貸しいただいて、連れていきなさい」

同時刻。

何史鳳《かしほう》の部屋の扉が、はげしくたたかれていた。

「お調べのすじだ。出てこい」

居丈高に怒鳴っているのは、数人の府兵。その背後で、肩をまるめてなりゆきを見まもっているのは、宿のあるじである。

「ここの客があやしいというのは、本当なんだな」

念をおされて、

「へ、へいへい」

短い猪首《いくび》を、さらにすくめてみせた。

昨夜来、城内の警備がきびしくなった。官兵が隊伍を組んで横行し、これこれこういうあやしい者がいたら、申しでるようにと、宿や商家にふれてまわっている。手配された十七、八の少年ではないが、うちにもあやしい客がいるのだがという訴えは、他にも二、三件あった。

客が、悪事をはたらいていたと判明した場合、訴人するのとしなかったのとでは、罰の軽重がかなり異なってくる。宿のあるじたちにしてみれば、とにかく、やっかい事から手をひきたい、自分の身を守りたい一心なのだ。

史鳳が、あやしいと疑われたのは、やはり玉堂が原因だった。昨夜、彼はついにもどってこなかったのだ。

ふつうなら、亭主が一晩や二晩帰らなくとも、どこかの妓館で遊びほうけているのだろう、ぐらいですむ。が、一応、急病の女房の薬をもとめるといい置いて出ているのだ。そういえば、のこった女房のほうも、そぶりが妙だ。病とやらはなおったからと、夜には下女を追いだしてしまった。そのくせ、部屋にとじこもりきりで、亭主の身を心配するそぶりもない。

小商人の夫婦だというが、たいした荷物もないし、他の商人と話をしているところも見たことがない。女房の方も、顔のよごれはともかく、纏足《てんそく》といい平生の挙措《きょそ》といい、とてもふつうの女とは思えない。どういういわくがあるにせよ、たとえ女の方が被害者だったとしても、かかわりあいになるのはまっぴらというわけだ。

扉は、あっさりと開いた。おどおどとおびえた仕草の女が、戸口の陰に立っていた。その姿を見て、男たちは最初、ほう、と感嘆の表情をつくったが、すぐに眼を剝いた。うつむいていた史鳳が、顔をあげたからである。

「不審の簾《かど》で、調べる。おとなしくしていれば、手荒なことはせん」

女は、なかなか反応を示さなかった。視線をさまよわせ、うなずくでなく拒否するでなく、無言のまま、なにごとか思い悩んでいるようすだった。やがて、ようやくひとつため息をつき、ちいさな足で一歩外へふみだしてきた。それを諾の意味にとって、男たちはうしろの扉を閉める。

「荷物はあとで調べるから、手をつけるな。いいか、針一本でもなくなったら、責任をとらせるからな」

と、宿のあるじをおどしつけた。これは実は、あとで自分たちで山分けするぞといっているのである。取り分を減らさないために、そう釘をさしておいて、彼らは女を急《せ》きたてた。

史鳳の歩みは、兵たちがいらつくほど鈍かった。纏足のせいばかりではない。どうにも、心が重かった。外目には、史鳳の態度はふてくされているように見えただろう。

本来なら、役人がむこうから来てくれるのは、ありがたいはずだった。あとのことはとにかくとして、すくなくとも、玉堂の手からはのがれられる。蘇州での江賊との一件を訴え出れば、玉堂はこの江南でもおたずね者になるだろう。

だが、問題がひとつあった。杭州に着任したばかりの知事の名を、史鳳はここに着いたとたんに聞いた。

彼女は開封で、王欽若を袖にしたことがある。たかが酒席でのこと――と、以前の彼女ならば、笑って気にもとめなかっただろう。だが、今の史鳳は、財産やうしろだてになってくれる客もない、唯一の武器であるはずの容顔《かお》すら失った、ふつうの女である。訴えを却下されるぐらいなら、まだいい。開封での報復をされないという保証が、どこにある。

いつ、どうやって陛下におりたか、史鳳には記憶がない。われにかえったのは、かん高い女の声が耳につきささったからだ。

「ちょっと、お哥《にい》さん方」

人気のほとんどない階下の帳場によりかかって、女がひとり、こちらを見ていた。たしか、史鳳の顔のよごれを見て、一瞬、びくりとなったようだが、すぐになにくわぬ顔で寄ってきた。

「どうしたんです、いったい」

「なんだ、おまえ──」

と、男たちは訊いたが、商売はすぐにわかったはずだ。開封の酒楼では、打酒座《だしゅざ》とよばれる、酒席に、よばれもしないのに侍《はべ》って歌をうたい、小銭をもらう芸妓である。このあたりでもめずらしくない商売だけに、男たちはなんだという顔つきになり、気をゆるめたらしい。

「ねえ、どうしたんです。あら、その人、かわいそうに気が遠くなってるじゃありませんか。少し、休ませておあげなさいな」

よほど好奇心がつよいのか、兵たちをおそれるようすもなく史鳳の顔をのぞきこんできた。

「よけいなおせっかいを焼かん方が、身のためだぞ」

追いはらいかけた男たちだが、

「だって、このお人が悪いことしたようには見えませんもの。そうじゃないんでしょう。だったら、かまわないじゃありませんか。ねえ、そこにお掛けなさいな。お哥さん方も。あたしが一杯、おごってあげますからさ」

くったくなくいわれて、それもそうかとつい、彼らも思った。平素からこういう誘いは多いし、早く役所にもどらなければならないというわけでもない。捕らえた女は歩くのがやっとで、逃げるのは無理。そういえば、声をかけてきた女も、二十歳ぐらいで眼もとのはっきりとした、なかなかの容色である。

「さ、遠慮なく、やってくださいまし」

だれもいないのをいいことに、自分で、店の奥から酒を持ちだして、男たちに慣れたしぐさで勧めた。最初はとまどっていた兵たちも、目の前へ酒が注がれた碗をならべられては、我慢などしていられるものではない。

卓子《つくえ》にむらがって、われ先に口をつけはじめた。

異変は、まもなく起こった。

脇で見ていても、やけに酔いのまわりが早いなとわかるほどだったが、やがてひとりの男の手から大ぶりの碗が落ちた。

それが合図だったかのように、べつの男の身体がくずれて、長櫈《ちょうとう》からころげおちる。うめき声があがったのは、卓子の上につっぷした数人。その指が鉤形《かぎがた》に曲がって、ひきつっていた。

「女、なにを――」

と、訊くのも間がぬけているほど、明白だった。街道沿いにこのごろ、旅人をねらって酒にしびれ薬を仕込み、身ぐるみ剝いでしまう強盗の手口がはやっているという。しかしまさか、杭州ほどの大きな城市で、しかも官兵に仕掛ける者がいるとは、だれも思っていなかったのだろう。

事態をさとって、史鳳はまずあっけにとられた。つづいて店の内部を見渡し、他に客も亭主もいないことを知る。反射的に、手当を――と、手近な男の肩に手をかけて安否をたずねようとする。

「あなた。逃げるんですよ」

女が、ひきむしるように史鳳の身体をひきもどした。

「でも、水を呑ませなければ」

「なにをいってるの。醒《さ》まして、どうするんです」

「見殺しには、できません」

「死にはしませんよ。一刻ばかり、うごけなくなるだけ。酔いがさめれば、もとへもどります。あなたのためにやったんですよ。このあいだに、さ、早く――」

「どうしてですの？　見ず知らずのわたしに」

「あなた、この顔は？」

ずばりといいながら、細い指で顔の汚れに触れてきた。不思議といやな心持ちがしなかったのは、のぞきこんできた女の双眸が、見たこともないほどに澄んでいたからだ。

いや、そういえば、よく似た眼を見たことがある。開封で知りあった少女が、こんなまっすぐでなつかしい眸《ひとみ》をしていた。

「なにか、妙な術の気配がするわ。これをやったのは、崔の奴でしょ」

「名は――」

あとはかぶりをふった。

「崔秋先って、年寄りですよ。上から押しつぶしたみたいな、背丈の低い。眼のきょろきょろした、そうね、蟾蜍《ひき》そっくりの」

史鳳が二度もうなずいたのは、あまりにもぴったりの形容だったからだ。

「やっぱり。なんてことを。あいつ、またこんなことをして、人を苦しめて」

「知り人……なんですの？」

「そうですね。いってみれば、仇《かたき》みたいなものですわね」

「みたい――？」

「ええ。古いふるい、昔の因縁のね。そんなことより、だれかがこないうちに、さ。あたしは、絳花っていいます」

「何史鳳と申します」

つられて、答えた。

「とにかく、こんな奴らに連れていかれたら、どんな目に逢うかわかりませんよ。あたしとおいでなさいまし。その顔も、ひょっとしたら癒《なお》せるかもしれない」

まっすぐにのぞきこまれて、史鳳の心はうごいた。いや、すでにむこうの術中に巻きこまれていたのかもしれない。

どこへ行くのだと、訊くことも忘れていた。夢の中から夢の中へ、渉《わた》るような気がした。どちらも夢なら、この先がどんな悪夢でも、これまでと大差あるまい。

史鳳は、あやつられるようにして、のばされた絳花の手をとったのだった。

——もしも。

史鳳がおとなしく兵たちに従っていたら、すくなくとも絳花のことばに動かされなかったら、すぐに想う人の顔を見ることができたかもしれない。

包希仁が、宝春を連れてその宿へ姿をあらわしたのは、女ふたりがいずこともなく消えてから、まもなくのことだった。

まんまとしびれ薬を盛られた兵たちは、醒めるどころか、まだ、そろって前後不覚に眠りこけていた。

「どうしたのよ、いったい、これ」

宝春が男たちの様子を確かめているあいだに、希仁が階上へむかって大声をはりあげた。

「火事だぞ！」

きしむ階段を、ころがるように降りてきたのは、この宿のあるじ。その手に女物の衣装がまだにぎられているところをみると、脅されたにもかかわらず、客の荷をかきまわしていたらしい。

さすがの希仁も、それが史鳳のものだとは気づきようもない。脂ぎった顔で、「火事はどこだ」とわめきちらす主人を押さえ、

「杭州府庁から来た者です」

むろんはったりだが、まったくの嘘でもないところが、希仁の人の悪いところである。

「このありさまは、いったい何事です」

問うたものの、主人から正確な答えが得られるとも期待していなかったようだ。

「こ、こりゃあ、どういうことだ。てっきり、女を連れて、とっくに行っちまったと思ってたのに。なんで、こんなところで酔いつぶれてるんだ。うちの酒を、勝手に持ちだしやがって——」

「私たちは、今、来たばかりですよ」

くってかかるのを、かるくいなしておいて、

「李絳花という女が、ここにいませんか」

ずばりと、訊いた。

「今、そのあたりで聞いてきたんです。今なら、なじみのこの店にいるはずだと」

「絳花――？ああ、そういえば、さっきまでここいらにいたぞ。ちょいと、店番をたのんでおいたんだが」

主人は、短い首をせいいっぱい伸ばして、店の内をきょろきょろと見回した。

「いねえ」

「――ちょっと、どういうこと？」

今度は、宝春が主人にかみつく番である。

「どういうことっていわれても、訊きたいのは、おれの方だ。怪しげな客は泊まる、兵隊は酔いつぶれる、女はいなくなる。ついでに絳花まで消える」

「女？」

話が交錯してきたのを、希仁が聞きとがめた。

「この連中が、しょっぴいていくはずだった女だよ。夫婦者だっていうんだが――」

訴え出て、不審客をやっかい払いしようとした経緯を、主人はいいわけまじりに話してよこした。

「こいつら、女に逃げられたんだ、きっと」

「希仁さん、お酒のほかに、変なにおいがするわ。薬を盛られたのよ。でも、だれが、そんなこと」

「簡単ですよ。ここにいたのは、この連中の他には、その女客と李絳花だけ。女客には酒の在処《ありか》はわからないでしょうから、のこるはひとり」

「なんのために？」

「さあ」

さすがの希仁も、これには首をひねった。

「希仁さん、追いかけましょ。そんなに遠くには――」

だが、それに応《こた》えた青年の声は、非情だった。

「無駄だ。今はあきらめなさい、宝春」

「どうして」

「事情まではわからないが、仮にも官兵をあざむいてるんです。それが、まだそのあたりで、うろうろしているとは思えない」

「希仁さん！」

一瞬、宝春が泣きだすのではないかと、思った。くちびるをぎゅっと嚙《か》みしめ、両の拳を握りしめて、長身の青年をにらみつけてきた。実際、その杏仁《きょうにん》形の大きな眼には、うっすらとにじんでいるものがあった。

だが――。

「ただし、まるきりあきらめてしまうつもりは、私にもありませんからね」

青年のことばは、けっして気休めではなかった。それを、宝春も理屈ではなく、感じとったらしい。

まだ涙をためてはいたが、少女はこくりとうなずいて、納得の意思を示した。

「ところで、ご亭主。例の女の客ののこしていったものを、見たいんだが」

すこしでも、絳花の手がかりがほしかった。この際、調べられるものはすべて、見ておきたかった。最初はしぶった主人だが、自分も荷をかきまわしていた現場を、おさえられたようなものだ。

「知事閣下も、ご承認済みのことだ」

と、希仁のはったりに押しきられて、ふたりを部屋まで案内した。

荷といっても、たいした物はない。史鳳も玉堂も、あわただしく開封を出てきているから、生活に最低限の品物を旅の途中で買いととのえている。希仁はそんな事情も、むろん、この夫婦者が玉堂と史鳳の偽装だとも、知るよしもない。また、たとえ縁《ゆかり》の品が出てきたとしても、見ただけでそれとわかるほど、希仁は史鳳のことを知ってはいなかったし、玉堂に関しても同様だった。

だが、これがただの小商人の荷物ではないことだけは、わかった。

「商人の荷の中に、帳簿がないのはおかしいですね。算盤《そろばん》のひとつも、持っていないのも

──。まあ、なくては絶対に商売ができないというものではありませんが」

女の手まわりの品をおさめたちいさな櫃《ひつ》は、すでに宿の主人の手でひっくりかえされていた。希仁はそちらには目もくれず、男の荷物とやらを開けてつぶやいた。

「それに、まっとうな商人なら、飛銭《ひせん》を利用するでしょう。銀錠《ぎんじょう》をいちいち、持ちあるいたりはしませんよ、ふつう」

と、とりだしたのは、襤褸《ぼろ》にくるんだ銀塊である。それも、ひとつやふたつではない。

飛銭とは、送金手形のこと。最近では、私下便銭《しかびんせん》とも私下便換《しかびんかん》ともいう。唐代の末期からさかんになってきた方法で、たとえば都でしかるべきところへ銭を払いこんでおき、券を受け取る。それを地方──たとえばこの杭州で、券を示して払い出しをうけるのである。こうすれば、危険な旅の最中、大金を持ち歩かなくともすむ。

一般にはこれは国家の仕事であり、おもに税や国の事業に関しての金銭をあつかう。金銭の授受と券のふりだしをおこなうのも、便銭務《びんせんむ》という役所である。

が、便利なものは、だれもが利用したがる。宋代になってから、民間の便銭は何度か禁止されたのだが、いっこうにその効果はないどころか、ますますさかんになる一方だった。

「よほど商売が下手か、やましい金銭か──どうやら、とんでもないいわくがありそうですよ」

「なあに、それ？」

希仁はべつの襤褸包みをとりだすところだった。青年の手つきが、ずっしりとした重量感を示していた。二、三重にくるんであるそれを、薄皮をはがすように、ていねいに剝いていく。宝春も宿の主人も、その手の中をくいいるように見つめていた。

布の中から、こぶし大の中身があらわれた時、期せずして三人の口から、嘆息とも感嘆ともつかない声がこぼれでた。

「まあ――」

「こいつぁ」

「ただの品じゃ、ありませんね。これは」

素人の希仁ですら、ひと目でわかった。

とろりとねむたげな白緑《びゃくろく》の色と、半透明の質感は玉の中でも最上のものだろう。

その玉をまるまる一個、くりぬいて彫りあげた香炉なのである。

形は鼎《かなえ》を模しており、装飾らしいものはほとんどない、わずかに、三本の脚のつけ根が獣の顔になっている程度。だが見ているだけで、魅《ひ》きこまれるような錯覚におそわれる、極上の逸品だった。

宿の主人の眼の色は、とっくの昔に変わっているし、宝春までもがうっとりと見つめている。希仁だけは、興味もなさそうに、

「それにしても、最近、やけに香炉《こうろ》に因縁がありますね」

眉をひそめた。

「気味が悪いわ。まさか、あの年寄りが、ここの商人に化けていたとでもいうんじゃないでしょうね。希仁さん」

「それはまず、ないでしょう。背の高い、美男だといいましたね」

「ああ。男の目から見ても、いい男だったぜ。あれなら、どんな女でもいいなりにできるだろうさ。だのに、女房の方は、身体つきはともかく、あのご面相だろう。だから、最初に顔を見せたときから妙だと思ったんだ。こんなことになるんだったら、宿を貸さなけりゃよかった——」

主人の繰り言を聞き流して、希仁はなにやら考え事をはじめる。

「偶然かもしれないし、なんの根拠もありません。だが、私の知っている中でそんな男といえば、ひとりきりです。しかも、そいつがこの杭州に来ているのを、確認している——」

「玉堂——」

「師兄、師兄！」

宝春の声に、元気な少年の声が下から重なった。

「どこだい。大変、大変なんだよ！」

「漢臣だわ」

「——階上《うえ》です」

と、戸口から顔をだすより早く、古い階段を踏みぬきそうないきおいで、少年の姿が駆けあがってきた。勢いあまって行きすぎかけて、あわてて引きかえしてきた。

「逃げられたよ」

数珠の音とともに少年から発せられたことばは、意味を聞きかえすまでもなかった。

「約束の時間よりずっと前に来て、品物をうけとってったって」

「なにか、話していませんでしたか。どこへ行くとか」

訊かれて、息をきらせながらも、漢臣はにやりと笑った。その点は、ぬかりはないぞといいたげな、得意気な顔だった。

「六和塔がどうとか、いってたって。それはいいんだ。問題は、あの知州さまだよ」

「どうしたっていうの」

「聞いたとたんに、役所へとってかえしやがった。兵隊をもっとひきつれて、六和塔へ行くっていってさ」

「困ったお人だ」

加勢でもするつもりか、それとも当初の予定どおり、戴星をとらえる気なのかはよくわからない。が、そんなに騒ぎたてては、あのきかん気の公子がどんな反応を示すか、希仁には手にとるようにわかる。せっかく、道理を尽くして説きつけようと思っていたのに、これではすべてぶちこわしだ。

「ご亭主。この荷をすべて、杭州府庁へはこんでおいてください。なにがはいっていたか、私がおぼえています。なにか、ひとつでも無くなったりしたら――」

「わ、わかった」

主人は、息を呑んで何度もうなずいた。それでなくとも、官兵にしびれ薬を盛ったといわれかねない状況だ。これ以上やっかい事にかかわると、元も子もなくしてしまいかねないと判断したのだろう。

こずるそうな外見のわりに、存外にすなおにうなずいた主人に、最後に、

「ただし、正確な銀錠の数までは、私もかぞえていませんからね」

そそのかすようなことを、こっそりといい置いて、希仁は先にたって宿を飛びだしたのだった。

銭塘江の水音を左手に聞きながら、殷玉堂はゆるやかな山道をのぼっていた。西日が照りつけて、まだ、あたりはじりじりするほどに暑い。

小高い山の裾の、なだらかな斜面の一角に、その塔はそびえ建っていた。

その高さ、二十丈弱（約六〇メートル）。

基盤は大きな八角形をしており、外観は十三層だが、これは装飾の屋根が一階ごとにめ

ぐらされているためで、実際は七階までである。角ごとに反《そ》りかえった屋根の端には鉄鈴が吊され、風のあるときにはすずやかな音をたてるというが、今は聞こえるのは川面の音だけだ。

その頂上は海からも見え、この河口を出入りする船の灯台の役目もはたす。もともとは、銭塘江の大逆流を祈り鎮めるのが目的であり、内部には仏像がまつられている。だが、これを建立した銭氏が宋に降《くだ》り、開封へ移ったために今は世話をする者もなく、さびれきっている。

どこかに灯の世話をする堂守りがいるはずだが、これは騒ぎたてたところで、なんとでも始末できる。

余人の邪魔がはいらないという点では、ここは絶好の場所だった。

ざっと見まわしたところ、他に人気はない。紅にぬられた塔の壁面を見上げ、さらに周囲をたしかめて、塔の入口をくぐったとたんである。

「おそいぞ」

頭の上から、陽気な声が降った。

「早すぎるぞ」

舌うちをしながら、玉堂も負けてはいない。すかさず、やりかえした。

内部は最上階まで吹き抜けになっており、中央には高い須弥座《しゅみざ》、その上の見あげる高さになんの仏像だか、すす汚れた金銅《こんどう》の像が載せられている。

建立《こんりゅう》当時は黄金色に輝いていたのだろうが、今は蜘蛛《くも》の巣だらけになっている。

壁に沿って、巡らされた回廊が計七層。やはり壁に沿ってもうけられた階段で、螺旋《らせん》状にのぼっていくようになっている。その、三、四階のあたりから声は聞こえた。

ふりあおいだところに、少年の顔があった。回廊にとりつけてある欄《てすり》から、身をのりだすようにして、こちらをのぞきこんでいる。塔の内部はうすぐらい上、豆粒のようにちいさな顔だったが、玉堂のするどい目には少年の手にした得物まで見てとれた。

「剣か刀を調達しろといったはずだ」

だが、その手には、腕の幅ほどの、白木の棒がにぎられているだけだ。

「そんなもので、おれと渡りあう気か。命の保証はできんぞ」

皓歯《こうし》を剝きだして、恫喝《どうかつ》をかけた。

が、戴星は平然としたものである。

「刃物は、この先、持ちあるくのに面倒だ。これで十分だよ」

「……先があると思ってやがる」

と、これは、口の中でつぶやいて、玉堂は階段に足をかけた。

「おれがそこへ行くまで、逃げるなよ」

「さっきから、ずっと待ってやってるんだ。早くあがって来い」

わざと挑発して、玉堂を本気にさせようという気らしい。それがどれほど危険なことか、この豎児《がき》は気づいていないのだと、玉堂は思った。内心であきれると同時に、人一倍高い彼の矜持が頭をもたげてくる。これほどにへらず口をたたかれて、いつまでもためらっていられるものか。むこうがその気なら、望みどおりにしてやるまでだ——。

だが、戴星もまた、まったくのむこうみずで仕掛けたわけではなかった。真正面から戦って、楽勝できる相手でないことは、これまでの経験から十二分に承知している。

勝算は、あまりない。だが、なにもしなければ、勝てる公算はもっと低いままだ。

ここで、この追っ手をとりあえずしりぞけることができれば、この先、生命の危険はぐっと減る。玉堂以上の腕と度胸をあわせもつ刺客は、そうざらにはいないはずだ。それが、開封の街中を遊びあるいて、多少なりともうわさを聞きかじっている戴星のくだした判断だった。

「そこにいたか」

急勾配の階段を四階まであがりきったところで、玉堂は足を止めた。少し先の欄に身をもたせかけて、少年が立っていた。両手の中で、あいかわらず例の白木の棒をもてあそんでいるのだが、近くで見てようやく玉堂は、それが一本ではないことに気がついた。

棒は三本。金属の音がするのは、それを一本につないでいるのが、鉄の鐶《わ》だからだ。三本をそろえて折りたたんでいるから、両腕の幅だが、のばせば彼の身長よりも長くなるだろう。

「三節棍か」

さすがに、玉堂も名称は知っていた。だが、実をいえば、実際に見るのはこれがはじめてである。

「あつかえるのか」

「すこしは」

戴星の返事には、気負いのようなものは、かけらもふくまれていなかった。かるく節棍を投げあげ、節のあたりを両手でもって棍をひろげ、かまえてみせた。それなりに、さまになっているのを、玉堂も認めざるをえなかった。

「はじめるか」

すでに、玉堂の右手には幅広の刀がにぎられている。皮鞘《かわざや》をはらうと、なめらかな鋼の刀身が、鈍い光沢をはなった。

合図も、かけ声のようなものも、いっさいなかった。

一瞬の両者の呼吸が合った。

同時に足が床を蹴る。

戴星は、右肩からつっこんだ。玉堂も刀をふりかざし、斜め上から鋭く一撃をうちこんできた。

当然、戴星の右手の棍にくいとめられる——と、玉堂も思った。いったん空振りをして、二撃、三撃で少年の手元にとびこむつもりだった。が、その思惑は、一撃目でみごとにかわされてしまった。

玉堂が踏みこむと同時に戴星は、身体をかわして、右へ飛んだのだ。玉堂の刀は、戴星の左の棍で、上からたたかれる。続いて、右の棍。

少年の手は、中の棍を筒車《とうしゃ》のように回しながら、体側の左右へ振り分ける。三本の棍が、まるでまっすぐ一本の棍に見えた。実際、ぶつかれば、長い棍になぐられたのとおなじことになる。

こうなると、玉堂もうかつに踏みこめない。下手に仕掛けると、棍で殴られる。もっと下手をして、刀をはじきとばされてはどうにもならない。

余勢をかって、戴星は前へ出てきた。

が、慣れない場所の上、しょせん、ふだんからあつかい慣れている得物ではない。すぐに失敗が出た。

「あ——！」

棍の端が、塔の壁にわずかに当ったのだ。なにしろ、はずみがついている。逆方向に跳ねて、あやうく、戴星自身の身体をしたたかに打つところだった。

あわててかわし、体勢をたてなおす。が、その時にはもう、玉堂の刀が、喉もとまで迫っていた。

「おっと」

文字どおり、紙一重のところでかわして、あとずさる。水平に振られる刀をかいくぐり、かるく跳ねてぐらせる。が、着地したところを、玉堂に脚をすくわれた。

あおのけざまに倒れながらも、棍をすばやくとりなおして、三本をひとつにまとめ、目の前へかざしたのはさすがである。三本の棍は、刀のひと振りをがっちりとくい止めた。

玉堂は、そのまま上から体重をかけて、押し切ろうとする。腕力ずくとなったら、十七歳の少年が、場数を踏んできたおとなの無頼者に勝てるはずがない。鼻先、わずか一寸のところまできっ先がとどいた時には、玉堂は、勝負は見えたと思った。

そのとたん、である。

ふっと、戴星の腕の力がぬけたのだ。

一瞬——まばたきをする間もなかった。力の均衡がくずれる。当然、刀は真下へむかって落ちたが、そこには戴星の顔はない。

両腕の力をそらして、身体を脚の方へずらしたのだ。刀のきっ先は、少年の髷《まげ》にした髪をかすって、床に突きたった。と、同時に、戴星の脚が玉堂の腹のあたりをすくいあげる。

玉堂の長身が、宙に浮いた。

そのまま、頭から前へ投げ飛ばされるかっこうとなった。したたかに背を床にうちつけた時には、少年はすでにたちあがっている。

やすやすと投げられた衝撃に、目がくらんでいる余裕はなかった。

あわてて膝立ちに身体を起こし、半身にかまえた玉堂の目の先に、少年のうしろ姿が見えた。

ただ、逃げたのではない。

欄に足をかけ、乗り越えようとしていたのだ。むろん、下は四階分の高さである。

「おい！」

まさか身をなげるつもりだとは、玉堂も思わないが、飛びおりて足を折るぐらいなら上等の部類である。

ひきとめようと飛びついた玉堂の、その手の先で、少年の衫《さん》の裾がふわりと舞った。

「莫迦、なにを──！」

と、怒鳴った、その声が七層の吹き抜けに吸いこまれる。みずからの声を追うように、欄から身をのりだした玉堂の、視線のななめすぐ下で──。

戴星が、笑っていた。

塔の中央に据えられた、金銅の仏像、その大きな頭部に少年の身体は、貼りついていた。

最初から、この頭めがけて飛んだのだ。目測がわずかにはずれて、あやうくすべり落ちかけるところだったらしいが、腕の力でなんとか身体をひきあげ、安定させる。

「ご心配いただいたようで、恐縮だ」

「罰あたりめが」

玉堂は、吐き棄てた。

開封で手を合わせたときには、不意をついたこともあって、場の主導権はあくまで玉堂にあった。だのに、今回のざまはどうしたことだ。昨夜から、この小生意気な豎児《がき》に先手をうたれ、ふりまわされたあげくに、本気になっている——。

もっとも、懸命なのは戴星の方も同様、いや、それ以上である。腕と気魄はほぼ互角といっても、経験の差はいかんともしがたい。一見、むこうみずなように見えるが、すくなくとも戴星は、おのれを過信するようなあやまちとは無縁だった。

劣勢をおぎなうには、相手の度肝をぬくようなはったりと、小細工しかないと思っている。だから、玉堂よりも早く塔へ来て、上から下までようすを見てまわっておいてある。

「仏を足蹴《あしげ》にすると、地獄に堕ちるぞ」

「そのときは、おまえもいっしょだな。安心しろ。すくなくとも、ひとり殺してると閻魔《えんま》の前でおれが証言してやる」

男の顔色が変わるのが、この距離でわかった。

玉堂のような男は、怒りでわれを忘れさせるのが一番だ。怒れば、どうしても隙ができる。それに乗じて、こちらの勝機も生まれる。それをねらうしかない。

問題は、外見は冷徹に見えるだけに、どこまで虚仮《こけ》にされれば頭に血がのぼってくれるかだったが、自負心が強いせいか、意外にあっさりとこちらの手にのってくれた。

「これが希仁だったら、こうはうまくいかなかっただろうな」

つぶやきながら、戴星は慎重にたちあがった。

「来い」

のってくるかなと思いながら、挑発した。

「それとも、身体が重くて飛べないか」

「そういうことを俺にいうのは、百年早い」

玉堂の長身が、一瞬にして欄の上にひらりと舞いあがる。戴星のようによじのぼったのではない。しかも、細い欄の上でまっすぐに立つと、そのまま身体をぐらりと前方に倒してきたのには、戴星もおどろいた。

戴星が、全身の力を使ってようやく飛んだ距離を、彼はことさら気負うでなく、ふわりと舞い降りたのである。刀は右手に持ったまま、宙でくるりと一回転までして、ぴたりと仏像の頭部の中央に着地した。

その姿はまるで、鳥か猫である。

もちろん、戴星はおどろいてばかりいられなかった。玉堂の足が欄を蹴った瞬間には、もう逃げにかかっている。といっても、逃げるところは、限られている。玉堂もそれをみこして、挑発にのった。

が、またしても戴星は、玉堂の意表をついた。像に沿って降りるのかと思いきや、またしても頂上から身を躍らせたのである――。

玉堂の着地と、戴星の跳躍がほぼ同時。

水平に身体を投げだした戴星の腕が、せいいっぱいに伸ばされる。その手の先に、触れたものがある。

塔の内部には、仏をまつったときの装飾がのこっている。欄から垂らされた五色の幔幕《まんまく》も、色あせて襤褸と化してはいるが何枚もあった。戴星の手がつかんだのも、四層目の床からさがった一枚だった。

少年の体重がかかったとたん、そのすこし上で、布の裂ける音と埃があがる。そのままなら、ちぎれた幕といっしょに彼の身体も落ちていったはずだが、そこは判断も身のこなしもすばやい。

けんめいにたぐりよせよじのぼり、裂け落ちる寸前に、まだ無事な部分に手をかけた。

そこから四層目の欄に手をかけ、身体をひきあげるまでには、たいして苦労しなかった。

「なんて豎児《がき》だ、まったく」

まんまとひっかけられたかたちになった玉堂は、怒るよりもあきれてしまった。

これが、仮にも皇族の公子だというから、おそれいる。

「こんな奴が天子にでもなったら、世の中、ひっくりかえってしまうぜ」

玉堂のうすいくちびるに嗤《わら》いがうかびあがったのを、戴星はみとめた。

「──まずいな」

相手が、冷静にもどったのがわかった。

「豎児《こぞう》、そこにいろよ」

いいながら、玉堂はすばやく仏像の肩へと降りはじめたのだ。今度は、まるきり猴《さる》の身のこなしである。刀は、口にがっちりとくわえ、肩から胸へ、膝、須弥座から土間に降りたつまでに、たいした時間はかからなかった。

こうなると、戴星が逃げる途《みち》は上しか残されていない。一、二階をつなぐ階段はひとつしかないからだ。一度は、玉堂が仏像を降りてしまうまでに階段を駆けおりてしまおうとも思ったが、目算で間にあわないとふんだ。

「ままよ──」

と、みずからを奮いたたせるようにつぶやいて、戴星は上方をみあげた。帯にたばさんで背の方へまわしておいた三節棍に触れて、確認すると、階段をのぼりはじめたのだ。

足音で、玉堂はそれと察した。

「無駄なことを」

とは思ったが、相手がなにをたくらんでいるかわからない。用心にこしたことはないと、慎重に一階からのぼっていった。

四階に、少年の姿はない。さらに五、六階と、なにごともなく通過する。七階にあがるところで玉堂は、いったん耳をすました。

人の気配が、ふっつりと消えたのだ。

まさか——と、あとは一気にかけあがった七階の、河の方へむかってひらいた窓の外に、衫《さん》がひらひらとはためいていた。

「あきらめろ」

窓にむかって、玉堂はつぶやいた。

「もう、逃げ道はないぞ」

「見てみろ。いいながめだ」

この場にそぐわない、明るい声がかえってきた。

そりかえった屋根の、甍《いらか》を踏む音が聞こえた。玉堂がのぞきあげた、そのすぐ外に、少年の姿が風に吹かれて立っていた。

なるほど、これはまたとない眺望だった。

眼下には、銭塘江の悠然たる流れがよこたわり、河の対岸、南はなだらかな平野がどこまでもつづいている。

むかって左手、河口の東にさらにひろがるのは海、右手のなだらかな地平には今、太陽が沈もうとするところである。

うす赤い夕靄《ゆうもや》につつまれて、天も地も、しずまりかえっていた。

「広いなあ」

戴星は、玉堂の方を見もせずに、つぶやいた。さっきまで、命のやりとりをしていた敵がすぐ横の甍屋根に出てきたというのに、身がまえもしない。背中から斬りつけてくるような相手ではないと、信じきっているのか、その場にどかりと座りこんで、

「きれいだなあ」

くりかえした。

「おい――」

玉堂は、わざと刀を持ちなおして音をたて、存在を誇示してみせた。

「どうする気だ」

「ああ――どうしよう」

気のぬけた声がもどる。

「こまった奴だな。いいだしたのは、おまえだぞ」

「見ていたら、やる気がなくなった」

と、あごで風景の方をしゃくって示した。

あいかわらず、玉堂の方は見ようともしない。そのままの双眸で、

「なあ、どうしてもおれを殺さなきゃならないか」

とんでもないことを訊いた。そういって、あらためて尋ねられると、玉堂も返答に詰まる。個人的に恨みがあるわけではない。大金で請け負ったまでの仕事で、それだとてどうしても欲しい金銭ではない。

「臆病風に吹かれたわけじゃない。だけど、今は、死にたくない」

この風景の果てのどこかに、母が生きているかもしれない。だとしたら、死ぬわけにはいかない。さがしだして、連れもどすと宣言したのはともかくとして、生きているならひと目、逢いたい。は、ここではじめて玉堂の顔をふりあおいで、

「おれを邪魔にしてる奴らのこと知っている。おまえが奴らに傭われているなら、それでもいい。だが、いつまでという期限は、切られていないはずだろう」

とんでもないことを、もちかけた。

「先のばしにしろと？」

「だめか？」

自分の命をねらった刺客に、こんな命乞いをする者もめずらしいだろう。玉堂も、ついつりこまれた。

「だめとはいわないが――いつまでだ。まさか、老衰死するまで、というんじゃなかろうな」

「そうか、その手があったな」

戴星は、手をうってげらげら笑った。

「だが、それじゃおまえが困るだろう。かといって、おれだって、いつになるかわからない」

「例の、人さがしか」

戴星は、声をたてずにうなずいた。そのはずみに、なにか思いついたらしく、ぽんと膝をうった。

「いっそ、いっしょに来るか」

「なんだと」

「だから、おれといっしょに来ればいい。女をさがすのを手伝え——と、まではいわないが」

にやりと笑った。

「でも、そうしてくれると、おまえの用事がかたづくのも早くなる」

「俺は刺客だぞ。いつ、寝首をかいて逃げるかわからんが、それでいいのか」

「どこからあらわれるか、びくびくしながら旅をしているより、ずっとましだ。——それに、おまえはそんな真似はしない」

すくなくとも、開封で彼が聞いていたうわさではそうだった。

「だまし討ちにしては、あとで自慢できないからな。だからこそ、今日、ここへのこのこ来たんだろうが」

「いってくれる」

玉堂は、ついに苦笑した。この冷ややかな漢《おとこ》が、これほどに表情を変えるのがどれほどめずらしいことか、わかっているのかいないのか、戴星はすずしい顔で訊いた。

「どうする」

「よかろう」

なにをいっているのだろうと、玉堂は自分で思った。が、いってしまったあとで、奇妙に心がはずんでくるのがわかった。

「よし、決まった」

と、たちあがりかけた戴星の眼に、ちらりと捕らえられたものがある。玉堂がそれに気づいたのも、ほぼ同時。

「追っ手のようだぞ。杭州知事の」

「また、大勢でくりだしてきたものだな」

山の斜面を、蟻のようによじのぼってくるのが、木々の間をぬって見えた。数える気にもならないが、ざっと五十人はくだるまい。

それが、塔の前のちいさな広場にばらばらと飛びだしてくる寸前である。背後から追いついて、一団の前へぱっと出た人影がある。なにか声をかけたか仕草で示したか、そこで兵士の群れはぴたりと止まった。

さらに、後を追って駆けのぼってきた人影がふたつ。これは、群れを抜けて塔の真下でこちらを見上げたようだ。

その一方の影、紅く見える方が、腕をあげてなにか叫んだらしい。針の先でついたほどにしか見えないが、それでもおおよその見当がついた。

「——宝春」

戴星が口の中でつぶやくのと、

「おい、傅《も》り役のおでましのようだぞ」

玉堂がもうひとりの正体に気づくのが、同時。彼の視力は、開封で見た書生の姿を、はっきりととらえていた。

「……とすると、もうひとりは漢臣だな」

「どうする。せっかくのお出迎えだが」

訊かれて、戴星はうむと考えこんでしまった。

「宝春にはなんの意趣《いしゅ》もないが——希仁には、腹がたっているしな」

「頼まれれば、いやといえなかったんだろうさ」

まして、あの母君ではなと、玉堂は脳裏に狄妃の皇妃らしくない言動を思いだす。

「それにしても、嘘をつくことはないじゃないか」

戴星はふと、年齢《とし》相応の孩子《こども》っぽい表情にもどって、こころもち頬をふくらませた。

「母上も母上だ」

「親心ってやつだろうぜ」

「お気持ちはありがたい。だが、おれは家を出てきたんだぞ。監視がついていて、家出になるか」

「だったら、最初からひとりで出てこい。子守りを頼まれたあいつの迷惑も、考えてやれ」

「おまえ、なんで希仁をかばうんだ」

ついに攻撃の矛先が、玉堂にむかった。

要は、やつあたりである。複雑な内心を整理しきれず、もてあましたというわけだ。

玉堂は、つきあいきれないという風に肩をすくめて、応えにした。

「俺はずらかるぞ。どちらにしても、官兵が出てきたのは面倒だ」

「逃げるって、ここからか」

目もくらむような高さの、塔の頂上である。ここから逃げるとすれば、来た道をとおって官兵と一戦まじえるか、それとも天へでも翔《か》けのぼるかしかない。

玉堂が、返事のかわりに指をさしたのは、眼下の銭塘江の川面である。

「水練《すいれん》はできるか」

「得意だ」

「跳べるか」

「……自信はない」

目測で距離を見て、戴星は首をふった。

「なかなか、正直だ。おまえなら、跳べる」

少年の力を、玉堂は見たばかりだ。必要なのは力と、あとは度胸だが、その点の心配は必要あるまい。

戴星に、諾というひまも与えず、

「行くぞ」


「白公子——！　公子！　聞こえたら、降りてきて。あたしたちがわかるんなら、降りて！」

宝春が懸命になって叫んだ。

「なにをしてるんだ」

身体をねじるようにして、漢臣がやはり塔の上をふり仰ぐ。

「話をしているようですね」

「あんなところで？　だれと？」

「希仁さん、玉堂だわ、あれ」

「まさか」

いくら宝春の眼がいいといって、そこまでわかるものかと希仁もうたがったらしい。だが、宝春はきっぱりと断定した。

「まちがいない。だれが忘れたってあたしはあいつのこと、忘れないし、どこにいたってわかるわ」

「だが、玉堂だとして、公子がなぜ、あんなところで話をしているんです」

「希仁さんにわからないのに、あたしたちにわかるわけがないじゃない」

「——なにをしておる。おお、そなたら」

兵の隊列をかきわけて、居丈高に出てきたのは王欽若の白髪頭である。

「なぜ、兵を止める。早く捕らえ、あ、いや、少爺をお救いせぬか」

「ならば、兵をお引きください。これでは、話もできない」

「これは——その、用心のためで」

ぼそぼそといいわけをはじめる王欽若の耳もとで、宝春が金切り声をあげた。

「希仁さん、止めて——！」

「王定国まで、出てきやがった」

まだ決心がつかず、下をのぞきこんでいた戴星だが、そういって舌うちをした。これは、官服の色で判別がついたのだ。

希仁たちが王欽若に捕らえられたか、それとも希仁が杭州知事をいいくるめたか、そこまではわからない。だが、

「こりゃ、下手に降りたら、すぐさま東京へ送りかえされるな。おれも行く、玉堂」

すでに、助走のために壁ぎわへ背をつけている玉堂をふりかえった。

玉堂は応えない。そのまま、かるく助走をつけると、甍を蹴った。

反りかえった屋根の曲線をそのまま延長して、玉堂の身体が宙に躍った。できるだけ、上方へ、そして可能なかぎり前方へ――。

息を大きくついて、背にあたる壁をたしかめる。足場を踏みしめ、ひとつうなずき、戴星も玉堂に倣《なら》った。

風の音が耳元を過ぎた。

「白公子――!」

宝春の声が聞こえたような気がした。夕映えの紅い空の色と、おなじ色に染まった銭塘

江の流れが、大きく目に迫った。
あとは、なにも憶えていなかった。

銭塘江の川面に、大きな水柱がふたつ立ったのを杭州府の官兵の数人が確認した。すぐに捜索の舟がくり出されたのは、いうまでもない。にもかかわらず、ふたりの姿はどこをさがしても、ついに見つけることができなかったのである――。

『桃花源奇譚2　風雲江南行』一九九三年六月　徳間書店刊
『桃花源奇譚　風雲江南行』二〇〇一年一月　中公文庫

中公文庫

新装版《しんそうばん》
桃《とう》花《か》源《げん》奇《き》譚《たん》2
――風雲江南行《ふううんこうなんこう》

2001年1月25日　初版発行
2022年8月25日　改版発行
2022年9月30日　改版2刷発行

著　者　井上《いのうえ》祐《ゆ》美《み》子《こ》

発行者　安部順一

発行所　中央公論新社
〒100-8152　東京都千代田区大手町1-7-1
電話　販売 03-5299-1730　編集 03-5299-1890
URL https://www.chuko.co.jp/

DTP　平面惑星
印　刷　大日本印刷
製　本　大日本印刷

Published by CHUOKORON-SHINSHA, INC.
Printed in Japan　ISBN978-4-12-207244-2 C1193

中公文庫既刊より

た-13-5
十三妹《シイサンメイ》
武田泰淳
強くて美貌でしっかり者。女賊として名を轟かせた十三妹は、良家の奥方に落ち着いたはずだったが……中国古典に取材した痛快新聞小説。〈解説〉田中芳樹
204020-5

た-13-7
淫女と豪傑 武田泰淳中国小説集
武田泰淳
中国古典への耽溺、大陸風景への深い愛着から生まれた、血と官能に満ちた淫女・豪傑の物語。評論一篇を含む九作を収録。〈解説〉高崎俊夫
205744-9

み-36-7
草原の風（上）
宮城谷昌光
三国時代よりさかのぼること二百年。劉邦の子孫にして、勇武の将軍、古代中国の精華・後漢王朝を打ち立てた光武帝・劉秀の若き日々を鮮やかに描く。
205839-2

み-36-8
草原の風（中）
宮城谷昌光
三国時代に比肩する群雄割拠の時代、天下に乱立する英傑と鮮やかな戦いを重ね、天下統一へ地歩を固める劉秀。天性の将軍・光武帝の躍動の日々を描く！
205852-1

み-36-9
草原の風（下）
宮城谷昌光
いよいよ天子として立つ劉秀。その磁力に引き寄せられるように、多くの武将、知将が集結する。光武帝の後漢建国の物語、堂々完結！〈解説〉湯川　豊
205860-6

み-36-11
呉　漢（上）
宮城谷昌光
貧家に生まれた呉漢は、運命の変転により、天下統一を目指す劉秀の将となるが……。後漢を建国し、中国統一を果たした光武帝が最も信頼した武将を描く。
206805-6

み-36-12
呉　漢（下）
宮城谷昌光
王莽の圧政に叛旗を翻す武将たちとの戦いの中で、光武帝・劉秀の信頼を得た呉漢。天下の平定と光武帝のためにすべてを捧げた生涯を描く。〈解説〉湯川　豊
206806-3

各書目の下段の数字はISBNコードです。978-4-12が省略してあります。

み-36-13 新装版 奇貨居《お》くべし（一）春風篇 宮城谷昌光

秦の始皇帝の父ともいわれる呂不韋。一商人から宰相にまでのぼりつめた波瀾の生涯を描く。十五歳の少年・不韋は、父の命により旅に出ることになるが……。

206981-7

み-36-14 新装版 奇貨居くべし（二）火雲篇 宮城谷昌光

藺相如と共に、趙の宝玉「和氏の璧」を大国・秦の手から守り抜いた呂不韋。乱世に翻弄されながらも、荀子、孟嘗君らの薫陶を受け成長する姿を描く。

206993-0

み-36-15 新装版 奇貨居くべし（三）黄河篇 宮城谷昌光

斉と魏の謀略により薛は滅びた。孟嘗君らが作り上げた理想郷・慈光苑に暮らす人々を救い出した呂不韋は、商人として立つことを考え始めるが……。

207008-0

み-36-16 新装版 奇貨居くべし（四）飛翔篇 宮城谷昌光

あれは奇貨かもしれない――。秦王の信を得た范雎の台頭から生じた政変に乗じ、呂不韋は、趙で人質生活を送る安国君の公子・異人を擁立しようとするが。

207023-3

み-36-17 新装版 奇貨居くべし（五）天命篇 宮城谷昌光

民意が反映される理想の王朝の確立を目指して呂不韋は奔走するが、即位したばかりの子楚・荘襄王の思わぬ訃報がもたらされ……。完結篇。〈解説〉平尾隆弘

207036-3

み-36-18 孟嘗君と戦国時代 宮城谷昌光

智慧と誠実さを以て輝ける存在であった孟嘗君を通して、波瀾の時代、古代中国・戦国時代を読み解く。書き下ろしエッセイ「回想のなかの孟嘗君」を付す。

207037-0

S-16-9 中国文明の歴史9 清帝国の繁栄 宮崎市定 責任編集

十八世紀は比類ない繁栄をもたらした清王朝の黄金時代であった。しかし盛者必衰の法則にもれず、やがて没落と衰亡の前兆が……。〈解説〉礪波 護

203737-3

S-16-11 中国文明の歴史11 中国のめざめ 宮崎市定 責任編集

清朝の三百年の統治は遂に破綻をきたし、この腐敗混迷を救うべく孫文が立ちあがる。かくして辛亥革命は成功し、北伐がはじまる。〈解説〉礪波 護

203763-2

各書目の下段の数字はISBNコードです。978－4－12が省略してあります。

み-22-11
雍《よう》正《せい》帝《てい》 中国の独裁君主
宮崎市定
康熙帝の治政を承け中国の独裁政治の完成者となった雍正帝。その生き方から問う、東洋的専制君主とは？「雍正硃批諭旨解題」併録。〈解説〉礪波 護
202602-5

み-22-18
科 挙 中国の試験地獄
宮崎市定
二万人を収容する南京の貢院に各地の秀才が集ってくる。老人も少なくない。完備しきった制度の裏の悲しみと喜びを描き凄惨な試験地獄の本質を衝く。
204170-7

み-22-19
隋の煬帝《ようだい》
宮崎市定
父文帝を殺して即位した隋第二代皇帝煬帝。中国史上最も悪名高い皇帝の矛盾にみちた生涯を検証しつつ、混迷の南北朝を統一した意義を詳察した名著。
204185-1

み-22-22
水滸伝 虚構のなかの史実
宮崎市定
史書に散見する宋江と三十六人の仲間たちの反乱は、いかにして一〇八人の豪傑が活躍する痛快無比な伝奇小説『水滸伝』となったのか？〈解説〉礪波 護
206389-1

み-22-23
アジア史概説
宮崎市定
漢文明、イスラム・ペルシア文明、サンスクリット文明、日本文明等が競い合い、補いながら発展してきたアジアの歴史を活写した名著。〈解説〉礪波 護
206603-8

み-22-24
大唐帝国 中国の中世
宮崎市定
統一国家として東アジア諸民族の政治と文化の根幹を築いた唐王朝。史上稀にみる中国の中世、大唐帝国を中心にした興亡史七百年を詳述する。〈解説〉礪波 護
206632-8

み-22-21
中国史の名君と宰相
宮崎市定
礪波 護編
始皇帝、雍正帝、李斯……激動の歴史の中で光彩を放った君臣の魅力・功罪・時代背景等を東洋史研究の泰斗が独自の視点で描き出す。〈解説〉礪波 護
205570-4

た-57-1
中国武将列伝（上）
田中芳樹
群雄割拠の春秋戦国から、統一なった秦・漢、世界帝国を築いた唐——国を護り民に慕われた将たちの評伝で綴る、人間味あふれる歴史物語。
203547-8

た-57-2
中国武将列伝（下）
田中芳樹
大唐世界帝国の隆盛。北方異民族に抗し英雄続出する宋。そして落日の紫禁城・清——中国史の後半を、国を護り民に慕われた名将たちの評伝で綴る。
203565-2

た-57-14
新装版　風よ、万里を翔《か》けよ
田中芳樹
隋朝末期、戦場をかけた男装の美少女がいた。北に高句麗を征し、南に賊軍を討つ——落日の隋帝国を支えて勇戦した伝説の佳人・花木蘭を描く中国歴史長篇。
206234-4

お-91-1
天　盆
王城夕紀
万民が熱狂する伝統の盤戯「天盆」。家族の想いを背負い、歴史に挑む十歳の少年の神手が、国の運命を大きく変える。圧倒的疾走感で描く放熱ファンタジー！
206429-4

た-85-1
煌《こう》夜《や》祭《さい》
多崎　礼
ここ十八諸島で、冬至の夜、語り部たちが語り明かす「煌夜祭」。今年も人と魔物の恐ろしくも美しい物語が語られる。読者驚愕のデビュー作、ついに文庫化！
205795-1

た-85-2
叡智の図書館と十の謎
多崎　礼
古今東西の知識のすべてを収める人類の智の殿堂。鎖に縛められたその扉を開かんとする旅人に守人は謎をかける。知の冒険へ誘う意欲作！　文庫オリジナル。
206698-4

た-85-3
夢の上　夜を統《す》べる王と六つの輝晶《きしょう》1
多崎　礼
六つの輝晶は叶わなかった六人の夢。翠輝晶は語り出す。死影を宿すアイナと王子アライスの出会いが生んだ壮大な夢を。C★NOVELS『夢の上1』改題。
206836-0

た-85-4
夢の上　夜を統べる王と六つの輝晶2
多崎　礼
紅輝晶が秘める復讐の夢。光神王を暗殺せんと後宮へ入ったハウファは王の子アライスを産む。だが同じ日、第一妃にも王子が誕生していた。二人の王子の運命は。
206852-0

た-85-5
夢の上　夜を統べる王と六つの輝晶3
多崎　礼
太陽姫と崇められ、人々の夢を担うアライスは、ついに光神サマーアを打ち砕き、王国に青空は戻る。だが、彼女の秘めた無垢なる願いは……。シリーズ完結！
206871-1

各書目の下段の数字はISBNコードです。978－4－12が省略してあります。

あ-93-1
神を統べる者㈠ 厩戸御子倭国追放篇
荒山徹
仏教導入を巡り蘇我馬子と物部守屋が対立を深める六世紀の倭国。馬子から仏教教育を受ける厩戸御子だが、異能ゆえに、時の帝から危険視され始める……。
207026-4

あ-93-2
神を統べる者㈡ 覚醒ニルヴァーナ篇
荒山徹
犠牲を払いながらも中国に辿り着いた厩戸御子たち。だが、その異能を見抜いた、九叔道士たち道教教団に厩戸は誘拐されてしまう……。歴史伝奇巨篇第二弾。
207040-0

あ-93-3
神を統べる者㈢ 上宮聖徳法王誕生篇
荒山徹
急進的仏教教団に攫われた厩戸御子を奪回に向かう虎杖たち。仏教導入を巡る倭国の内乱を背景に聖徳太子の冒険を描いた伝奇巨篇、完結！〈解説〉島田裕巳
207055-4

か-68-1
デルフィニア戦記 第Ⅰ部 放浪の戦士1
茅田砂胡
やがて『獅子王』と呼ばれる漂泊の戦士と『姫将軍』と呼ばれることとなる異世界の少女。アベルドルン大陸を震撼させる二人の冒険譚が、はじまる。
204147-9

か-68-2
デルフィニア戦記 第Ⅰ部 放浪の戦士2
茅田砂胡
偽王の濡衣を着せられたウォルを慕い次々と集結する仲間たち。国王軍を名乗り進軍する彼らに立ち塞がる敵。圧倒的な戦力差にリィがとった奇策とは⁉
204162-2

か-68-3
デルフィニア戦記 第Ⅰ部 放浪の戦士3
茅田砂胡
軍を解散せよ、さもなくば――国王軍の進撃に恐れをなした改革派は脅迫の手段に出た。苦悩の末、ウォルがリィに難攻不落の城への侵入を託すのだが。
204173-8

か-68-4
デルフィニア戦記 第Ⅰ部 放浪の戦士4
茅田砂胡
ついに王都に迫った国王軍だったが、宿敵ペールゼンによってウォルの出生に疑問が投げかけられた。混乱する国王軍の運命は⁉ 第一部完結。
204191-2

か-68-5
デルフィニア戦記 第Ⅱ部 異郷の煌姫1
茅田砂胡
デルフィニアの内乱より三年――国王と王女となったウォルとリィに、新たなる争乱と暗殺の危機が。隣国の罠と対決する新デルフィニアの面々の活躍！
204216-2

各書目の下段の数字はISBNコードです。978－4－12が省略してあります。

か-68-14
デルフィニア戦記 第Ⅳ部 伝説の終焉2 茅田砂胡
デルフィニア領となったカムセンの元領主が失地回復を叫んで挙兵する。最前線で戦う戦女神リィに、ファロットの暗殺者が忍びより——必殺の矢が放たれた！
204502-6

か-68-15
デルフィニア戦記 第Ⅳ部 伝説の終焉3 茅田砂胡
トレニア湾にはスケニアの大艦隊、国境にはタンガ軍——デルフィニア包囲網は強固に完成しつつあった。この危機に黒衣の独騎長は単身大海に乗り出した！
204532-3

か-68-16
デルフィニア戦記 第Ⅳ部 伝説の終焉4 茅田砂胡
生きて戻れ——リィの言葉に送られ、一族と決着をつけるためシェラは北を目指す。一方、意識をなくした戦女神に、レティシアは必殺の針を手に忍び寄る！
204553-8

か-68-17
デルフィニア戦記 第Ⅳ部 伝説の終焉5 茅田砂胡
王位を捨てたウォル、異世界の相棒ルウ、己の意思で行動するシェラ。三騎は王妃奪還のため、タンガへの途をひた走る——最後の奇跡が始まった！
204584-2

か-68-18
デルフィニア戦記 第Ⅳ部 伝説の終焉6 茅田砂胡
放浪の戦士と異世界の少女の出逢い——全てはここから始まった。盟約で結ばれた二人は大国の王と国の守護神となった。獅子王と妃将軍が紡ぐ伝説、堂々完結。
204612-2

か-68-21
デルフィニア戦記外伝 大鷲の誓い 茅田砂胡
のちにデルフィニアの獅子王を支えることになる二人の騎士団長は、いかにして出会い、身分の違いを超えて絆を結んだか。若武者たちの青春物語を描く外伝。
205291-8

か-68-28
デルフィニア戦記外伝2 コーラル城の平穏な日々 茅田砂胡
ポーラのお忍びでの市内見物や、シェラが偶然出逢った小貴族の結婚問題等、なにげないコーラル城での日々（でも事件だらけである）を描く二中篇他を収録。
206705-9

か-68-29
デルフィニア戦記外伝3 ポーラの戴冠式 茅田砂胡
リィはデルフィニアの危機に、十年の時を経て再び故国に降り立つ。「小説BOC」に連載された全十話に書きおろしの二話を加えた連作短篇集。
207148-3